JN319344

戦争小説短篇名作選

あまりに碧い空

遠藤周作

遠藤周作（えんどう・しゅうさく）

一九二三～一九九六年、東京都生まれ。幼年期は満州で育ち、両親の離婚で神戸に戻る。カトリック信者だった伯母の影響で受洗。慶應義塾大学文学部仏文科卒業後に、一九五〇年から一九五三年までフランス留学、ランス大学でカトリック文学を学び、この留学時代が作家としての原点となる。一九五五年に「白い人」で芥川賞受賞。主な著書に『海と毒薬』『沈黙』『キリストの誕生』『侍』『深い河《ディープ・リバー》』などがある。

杉が今年の夏かりた小さな家はテニスコートのすぐ近くにあった。別荘地の中心部からあまり遠からぬそのテニスコートでは夕方、暗くなるまで白いスポーツ服をきた青年や娘がラケットをふりまわしている。威勢よく叩きつける球の音やわきあがる歓声などが杉の部屋にきこえ、彼の仕事をさまたげた。このコートは昨年、皇太子のロマンスなどで有名になったためか今年はひときわ集まる者も多いという話だった。

「いい気なもんだぜ」

鎧戸《よろいど》をしめて杉は書きためた原稿用紙の枚数を数えながら苛立《いらだ》たしそうに舌打ちをした。真実のところ彼は自分より十歳も年下のこれら若い青年や娘をひそかに嫌っていた。この嫌悪は自らの仕事があの連中に妨げられているからではなくもっと別の理由からきているようだった。

仕事はなかなか捗《はかど》らなかった。そんなある日、彼の家に、ある出版社の出版部長の田淵《たぶち》氏がひょっこり遊びにきた。

「別に用事じゃないんですよ」羊歯《しだ》のはびこった庭をポロシャツの田淵氏は陽に焼けた童顔をほころばせながらドサドサと歩いてきた。「明後日、恒例のゴルフ大会があるでしょう。だから昨日、こちらに来ましてね」

そういえばこの別荘地に住む文壇の先輩たちがちかいうちにゴルフの試合をすることを杉も耳にしている。

「へえ、田淵さん、ゴルフやられるんですか。どちらにお泊りです」

「社の寮がちかくにありましてね。……ああ、奥さん、わざわざお構いなさらんでください」

田淵氏は庭に面した廊下ともベランダともつかぬ場所に麦酒《ビール》を運んできた杉の妻にも愛想よく挨拶をして、

「杉さん、あんたもゴルフやったらどうです。その体も随分良くなりますぜ。胃腸病なんか、すぐ治る」

杉は笑いながらゴルフマニアは新興宗教の布教員に似ていると思った。その効験あらたかな所を病気の治癒に結びつけて宣伝するところまでそっくりである。

それにしても田淵氏はゴルフをやっているためか、ひどく健康そうだった。まぶしい陽のあたる庭に白い歯を見せて笑っている。その背後には向日葵《ひまわり》が炎のような黄色い大きな花をこちらにむけて咲いていた。

「田淵さんは木の根のような腕をしているなあ」杉は客の陽にやけた腕を指さしながら訊《たず》ねた。「やはりゴルフのおかげですか」

「いや、ぼくあ学生時代、ボートの選手だったからね」

麦酒を一息にうまそうに飲みほしながら田淵氏は嬉しそうに自慢した。麦酒を飲む時、太い彼の咽喉《のど》がごくごくと動くのを杉が羨《うらや》ましそうに眺めていると、

「ジャーナリストはまず体力ですからね」

「でもこの間こんな話をききましたよ。勿論《もちろん》、冗談でしょうが、焼場の死体のなかで……」

焼場に運ばれた死体のなかでジャーナリストや新聞記者の頭蓋骨《ずがいこつ》はすぐわかるという。他の人の頭の骨とちがって、これらの職業の人の頭蓋骨は少し叩くとポロリと崩れるのだそうだ。脳みそは勿論のこと骨まで削りとるほど頭を使い尽した半生のため、彼等の頭蓋骨はひどくもろく薄くなっているのだと杉はきいた。

「陰惨な話だな」田淵氏は童顔を少し曇らせながら肯《うなず》いた。「でも実感がこもっていますよ」

「でしょう……」

杉はふたたび庭の炎のように黄色く赫《かがや》いている向日葵の花に眼をむけた。テニスコートからは相変らず、球を打つ音や歓声がきこえてきた。

それから五日のちに、杉は東京からの電話で田淵氏が急死したことを知らされた。

「冗談でしょう。この間、元気そのものでぼくの所に寄られたんだ」

受話器をもった彼の声は上ずっていた。だがこの知らせは本当だった。前日まで田淵氏の同僚も部下も、氏自身さえも明日、彼が倒れるということを夢にも想像していなかったのである。

当日めずらしく早目に帰宅した田淵氏は家族と共にテレビをみているうち、眼が突然みえなくなったという。頭痛を我慢しながら壁をつたって寝室に戻る途中、朽木のように倒れた。倒れてからは一昼夜息を引きとるまで昏睡《こんすい》状態だったそうだ。

その日から杉は仕事をしながら時々、庭をみた。秋ちかい高原の空はあくまでも澄みわたり、銀色の羽を光らせながら赤トンボが右左に飛びまわっていた。向日葵は相変らず、黄色い炎のような花をこちらにむけて咲いていた。透明な空やもう眩《まぶ》しくはない空気をみていると田淵氏の死んだという事実が不意に胸を突き上げてくる。杉と田淵氏とは特に昵《じっ》懇《こん》な間柄ではなかったから彼の心には故人を偲《しの》ぶという感慨よりは、五日前この陽のあたる羊歯の庭で、健康そうな真白な歯をみせていた人がもう死んでいるという衝撃と、その死にかかわらず秋の空が残酷にも澄みわたっていることにたいする苛立ちの方が強かった。

「おおい」杉は妻を大声でよんだ。「あの向日葵を切ってくれよ」

「どうしたの」花模様のついたエプロンで手をふきながら杉の若い妻は驚いたように顔をあげた。「勿体《もったい》ないわ。こんなに綺麗《きれい》に咲いているのに」

「いや、目ざわりだよ」

本当は残酷だと言いかけて彼はその言葉を咽喉にのみこんだ。今日もテニスコートからラケットに球のぶつかる音がきこえてきた。杉があの若い男女に嫌悪感を感じる気持は、どうやら一人の人間の死にもかかわらず空が美しく澄み、向日葵が炎のように咲きつづけているという冷酷な事実につながりがあるようだった。

別に田淵氏の死によって刺激されたわけではない。彼もこの一年前ぐらいから深夜、眼をさましてふと死ぬ日のことやその瞬間の姿勢をぼんやり想像するようになっていた。いつかは自分が死なねばならぬことを彼は真暗な闇の中で鳥のように眼を大きく見ひらきながら考えることがあった。そんな時、杉は隣のベッドでかるい寝息をたてて眠っている妻にかすかな憎しみを感じるのである。二十代の妻はまだ死ぬことを考えもしないと彼に言っていた。そう言われて杉自身もふりかえってみると十年前、二十代の頃は自分の死ぬことや死ぬ時の姿を心に想像するようなことはなかった。こんなことを考えるようになったのはやはり三十を幾年かすぎてからである。

杉はこの頃、よく原稿用紙の端に「軀《からだ》」という字を書いてそれをじっと眺めることがあった。杉の友人の吉川はこの「軀」という文字を「体」や「躰」のかわりにかたくななまでにその作品の中で使っている。実際、吉川の小説を読んでいると男女の軀のさまざまな機能、つまり「軀」を形づくっている三つの口の字と万華鏡のように複雑な心理の翳《かげ》や情熱の陰影との関係が心憎いほど描かれているのである。だが三十数歳をすぎた杉はこの「軀」の文字をみると、死の黒い口がそこに三つ、洞穴のようにぽっかりと開いているような気がしてくるのだった。

自分が死ぬ時、どういう息の引きとりかたをするのか勿論、杉には想像もつかない。彼にはただ思い出の中から自分の祖父や叔母の臨終の光景を引き伸ばしたり重ねあわせるより仕方がない。叔母が死んだのは夏のあつい日だったが、ひろい樹木の多い庭に面した病室には彼女が死ぬ五、六時間前から一種、生臭い匂いがまだ子供だった杉の胸に息ぐるしいほどこもっていた。この匂いは病室の窓ちかくにならべられている花瓶にさした百合《ゆり》の香りにちがいなかった。病人が百合の好きなことを知人や親類はひろく知っていたから、次々と訪れてきては廊下でそっと辞去していく見舞い客までがみなこの匂いのつよい花をたずさえてくる。その匂いに包まれてベッドに仰むけになった叔母の胸はさきほどから小きざみに縮んだり膨らんだりしている。祖母が夏布団からはみ出た彼女の腕を握っていたが、その手を離すと、病人の白い腕の肉に指の痕《あと》の凹《へこ》みがそのまま残ったのである。杉はこの時はじめて人間が死ぬ時は軀がむくむことを知った。そして今まで山百合の香りだとばかり思っていた部屋の生臭い臭気が、叔母の体から発散する死臭の前ぶれであるとやっと気がついたのだった。

(自分も死ぬ時はあのような臭いを発散するのだろう)

　この想像は杉に嫌悪感を催させたので彼はそれを追い払うためにも妻に無神経な冗談さえ言わねばならなかった。

「俺が死んだら、君、再婚しろよ。再婚しても時々は僕の墓に線香ぐらいあげてくれるだろうな」

　もちろん妻は自尊心を傷つけられたように黙ってうつむいた。そのうつむいたことがまた杉の神経を傷つけた。

　祖父の臨終はこれとは少し違った光景だった。実業家だった杉の祖父は仕事をやめてから伊豆に隠居をしていたのだが、自分の死期をちゃんと予感していたらしい。身の周りの整理もきちんと片付け、友人や身内にも死後のあれこれについて手配した手紙まで書いていたからである。

　脳溢血《のういっけつ》で倒れた祖父の臨終に東京にいた杉の家族は間に合わなかった。そのころ中学生だった杉は母と共に電話をうけると大急ぎで伊豆に駆けつけたのだが、既に遺骸をおいた十畳の座敷には黒いモーニングをきた人々が膝に両手をおいて坐っており、祖父の顔にも白い布がかぶせられていた。杉がこの時おぼえているのは十畳のむこうにみえる松の樹立に西陽が暑くるしく当っていたのと、滝のように鳴いているカナカナの声だった。それは中学生の杉にさえも月並みな芝居の一場面を思い起させた。

叔母の死体の臭いや祖父の幾分、俗っぽい死の風景は現在の杉にある程度の嫌悪感を催させるがそれは人間の死らしい自然さをもっているような気がする。今の彼に耐えられないのはこうした死の姿勢ではなく、田淵氏の場合のように、その人が消滅したあとも、秋ちかい高原の空が青く静かに澄みわたり、すすきの穂が白く光り、テニスコートからはボールを打つ音や歓声がまるで何事もなかったように続いているという残酷な事実だった。向日葵の花は妻の手で杉の命令通り切りとられてしまったが、花がなくなるとかえってそれが彼の心をいらいらとさせた。

そう——彼はテニスコートの二十代の連中をひそかに憎んでいた。大袈裟《おおげさ》な言いかただが彼はあのボールの音や歓声を我慢しながら毎日、仕事にとりかかるのだった。だがもう少しこれらの連中にたいする自分の嫌悪感をみきわめるため、彼はある日の午後、テニスコートまで出かけてみた。その日は昼すぎに突然、高原特有の驟雨《しゅう》がふったため、地面はまだしっとりと濡れ、乾いた部分からは土と草の匂いが発散していた。

コートの中では若い青年男女が例によって白線のなかをはねまわっている。ショート・パンツをはいたり、白いみじかいスカートをつけた娘たちがラケットを握りしめて身がまえる時その陽にやけた脚には男の子のように逞《たくま》しく力こもってみえた。向うの観客台には一試合おえた仲間がそれぞれ、うすいスェーターをかかえながら、友だちの試合ぶりを見物していたが、時々きれいなプレイがあると拍手をした。

背後で突然なにかの気配を感じたので杉がふりむくとカメラを持った二、三人の記者らしい人が小走りで走ってきた。二十米《メートル》ほど遅れて眼鏡をかけた背のたかい青年が少し照れ臭そうな笑いを長い顔にうかべながら、こちらに向って歩いてくる。その隣には黒いカーディガンを着てラケットを手にした令嬢がやはり微笑をつくりながらよりそっていた。令嬢が清宮《すがのみや》であり、青年がつい先ごろ、彼女と婚約した人であることは杉にもすぐわかった。

テニスコートの金網にそった濡れた道を一行が進むと観客席の連中もコートの方ではなく、小さな行列に視線を集中していた。空はうす曇りだった。

この時、杉はまた馬鹿げた古い追憶を心に甦《よみがえ》らした。彼は別に自分の弟妹にひとしい連中がたのしそうにテニスに興じていることに嫌悪感をもっているのではないことに先ほどから気がついていた。わだかまるのは別のことだった。自分の十数年前の記憶のためだった。

戦争が終る数ヵ月前の春、まだ学生だった彼はたった二日間ほどだったがこの別荘地にちかい古宿という部落に住んだことがある。彼の姉と弟とが父母や杉から離れてこの古宿の百姓家に疎開生活を営んでいたので、いつ学徒出陣で赤紙のくるかわからない杉は応召前の別れを告げにでかけたのである。東京はほとんど毎日、空襲つづきだったし、汽車の切符を買うためには夜暗いうちから起きねばならぬ頃だった。のみならず汽車は焼けだされて東京を離れる人々で混乱をきわめていた。

姉と弟とは古宿部落の百姓家の納屋で痩《や》せて動物のように眼を光らせて住んでいた。二人は杉の顔をみるとこちらの状態をきく前に自分たちはもう東京に戻りたいと口をそろえて訴えた。

「冗談じゃないぜ、死にに来るようなもんだ」杉が舌うちをすると姉は、

「死んだっていいわ、ここより東京の方がまだ、ましよ」

「どうして」

「三日、住んでみればわかるわよ。そりゃ部落の人は疎開者に冷たいのよ……」

四月下旬の信濃《しなの》の部落には白い木蓮や黄色いれんぎょうの花が咲きはじめ、部落の裏をながれる渓流は雪どけの水が増していた。周囲の風景はこんなに生き生きとしていたが疎開者の生活は姉の言葉通り悲惨だった。姉と弟とは一握りの大豆米を一日、二回、ゆっくり嚙《か》みしめている状態である。

「闇米は買えないのか」

「冗談じゃないわ、ここの土地じゃお米はほんの少し、とれるぐらいなのよ」

火山灰でかためられた貧しい土地には疎開客にわけ与えるほどの米は収穫できないようである。米だけではなかった。杉がここを訪れた翌日のひる頃、彼は母屋の方から罵《ののし》る声

をきいた。

一人の外人の女性が古オーバーに体をつつんでリュックサックを手にもったまま庭にたっていた。彼女は弱々しい片言の日本語でしきりに卵をゆずってくれないかと頼んでいる。

「ねえよ。ねえよ。卵なんぞねえよ。あったって毛唐には売らねえんだから」

姿は見えないが男の荒々しい声が母屋から聞え、障子が烈しい音をたててしまった。外人の女は空のリュックを背おったまま項垂《うなだ》れながら去っていった。

「毎日、あんなのを見るの……辛いわ」

頰におちたおくれ毛を指でかきあげながら姉は呟《つぶや》いた。

「ようし、俺、食糧を探してくる」

杉も顔をそむけて自転車に乗り街道に走り出た。街道に出ても勿論、行く当てはない。自転車はいつか東の別荘地の方にむいている。

霧雨が少し降っていた。その針のような霧雨のなかに雨戸をとじ羊歯にうずもれた別荘がみすぼらしく捨てられていた。杉は姉や弟のことを喘《あえ》ぎながら考え、やはり東京につれ戻した方がいいのではないかと思った。

テニスコートの前で彼は急に自転車をとめた。金あみも破れ、木のベンチの残骸が雨にぬれている。見棄てられたコートは誰も今は使うものがなく、隅はいつも畠にさえなっている。だが彼はそのコートに一人の少女がラケットを手にもったまま、じっと立っている不思議な光景を眼にしたのだった。

少女がラケットを持ったり、モンペもはかずにコートなどに遊びにきている姿は杉の眼には異様なものとしてうつった。もし土地の警察や警防団にみつかればどんなに烈しく叱《しっ》責《せき》されるかも知れない。他人《ひと》ごとながら杉は不安な気持でじっと彼女を窺《うかが》っていた。

杉の見ているのも気づかず、彼女はしばらくコートの真中にたってプレイのまねをしはじめた。それはまるで向う側に彼女の相手がおり、その相手と試合でもしているような姿だった。

一瞬だったが杉はこの時、戦争を忘れた。自分たちをとりまいている死の匂いを忘れた。すべてがあかるく、少女は真白な運動着を着てとびまわっているようにみえた。陽がまぶしく照っている。雨あがりの若葉が青々と光っている。青年と少女とが飢えも、怯えも毎日の悲惨な生活も心から消して白い球を追っているのだ。そして杉は我にかえった時この少女もまたなんのために見捨てられたテニスコートに来たのかが杉には痛いほどわかるような気がした。

霧雨がベンチをぬらしているコートが眼の前にふたたび現われた。ラケットをもった少女は足をひきずるように去っていった。このくたびれたうしろ姿は先ほど見た外人の女のそれにそっくりだった。

翌日の夜、杉は古宿で一寸《ちょっと》した事件に出会った。部落のはずれには冬の間、山から切った氷を貯蔵する氷室《ひむろ》の小屋が幾つかあるのだが、その小屋の中で一人の中年の男が口に藁《わら》をくわえたまま死んでいたのである。

姉の話によるとその中年の男は一週間前、東京が焼けた時、徒歩でこの信州まで逃げてきたということだった。あまりの空腹のため古宿で食物を盗もうとして、土地の青年たちにひどく撲《なぐ》られ追分《おいわけ》部落の方に逃げていったそうだ。

「頬に火傷《やけど》をしていたわ。空襲の時やられたのよ」姉はもうたまらないという風に両手を顔にあてた。「きっと食べるものもないから藁をくわえて死んだのよ。そうよ。きっとそうよ、もうこんな所にいるのはいや」

杉は暗い氷室のなかで藁を口にくわえたまま死んだ中年男の顔をぼんやりと心に想いうかべた。彼は東京の毎夜の空襲で妻も子供も喪《うしな》ったにちがいなかった。頼るべき親類も知人もなくむかし一度、訪れたことのある信濃の国まで逃げてきたのかもしれぬ。杉は眼をつむってこの想像を追いはらうため、前日見たコートの少女の姿を思いだそうとした。

古宿から東京に戻ると一ヵ月ほどの間は東京は比較的しずかだった。春の空は毎日、鈍《にび》色《いろ》に曇り、東京特有の四月下旬の風が砂埃《すなほこり》をあげながら焼けあとを吹きまわっている。その鈍色に曇った空の遠くで敵の偵察機でも来ているのだろうか、ひくい、かすかな爆音と豆をはじくようなパチパチという音がたえずきこえてはいたが東京には大きな爆撃はなかった。だがこのしずかさも一ヵ月も続かぬうちに五月二十三日の空襲がやってきた。

杉の家は世田谷の経堂《きょうどう》にあった。その夜も彼は工場での勤労奉仕のために骨の芯《しん》まで疲れ果てて晩飯の雑炊をたべるや、ゲートルを足にまいたまま眠りこけた。ゲートルを足にまいて鉄帽を枕元において眠るのはもう二、三ヵ月以来の習慣だったが、しばらく眠ったと思うと彼は父の大声で眼をさまさせられた。既に敵の編隊は東京の空を飛びまわり、その轟音《ごうおん》や高射砲の炸裂《さくれつ》する響きのために杉の寝ている部屋の窓硝子《まどガラス》は小きざみに揺れていた。その窓をあけて見ると、渋谷、青山付近の空が古血のような赤黒い炎の色を反映して拡がっていた。火の粉は風に送られて時々、屋根の上を飛びすぎて消えていく。遠い家々の燃えるような音にまじって群衆の叫ぶ喚声がドッときこえてくるのである。勿論、群衆の喚声があのように伝わる筈はないのに杉の耳にはたしかにそれがきこえた。炎の反射のため、少しあかるい庭では父と母との影が身のまわりの品や食糧を入れた金属製の箱をよろめきながら防空壕《ごう》のなかに運ぼうとして動いていた。杉はその影をみると老人のあさましさを感じて寝床に戻った。

「早くおりんか」父は庭から息子を呼んでいる。「まだ運ぶものが沢山あるんだ」

しかし杉は寝床に体を横たえたまま眼をあけて夜空をじっと眺めた。敵機の尾燈と星屑《ほしくず》の光とが夜空の中では見わけがつかぬ。探照燈の青白い光が空を駆けめぐっている。時々、二つの長い光が一点で結び合うとその真中に両足をひろげた虫に似た大きな飛行機の影がうかびあがった。トタン屋根の上に小石のぶつかるような音がはじまった。家の焼ける臭気が少しずつ強くなった。

　杉はこの時、今、誰かが死んでいるのだなと感じた。そして自分もひょっとすると今夜死ぬのかもしれぬと思った。だがふしぎにこの時は死にたいして恐怖は起らなかった。毎日の疲労や毎日のくるしい生活にたいする嫌悪感が死の恐怖より強かったからである。青白い探照燈の光をながめ、彼は眼をつむった。眼をつぶったが眼《ま》ぶたの裏には赤黒い炎の反映がうつしだされていた。それから彼は父に烈しくゆり起されるまで眠りこけていた。

　既に空襲は終っていた。ぶきみなほどあたりは静かだった。遠くでパチパチといういまだ家々の燃えている音がかえってその静かさを深めるのである。空襲の時は気がつかなかったのに月が黒ずんで屋根のむこうを照らしている。つかれ果てた杉の心には今夜も一晩だけ生きのびたという疲労とも諦《あきら》めともつかぬ感慨が起っただけだった。

　翌日もまた勤労動員で工場に行かねばならぬ。杉の乗る小田急は東北沢から次の駅まで不通になっていたから、この区間を彼は肩に防空袋をかけたまま歩いた。

　余煙はまだ焼け落ちた家々のあとからたちのぼっている。防空団の男たちが、崩れおちたそれらの家々の間を歩きまわっている。血だらけの老婆がその男の一人に背負われて杉の横を通りすぎていった。それを見ても杉は特にどうという気持もう起きはしなかった。こうした空襲の翌日の光景を彼はこの半年の間、幾度も見ていたからである。灰になった焼けあとの中で生きのこった家族が何かをほじくりだしている。欠けた茶碗の一つでさえ、丹念に集めている。杉にとって幸いなことには今日はまだあのロースト・ビーフのように膨れ上った焼け死体にぶつからぬことだった。

だが駅ちかくまでやっと来た時、杉は二人の防空団員がなにかを乗せた担架を見おろしている光景にぶつかった。死体には莚《むしろ》がかけてあったが、その莚の上部から眼と口とを大きく開いて歯を見せた若い娘の顔が仰むけに覗《のぞ》いていた。

「窒息死だよな、これあ」と男は杉にきかすように仲間に言った。

「変なもんだな。女が焼け死ぬ時は仰むけになるし、男はうつ伏せだからな」

この口調にはなにか淫《みだ》らなものが交っているのを杉は感じた。眼をそらして彼は足早に駅に急いだ。

駅には乗客の影がなかった。電信柱からちぎれた電線が線路の上にぶらさがっている。それなのに空はひどく碧かった。線路のはるか向うに丹沢の山がみえるのである。杉はその山を見ていた時、突然、一月前、信州の別荘地でみたテニスコートの少女のことを思いだした。なぜ、こんな時、あの少女が心に甦ってきたのかわからない。おそらくあの少女とたった今、莚をかぶせられていた娘とが同じ年ごろであったせいかもしれなかった。そしてもしあの少女が東京にいたならば、彼女も仰むけに地面に倒れて死んでいたかもしれぬと連想したのかもしれなかった。

テニスコートでは今日、あの少女のような娘たちが白線のなかをラケットをふりまわしながら飛びまわっている。彼女たちが身がまえる時、その陽にやけた脚には男の子のように力がこもる。彼女たちが自分の死ぬ日を一度も考えたこともないと杉は勿論、知っていた。そしてそれが当然のことであり、正しいことだと理屈の上では承知している。にもかかわらず、彼の心にはこれらの連中にたいする嫌悪感を捨てることができないのである。

杉は午後になって晴れあがった空を見た。田淵氏が死んだのに空があまりに碧いのは残酷だった。自分の嫌悪感はこのあまりに碧い空と、あまりに青年や娘たちが若々しすぎるためであることに杉は気がついていた。もし空が碧く、娘たちが死ぬことを考えないでよいならば、あの田淵氏が急死したり、十三年前、莚の上で一人の少女が仰むけに転がされていた事実はどう辻褄《つじつま》を合わせればよいのであろう。辻褄を合わせることの不可能も杉は知っていたが、その矛盾は彼の胸をつきあげてくるのである。

その夜、夜の食事のあと、彼の妻は椅子に腰をかけて生れてくる子供のために小さなスエーターを編んでいた。杉は杉で一人の詩人の本を読んでいた。その本のなかに、生が秋の果実のようにふくらみ、稔《みの》り、死の光とうつくしく調和していった詩人の生涯が書かれていた。杉は憤りを感じて本をとじた。

「おい、俺は戦後は嫌いだよ」

彼は突然、妻にそんな言葉をなげつけた。勿論、彼の妻はその意味もわからず当惑したような顔をしただけだった。

「どうして?」

「これは碧空のようだ」と彼は答えた。「みんなが死んだにかかわらず自分だけが晴れあがった碧空のようだ」

召集令状

小松左京

小松左京（こまつ・さきょう）

一九三一～二〇一一年、大阪市生まれ。京都大学文学部イタリア文学科卒業。大学在学中に高橋和巳らと同人誌「京大作家集団」に参加。卒業後は経済誌記者、工事現場監督、ラジオ漫才台本執筆など多くの職を経験し、一九六二年「ＳＦマガジン」掲載の「易仙逃里記」で作家デビュー。『日本沈没』『首都消失』『さよならジュピター』などベストセラーを数多く執筆、星新一、筒井康隆とともに日本ＳＦ作家御三家と呼ばれる。

1

社のひけたあと父を病院に見まいに行き、いつもより少しおくれてかえってくると、団地の入口で、これから夜あそびに出かけるらしい武井にあった。……同じ課の新入社員で、私と同じ団地の独身アパートにすんでいる。軽くあいさつをかわして、すれちがおうとすると、

「ああ、そうだ。小野さん……」武井が呼びとめた。「この間からきこうきこうと思って忘れてたんですが……四、五ン日前に、こんなものが来たんです。……これ、なんだか知りませんか？」

たちどまった私に、彼はポケットからペラペラのハトロン封筒を出してつきつけた。封は切ってあり、うす赤い中みがのぞいている。

「なんだ、こりゃア……」うけとって、中の粗末な紙をひろげた私は思わずつぶやいた。

「——召集令状じゃないか」

「そりゃわかってますよ」と武井は笑った。

「そのくらいの字は読めますよ。だけど……召集令状って、いったい何です？」

私はちょっと呆《あき》れて武井の顔を見つめ、それからふき出した。なるほど、今年大学を出たばかりのこの青年はせいぜい二十三か四で、終戦の時はまだ頑是《がんぜ》ない幼児だった勘定になる。この年頃の人たちが、召集令状の何たるかを知らないのは、あたり前かも知れない。

「つまり……むかしの軍隊の呼び出し状だよ。民間人が戦争にひっぱられる時は、これが来たんだ」

「へえ……なるほど……」武井はキョトンとした顔つきでつぶやいた。「だけど、それが今ごろどうしてぼくの所へなんか来たんでしょう？」

「きっとまた、宣伝か何かだろ」私は、チラシみたいに見えるその紙を、ひっくりかえしながらいった。……数年前、これと同じ手を、どこかの軍隊酒場がつかったという話をきいたことがある。

「でも……」武井は口をとがらせていった。「宣伝文句なんか、どこにもありませんよ」

そういえば……広告文らしい文句は、どこにも見あたらなかった。色のさめたような、赤い菊版ほどの大きさのザラ紙に、古めかしく、暗い感じの旧号活字で、こう刷ってある。

充員召集令状

××府　郡
縣　×市××警察署管內
武　井　昭　太　郎

右充員（臨時）召集ヲ命セラレル依テ左記日時到着參着スヘシ　令狀ヲ以テ當該召集事務所ニ届出ツヘシ
但シ〇月〇日×時×分××驛（　港）發ノ　汽車汽船ニ乘ルヘシ

到着日時	第×日

到着日時	○月○日午後×時
到着地	××市×區×町隊集會所
召集部隊	× × 隊

廣島聯隊區司令部

府第××號	
乘車(船)	自××驛　至○○驛
乘車(船)等級	參等
運賃急行料金	圓

後拂證ニ關シテハ證書裏面注意書ヲ參照スヘシ

それだけなのだ。……いくらさがしても、店の名や宣伝文句らしいものは見つからない。武井の名前と、日時、その他の文字は、悪い墨をつかい、ちびた毛筆で書きこんである。

「こりゃアたちの悪いいたずらだな」私はそうつぶやくよりしかたがなかった。……私自身も、戦時中はまだ中学生で、父に召集が来たものの、令状……らしきものを手にとってながめたのは、それがはじめてだった。

それにしても、ちゃんと団地のある土地の警察の名が書いてあるところや、乗車駅や日時まで、いかにもうがったように指定してあるのが、妙に、なまなましく、陰惨な感じだ。……戦前、内務省や陸軍省が幅をきかせていた時代の、暗い、冷たい風が、そこからフッと吹きつけてくるような気がする。

「君は広島と関係あるの？」何となくうそ寒くなって、紙片をかえしながら私はきいた。

「ええ、本籍がむこうですが……」武井は無造作に紙をポケットにつっこみながらつぶやいた。

「だけど……だれがこんなことしたのかな？」

考えてみれば、意味のないいたずらだった。……赤紙におびえたことのある戦前派をおどかすのならいざ知らず、召集令状が何だか知らないような当世風の若者に、こんなものを送りつけて、どうしようというのか？

「じゃ、どうも……」武井はペコンと頭をさげた。「すいませんでした。おひきとめして」

さっさと背をむけて、口笛を吹き吹き遠ざかって行く武井の姿を、私はしばらくぼんやりと見送っていた。その姿が常夜燈《じょうやとう》の下を通りすぎる時、ポケットからひっぱり出した、あの紙片らしいものを、まるめてポンとごみ箱にほうりこむのが見えた。……私は一瞬、意味もなくヒヤリとした。

2

翌日は朝から、むちゃくちゃにいそがしくて、そんな事はすっかり忘れていた。……やっと昼休み前に一段落ついて、ホッとひと息いれていると、

「小野くん……」と課長に手まねきされた。

「君、武井くんと同じ団地だったな」

「ええ」

「だったら、帰りによって見てくれ。入社早々無届欠席なんて、困るよ」

いわれてみれば、武井の姿は席に見えなかった。ふと胸をつかれたような気がしたが、その時はまだ、ごく軽い気持ちでききながしていた。……しかし、昼休みになって、傍の書類をかたづけた時、その下に又もやそれを見つけた時は、心の底からギクッとした。

「ああ、そうそう……」思わずそれに手をのばそうとすると、隣席の佐久間という、これも今年入社の青年が顔をあげた。「それ、ゆうべ下宿に来てたんです。誰かにきいてみようと思って持って来たんだけど……」

「君の所にも……」とつぶやいた私の声は、ちょっとのどにひっかかった。

「それ、何です？」佐久間は関心のなさそうな声でいった。

「Ｄ・Ｍ《ダイレクト・メール》かなんかですか？」

私は答えず、ちょうど席をたった課長に声をかけた。

「課長は、兵歴はおありですか？」

「あるよ」課長は妙な顔をしてふりかえった。

「応召ですか？」

「そうだよ……それがどうかしたか？」

私はだまって紙片をさし出した。

「へえ！　これはこれは……」と課長はおもしろそうにいった。「また、こんないたずらが、はやり出したのかい？」

「召集令状って、こんなものですか？」

「ああ……」課長はすっぱいものでもなめたような顔つきで、その紙の裏表をかえした。

「そうだ。こいつだよ……本物そっくりだ。俺《おれ》もこいつでひっぱられて……」ふと、課長は遠い所を見るような目つきをした。

「まったく、思い出してもぞっとするよ……」

「君、これに何か心あたりは？」私は席を立とうとする青年に声をかけた。

「ありませんよ」佐久間はふりむきもせず、首をふった。

「汚ならしい紙ですね」

「その汚ならしい紙一枚で、昔は誰彼の区別なく、戦争にひっぱられたんだからな」課長は苦笑しながら、その〝赤紙〟をかえしてよこした。「まったくああもすうもなかったよ。……徴兵のチの字も知らん今の若い人は、想像もつかんだろうが……」

「なんだ、ほかにも来た奴がいるんですか？」

ちょうど通りかかった、隣の課の後藤という青年が、私たちの肩ごしにのぞきこんだ。

「君もか？」私は思わず声が高くなった。

「今、それもってる？」

「いいや、……破いてすてちゃいましたよ」

「昔なら銃殺ものだな」と課長は笑った。

「ほかにも、もらったものはいるかい」

「ああ、社内で、七、八人いるらしいですよ」後藤は事もなげにいった。「なんでも、十日ぐらい前から、あっちこっちで来てるらしいですよ。……ほら、新聞にものってます」

後藤はひょいとそこにあった新聞をひろげて見せた。彼の指さしたトピック欄に、小さなかこみ記事でこう書いてあった。

〝最近全国各地の若い人たちの所へ『召集令状』と印刷された赤い紙が送られてきて、話題になっている。うけとったのは、二十歳から二十五歳ぐらいまでの独身男性、印刷物は戦中派なら誰でも知っている『赤紙』そっくりで、本人の名前が書きこまれ、入隊地、入隊日から乗る列車まで指定してあるという念のいったもの。戦争を知らない若い人たちは別になんとも思っていないようだが、父兄の中には、悪質のいたずらとして神経をとがらせている人もいるとか。……『赤紙』をうけとった青年は、すでに全国でかなりな数にのぼるとみられ一部では、警察に、調査を要望する声もあがっている……〟

「なんだ、それじゃ貰った奴はたくさんいるんだな」と、佐久間はつまらなそうにいった。

「いったい誰がやったんでしょうね?」

「国粋団体が、危機意識でもあおろうとしているんじゃないか?」と課長はいった。

「召集令状」のことは、その日の昼休み、社員食堂の面白おかしい話題になった。ただ私だけが、その日無断欠勤した武井のことを思って、胸さわぎを感じていた。

あの武井に来た〝令状〟には……たしかその日が入隊日と指定してあったのだ……。

武井の方も気になったが、その日も前日約束した院長の返事をききに、父のいる病院へまわらねばならなかった。

「手術はやっぱり無理だね」と院長はいった。「死期をのばす意味でも、このままそっとしておいた方がいい」

やみおとろえた父は、寝台の上で身をよじりながら、ブツブツいっていた。

「つっこめ！　……うて！　うて！　……右翼に敵襲！　……戦車！　……おれを……おれをおいて行かないでくれ！」

「一ヵ月前から、もうすっかり頭《ここ》がだめだ」と院長は説明した。「まだ戦争してるつもりなんだよ」

戦時中は軍国調の教育で、私や母をふるえ上らせた父ではあったが、六十こえてなお、その狂った頭の中で戦場の幻を見つづけている老人を見ると、子としてさすがに暗澹《あんたん》たる気持ちになった。あの頑固だった父も戦争ではずいぶんつらい目をしたにちがいない。

父の寝台に背をむけた時、ふと、なにか心のすみにひっかかるものがあった。病室の外で、私はちょっとたちどまって、それがなんであるか考えようとした。……だが、結局なんだかわからなかった。

3

その晩たずねた武井の部屋は、鍵がかかっており、彼はまだ帰っていなかった。……その晩はとうとう帰ってこず、翌日も無断欠席だった。その翌々日も……

若い社員が、次々に無断欠席しだして、それが社内で問題になりだしたのは、ちょうどそのころからだった。彼らが、単に若気の気まぐれから、二、三日ちょいと行方をくらましたのではなく、はっきり「家出」あるいは「失踪《しっそう》」したのだと確認されるまで、もう少し時間がかかった。……失踪そのものは、それほど珍しい事件ではない。一九六三年中に、東京だけで五千五百人の男たちが、その住居から姿をくらましている。そのうちの千五百人は、「蒸発」としか考えられないような、理由もなく、「痕跡《こんせき》」ものこさない不思議な消え方をしているのだ。……しかし、独身男性の失踪が、全国各地で急にふえだし、それと例の〝赤紙〟との関係が、はっきりうかび上るにおよんで、事件はようやく社会的問題になり出した……。「こりゃひどい！」片隅の短信欄から、一躍社会面のトップにおどり出たこの問題の記事を読んで、私は思わずうなった。「この二週間に、全国で七千五百人の若者が姿を消したって書いてあるぜ。……それもみんな例の召集令状をうけとった奴ばかり……消えたのは指定された入隊日の前日……」

「その数字は、まだまだふえそうだって話だぜ」会計課の中崎という偏屈な男がいった。「新聞に書きたてたので、はじめて、肉親の家出と〝赤紙〟の関係に気がついた連中も多いらしい」

　私は思わず空席の目だつ室内を見まわした。……武井の席はもちろん、今は隣の佐久間や、後藤の椅子も、からっぽになっていた。そのほかにも、二、三の席があいている。

「警察は何をもたついてるんだ！」私は仕事も手につかないままに、新聞をたたいてぼやいた。「いまごろになって、やっと本格的調査にふみきったというじゃないか」

「なにしろ最初は、各所轄署別に、単純な家出人として届け出があっただけだからな」中崎は神経質そうに髪をかきあげた。「だから今まではふつうの家出人捜査の形でしらべてたんだ。……これをはっきり、大規模で計画的な誘拐事件として、全国総合捜査にふみきるのには、まだ時間がかかりそうだぜ」

「だけど、いったいなぜ……」私は爪《つめ》をかみながらつぶやいた。「国粋団体の、政治的隠謀かなにかかな?」

「秘密軍事組織という噂《うわさ》もあるな」若手課員につぎつぎに消えられて、いいかげん頭に来ているらしい課長は、いらいらした口調で口をはさんだ。「おぼえてるか? 何年か前に、どこかの地下団体が、日本の青年を秘密義勇軍にしたてて、こっそり東南アジアかどこかへ送り出していたとか……議会で問題になったろ?」

「だけど、それとこれとは様子がちがいますよ」と私は反論した。「消えた連中は、どう考えたって、義勇軍に行きそうな柄じゃない。世界無銭旅行にゃよろこんで行きそうですがね……それに、ちょっと大規模すぎるし……」

「それじゃ国際的人身売買団の誘拐か」課長はやけっぱちな口調でいった。「日本の青年は優秀だから、どこか新興国の官史か何かに売りとばされるのかな……それともタネ馬かも知れんぜ」

「それにしたって、誘拐をわざわざ赤紙で予告するってのは変ですよ」中崎はボソボソとつぶやいた。「もっと事態を直視すべきじゃないですかね？　……話にきくと、失踪した連中は大てい身体強健な二十二歳から五、六歳の独身者で、ほとんどが次男だってことです」

「それがどうだというんだい？」

「つまり……」中崎はうつろな眼つきで宙を見つめながらいった。「ひょっとしたら、これは……ほんものの召集かも知れないぜ……」

課長と私は思わず顔を見あわせた。……とりわけ私は、胸をつかれたような気がした。ずっと前……いや、ごく最近……二、三ヵ月前、……誰かがそのことをいっていたような気がしたのだ。そいつは誰だったか？　どこできいたのか？　……私は必死になって思い出そうとした。だが、あせればあせるほど、その記憶はあいまいになっていった。

不気味に古めかしい「召集令状」は、その後も適齢期の男子のいる家庭の戸口に次から次へとあらわれた。あらわれたというのがこの際もっとも正確な表現であろう……。というのは、警察の調査によって、この紙片が正規の郵便ルートによって、配達されたのではないということがはっきりしたからである。とすると、誰かが投げこむのか？

……しかし、北海道から九州のはてにいたるこの大規模な「投函」に対して、誰一人、それらしい人物の姿を見かけたものはいなかった。

大事な息子に、不吉な「召集」をうけた親たちや、召集をうけそうな年齢の息子をもった親たちは、目の色をかえて警察へかけこんだ。警察はいったい何をしているのか？　なぜ、全警察力をあげて、この奇怪な誘拐団体をつきとめないのか？　せめて誘拐そのものぐらいはくいとめろ……警察もいまは「令状」の出所をしらべるより、誘拐の予告をうけた若ものたちの保護に、必死にならざるを得なかった。最初のうちは、とぼしい人員をさいて、令状の来た家には、「入隊日」に二十四時間見張りをつけていたが、「令状」の来かたがはげしくなると、とてもそこまで手がまわらなくなって来た。……だが、結局見張りをつけようがつけまいが、おなじことだった。いったん令状をうけとった若ものは、どんなに厳重に監視され、護衛されていても、入隊の前日、令状に指定された汽車に乗る時間の少し前になると衆人環視《しゅうじんかんし》の中で煙のように消えうせたのである。

この奇妙な召集が、いわば「不可抗力」だということが知れわたった時、一部ではほとんどパニックにちかい状態がおこりかけた。……親たちは、連日デモを組んで国会におしかけた。政府は何らかの手をうたないのか？　誘拐防止に自衛隊を出動させろ、戒厳令をしけ……だが、その自衛隊や警察の人員にも赤紙が来はじめていた。全国で「召集」された若者の数が、数万のオーダーに達した時、政府もむろん、閣議や議会で、この「赤紙事件」を問題にしだしたが、……しかし、いくら論議したところで、こういう原因不明の超自然現象に対して、打つ手があるとも思えなかった。召集は社会的な差別をつけないみたいだった。……著名な政治家や財界人の御曹子《おんぞうし》たちも「赤紙」一枚で次々とどこかへひっぱられていった。その人の社会的地位や財力は、この情け容赦ない力に対しては、まったく無力だった。俳優や、歌手や、作家や評論家やスポーツマン……若い有名人たちも、かたっぱしからひっぱられはじめた。ある人気歌手にそれが来た時、ファンは文字通りきちがいじみた「親衛隊」をつくった。しかし、その歌手は、ちょっと強がって見せるために、「入隊」当日にステージで歌い、歌のなかばで短い悲鳴をあげて消えうせた……。

最初のうちこの事件にもっとも強烈な反応を見せたのは、もらった当人たちよりも、むしろ周囲の連中だった。……初期の段階で「赤紙」をもらったのは、ほとんどが純然たる戦後派ばかりで、細いズボンのにあうかっこいい若者たちは、恐れるよりもむしろ面くらい、ウロウロするばかりだったのである。召集ときいて古疵《ふるきず》にさわられたようにとび上ったのは、あの時代を知っている中年以上の連中だった。混乱の当初、怒りくるった群集におそわれたのは、右翼団体の事務所と今はもうだいぶ数のへっていた軍国酒場だった。楽器店もおそわれて、リバイバルものの軍歌レコードが、かたっぱしから歩道にたたきつけられた。軍隊ものや戦争ものを放映しているテレビ局もおそわれ、子供むけの戦争ものを掲載している少年雑誌の発行所や、ついには戦争中の軍用機や戦車、軍艦のプラモデルを売っているオモチャ屋までがおそわれた。「きさまたちがいけないんだぞ！」いつもは平凡な市民であり、親たちである人々は、いまは理性を失った暴徒になり口々に叫んだ。

「きさまたち……何百万人の同胞を殺した戦争を、のどもとすぎれば熱さを忘れるからといって、下劣な食い物にしてきたきさまたちが、またおそろしいものをよびおこしちまったんだ！」


映画会社も出版社も、戦争ものの企画を全部やめた。……現実の中に「軍隊」と「戦争」の影がしのびよってきた時、あれほどマスコミで隆盛だった戦争もの、軍隊ものが、まったく影をひそめたのである。……酔えば酒場の片隅で、きまって誰かが歌い出した、あの昔なつかしい軍歌も、パッタリきこえなくなった。かわってあらわれたのは、陰惨でひたむきな、そしてどう考えてもまとはずれな反戦ムードだった。

「私たちの愛する子供や夫や恋人を、おそろしい軍隊の手からまもりましょう！」


母親や主婦の団体が、連日大会をひらいてこう叫んだ。……たしかにこの召集に対しては、男たちよりも、女たちの方がはげしくたたかう姿勢をしめした。……だが、たたかうといっても、いったいどうやって？　何に対して？

「君たちも、今度はいっしょにたたかってくれ」左翼関係の男が、私たちをアジリに来た。「前の戦争の時は、みんな戦争はいやだという気はありながら、何もせずにズルズルと戦争にまきこまれていった。……今度こそあの悲惨の二の舞いをしないように、われわれは結束してたたかわねばならん」

「何に対して？」と私たちはきいた。

「むろん、戦争勢力に対してだ！」男は手をふりまわした。

「これはどこか、世界の裏側にかくれている戦争勢力の隠謀にちがいない」

「で、どうやって？」

「国民みんなが団結して否《ノン》といおう！」男は絶叫した。「たとえ君たちがついてこなくとも、おれはただ一人でたたかうぞ。召集をあくまで拒否し、地下にもぐって抵抗をつづける！」

4

「戦争反対」「召集拒否」のプラカードをもった婦人団体のデモが、毎日街に見られるようになった。……しかし、その叫びは、まとはずれなままに、いたずらにヒステリックな調子をおびてゆくばかりだった。

　一方当の男たちの間には、早くもものがなしいあきらめの空気がただよいだした。……いったん令状が来たら、どうあがいても、どんなに逃げまわってもむだだ、ということが次第にわかってきたのだ。……海外逃亡をこころみたものも、むろん大ぜいいた。しかしこの事件の開始以来、適齢期の男で海外脱出に成功したものはほとんどいなかった。……

妙なことで渡航手続きがだめになったり、逃げ出そうとしたとたんに消えうせたりするのだ。この奇怪な「召集」システムは、当時世界一といわれた戦前の警察力までそなえているらしかった。……事実、入隊日が来て、恐怖にふるえている人々の耳に、ガチャリ、ガチャリというサーベルの音が……戦前の巡査がつっていた佩剣《はいけん》の音がきこえてきたこともあるという。

「すこしわかりかけたような気がする」

会計の中崎が、おもやつれした顔をのぞかせていった。……この事件がはじまって以来、彼はろくすっぽ仕事もせず、毎日ぼんやりと、何かを考えているようだった。

「わかりかけたって、……何が?」

「この事件の起った理由さ」

「理由だって?」私はあきれて叫んだ。「こんなばかばかしい事に理由なんて考えられるかい?　世の中が、気がくるったとしか思えないじゃないか」

「ばかばかしい現象には、それにあてはまるばかばかしい理屈があるはずだ」

「だって、……衆人環視の中で人間が消えるなんて現象に、どんな理屈がつけられる?」

「人間がふいに、消えるなんて、そう珍しい現象じゃないよ」中崎は眉《まゆ》をしかめていった。「十九世紀末に、テネシー州のデヴィッド・ラングという男が、まっぴるま、見とおしのきいた牧場で、家族や知人の見ている前で、あっという間に消えうせたことがある。

垣根からとびおりようとした子供が、地面に足のつく前に、空中で消えた、という例もある。雪の夜に水汲みにいって、井戸の手前で突然消えた男の話もある……家族のものは、雪の中でふっつりとぎれている足もとの上空で、男が助けをよんでいるのをきいた。しかし男の姿は見えず、助けを呼ぶ声は次第に空中を遠ざかっていって、消えた……」

「だけど……」私は不気味な思いにとらわれながらいった。

「今度のは、個人じゃなくて集団だぜ」

「集団で消えた例もごまんとあるぜ……十八世紀にはフィリピンの軍隊が突然消えうせ、同じ時間にメキシコにあらわれたこともある。つい最近、エスキモー集落の全員が、食事の準備をしたまま、影も形もなくなった事がある……チャールズ・フォート（アメリカの超自然現象研究蒐集家）は、こんな記録をやまほど集めてるよ」

「つまり……」私はうろおぼえの知識をふりしぼっていった。「そういった連中は、異次元空間にでものみこまれたんだ、とこういいたいんだろう」

「ところがそれでは説明できない。空間のもつ、未知の性質によっておこる特殊な物理現象だとしたら……いったいあの時代がかった召集令状はどうなるんだい？」

そういえば……これは単なる消失現象ではなかった。私は返答に窮した。

「もう一つ、〝パラレル・ワールド〟という考え方がある」中崎はふだんからＳＦなどというきちがいじみた小説を読んでいるので、妙なことをたくさん知っていた。「つまり、この世界のすぐそばに、われわれの眼から見えないが、構造から、そこに住んでいる人間まで、何から何までこの世界とそっくり同じで、しかも歴史が異なった展開の仕方をしている世界が存在する、という考え方だ」

「そいつだ！」私は思わず叫んだ。「きっとそれにちがいない。この世界のすぐ隣りに、あの戦争がまだおわっていない世界があって……」

「ところが、それでもまだ説明しきれないんだよ」中崎はうつろな眼つきでいった。「二つの世界が偶然、接触したのなら、その接触は双方から同じように観測されるはずだ。こっちからむこうへばかり、人間が行くというのは、おかしいよ」

「どうでもいいじゃないか……どうせ架空の理屈だろ！」

「架空の論理だって、論理は論理だ」中崎はボソボソつぶやいた。「消えるなら消えるで、そこになんとか辻つまのあった理屈を見つけたい。理由もなしに、ただ消えるんじゃ……人間として、ねざめがわるいよ」

5

「召集令状」は、今やペストのように、手のつけられない勢いで、日本中をあれくるいはじめた。もはや人々は、この世界のどこか裏側で、目に見えない戦争が起っているということを、うたがわなくなっていた。そしてこのころになると……単に召集令状ばかりでなく、息子をうばい去られた家族のもとへ、「戦死公報」がまいこみ出したのである！　親たちの悲痛な慟哭《どうこく》が、巷《ちまた》のあちこちからあがり出した。それをきくと、まだ召集をうけていない男たちは、まるでそれが自分たちのせいであるかのように、後めたい気持ちにおそわれるのだった。

「だんだんひどくなってくる」私は妻にいった。「いまは二十《はたち》の連中ばかりだが、いずれ三十代もひっぱられるかも知れない。もし、ぼくが……」

「いやよ！」妻は二人の子供がびっくりするほどはげしい声でいった。「そんなのいや！　どこかへ逃げましょうよ！」

「逃げたってだめなことはわかってるだろう」私は胸のあたりに冷たい恐怖がゆれるのを感じながら、わざと投げやりな調子でいった。

「戦前の特高、知ってるだろう？　……どんなにあがいても、内務省と憲兵の手からはのがれられやしないよ」

「でも、そんなの昔の話でしょう」妻は眼をギラつかせながらいった。「何もかも売りはらって、今のうち海外へ逃げましょうよ。着のみ着のままで……、あれがこないうちなら、逃げ出せるかも知れないわ」

「しかし……」私は気弱くいった。「噂によると、適齢の男たちで海外へ逃げ出そうとしたやつは、みんな妙な具合に失敗しているらしいよ。それに……」

「それに、何よ」

「ずっと病院にいる親父を……あの年よりをほったらかして逃げるのは……」

「だって、お義父さんは年も年だし、それにあんな、き……」

「おい！」私はどなった。「子供の前でそれをいうな！」

二人の子供をかかえた妻の不安は、私にもいたいほどわかった。……といって、彼女にできることといえば、私の保険の額を倍にするくらいのことだった。

失踪した人々の家族に対する補償について、政府はしばらくもめていたが、結局当面の臨時措置として、雀《すずめ》の涙ほどの金額を出すことにきめた。むろん、一家の働き手をいやおうなしにうばいさられた、農家やサラリーマン家庭の痛手は、これくらいのことでは焼石に水だった。……「召集」されたものの給料支給のことで、どこでも労組と会社側が長い間もめた。しかし結局は〝遺族〟と会社との確執《かくしつ》が、最後までのこった……。


季節は初夏にむかっており、毎日晴れた日がつづいた。さわやかな風が街路樹の若葉をそよがし、明るい日ざしはさんさんと街の上にふりそそいだ。巷には人があふれ、商店には相かわらず華やかな品物があふれていた。一見それは、例年と何のかわりもない、春先の世間のように見えた。……しかし、その明るい風景の上に、目に見えない〝戦争〟の呪《のろ》わしい影が、かげろうのようにゆらめいていた。

この世でないどこかで、いまもなおあれくるっている戦争は、どうやら日増しにはげしさをくわえてゆくようすだった。……巷の中に、あの「かっこいい」若ものたちの姿は次第にまばらになってゆき、そして……

すでに六人の若手課員が「召集」され、急な補充もつかないままに、日夜ひどい超過労働においまわされている私たちの前に、ある朝突然、課長が丸刈り姿であらわれたのだ。「とうとう俺ン所にも来たよ」課長は赤く血走った眼をギラギラさせながらいった。「俺は通信関係の、いわば、技術将校だったからな。その特技を買われて、一足先にお召しにあずかったらしい」

課長はよっぱらっているらしかった。……しかし、そのいい方には、半分本気みたいな所もあった。

「のがれられんと知ったら、いさぎよくお受けすることにしたよ。じたばたするのは見苦しいからな」課長は青々とした坊主頭をなでてわざとらしい豪傑笑いをした。「考えてみりゃ、おれは前にいっぺんこういう時代を経験してるんだ、その時とちっとも変らん……それが始まっちまえば、もう個人の力ではどうにもならんのさ。誰の力でもどうにもならん。こういう時代にうまれあわせたのが、不運ってもんだ」

課長はそれから一週間、毎日よっぱらって会社へ来た。それでも事務ひきつぎはきちん

とやってのけた。……休み時間には、から元気をつけるように、大声で古くさい軍歌をうたったり、

「お前たちもあとからこいよ。戦後派のヘナヘナ野郎どもに、ヤキをいれてやる」などといやがらせをいったりした。

いよいよ明日入隊という日、課長は赤いタスキをかけて、上役のあいさつにまわった。……せめて課長を、それらしく見送ってやろうという声があがって、その夜、令状に指定された汽車の時刻の少しまえに、有志が紙の小旗をもって、課長の家に集った。……近所の人も、気の毒そうな表情で、顔を出していた。

子供は親類にあずけたとかで姿が見えず、夫人一人が顔をおおって泣いていた。ベロベロによって、青い顔をしている課長は、手に緑色の布でつくった奉公袋をさげ、あやしげな敬礼をしながら呂律《ろれつ》のまわらぬ舌であいさつした。

「みなさん、かくも盛大なお見送り、ありがとうございます。不肖《ふしょう》田村浩三、いったんお召しをうけたからは、滅私奉公《めっしほうこう》、死して護国の鬼となる覚悟であります。ではみなさん、行きます！」

私たちは意気あがらぬ声で万歳を叫んだ。

駅に課長を送って行く途中、課長がどうしてもうたえというので、私たちはうろおぼえの文句をたどりながら、やけっぱちの声をはりあげてうたった。

〽わが大君に、召されたる
　生命光栄《はえ》ある、朝ぼらけ！

夜の街路で行きかう人たちは、びっくりしたようにふりかえり、それから顔をそむけて立ちさった。……私はふと、中学生のころ、こうやって出征する父を送って行ったことを思い出した。父も戦争末期に召集をうけた時はすでに四十すぎだった。熱烈な市井《しせい》の国粋主義者だったので、しきりに肩肱《かたひじ》はって勇ましく見せようとしていたが、そのやせて貧相な姿は、どこかさむざむとあわれであり、戦地でまた、持病の痙攣《けいれん》の発作を起したりしないかと、思わず胸がいたんだものだった。……奇妙な行列は、日の丸の小旗をふりながら、パチンコ屋やジャズ喫茶のならぶ駅前通りを進んでいった。駅につく少し手前で、課長の姿は消えた。私たちは気のぬけた万歳を叫び、それからちりぢりになった。

すでに人々は、目に見えない戦争を一つの〝事実〟としてうけいれ出していた。古めかしい「歩兵操典」が、目先のきいた本屋によって再刻され、とぶように売れた……どうせ「召集」されるのが避けられないのなら、せめてあちらへ行っていたい目にあわないように、忘れた知識をとりもどしておこうというのである。同じような理由で「親心」から、民間人や学生の軍事教練の復活がとなえられたりした。

かと思うと、その昔の〝検査のがれ〟の手が使えないものかと、入隊日前に、むりをしてドンブリいっぱいの醬油をのんだり、鉄棒に片手でぶらさがったり、あわれにも滑稽《こっけい》な努力を必死にやるものもいた。……だが、いったん召集されたものが、かえって来たという噂は、一度もきかなかった。親たちも、ききめもわからぬ昔の知恵を思い出して、次男を他家の養子にやって、戸籍上の長男になおしたり、急に僧籍《そうせき》にいれたり無駄な努力をつづけた。……また戦時中、理科系の学生が召集されなかったことを思い出して、文科系から理科系へかわろうとする学生が殺到した。

……あいかわらず外見ばかりはなやかな、消費ムードにあふれた街角に、つきつめた表情の婦人たちが、千人針の布を道行く人にさし出すのが見られるようになった。戦争反対のデモの姿が消えたかわりに、日の丸の旗をもって、「天にかわりて」や「出征兵士を送る歌《うた》」をうたって行く行列が見られるようになった。もっとも、人々がそれをうけいれたといっても、抗《あらが》うことをやめただけで、結局それをどうしていいのかわからなかったのだ。政府もまた、補償金の増額を行う以外、何の手もなかった。……ゴールデン・ウィークは、やっぱり大変な人出だった。だが、今はレジャーをたのしむというより、「召集」されないうちに、できるだけたのしんでおこうという人々が行楽に殺到したのだった。

今では、もはやおおいがたい荒廃が、この明るい、消費的な時代をむしばみはじめていた。……「召集」されたものは数十万のオーダーか百万のオーダーに達し、街頭から二十代、三十代の健康なホワイトカラーの姿は、ほとんど消えた。それは社会の中にポッカリあいた、暗い空洞のように見え、しかもその空洞は、年齢の上下にむかってなおもじりじりと拡大しつづけていた。

ついに……学生たちにも召集令状が来だした。つづいて令状の黒い爪は、十代の若者たちにまでのびた……あちら側ではいよいよ戦局急を告げ、あのいまわしい学徒動員時代のように、「勅令をもって」学生たちの徴兵猶予《ゆうよ》をとり消し、次いで徴兵年齢を満十九歳にひきさげ、さらに満十七歳にまでひきさげたらしいのである！

学生たち、ティーンエイジャーたちは、凶暴《きょうぼう》な目つきで街をうろつきまわり、酒をのんであばれたり、刹那《せつな》的な乱交にふけったりした。自暴自棄的な車の運転や、自殺的登山もふえた。……やっていることは、それまでとあまりかわらなかったが、そこにははっきりと、一抹《いちまつ》の悲哀が彼等の行為をささえだしていた。「理由なき反抗」が、いまや「理由ある反抗」にかわったのだ……。

そして……「学徒動員」に前後して、あの空洞は上の方にもひろがって来た。四十以上の世帯持ちや、昔なら兵役免除の「丙種」に相当する虚弱な連中にまで……とうとう中崎にそれが来た。……つづいて私にも！

もはやあちらには紙もなくなってきたらしく、通知は電報できた。赤いテープを隅にはりつけた、粗末な電報用紙をにぎりしめて、まっさおになっている私を見て、妻は二人の子供を力いっぱい抱きしめると、ワッと泣き出した。……強度の近視で、虚弱体質の私には、ひょっとしたらという期待もあったのだが、戦局はそんな人間まで、かり出さねばならないところに来ているらしかった。当初にくらべて、通知から入隊までの余裕がだんだんなくなり、私に指定された入隊日は、翌日の晩だった……

6

翌日は朝から会社であとかたづけをしたり、給与関係の交渉をしたり、あわただしい一日だった。できれば父にもわかれをつげたかった。……すでに若い連中や中年の連中が、ほとんど出征してしまった会社は、ガランとして活気がなく、人影もまばらな室内に、定年退職後またかり出された老人たちがポツン、ポツンと坐って、老眼鏡の奥の眼をしょぼつかせているのも、うそ寒い光景だった。

悪夢の中でもがいているような一日が、あっという間にすぎさり、クタクタになってかえってくると、妻はむこうをむいて、すすり泣きながら、新しい腹巻をぬっていた。……二人の子供は、すでにいいきかされたのか、おびえたような顔つきで部屋の片隅に膝《ひざ》をそろえてすわり、よってこようとしなかった。私もまた、父の所へ行かなくてはと思いながら、彼らから少しはなれ、顔をそむけて坐った。……肩でしゃくり上げながら、一針一針ぬっていく妻のあれた手を、眼の片隅に見つめているうちに、私の中には次第にやり場のない怒りがこみ上げて来た。下の女の子が、その場の空気にこらえ切れなくなったように、突然ワーッと泣いてとびついて来た。

「お父ちゃん、どこへも行っちゃいやだ！　どこへも行かないで！」と泣き叫ぶ声をきいた時、私は思わず娘をギュッと抱きしめてたち上った。

いったいなぜ、こんなバカなことになっちまったんだ！　……私はせいいっぱいどなりたかった。……こんなバカげたことをひき起したのは、どこのどいつだ？

逃げるんだ！　……私は妻に声をかけようとした。むだなことはわかっていても、ここでこうしてじっと待っているよりは、親子四人手をとって、とにかく逃げられるだけ逃げてみよう！

その時……ふいにドアがはげしくノックされた。親子四人は、一瞬石のようになって抱きあった。……だが、来たのはあれではなく、病院からのチチキトクの電報と中崎からの速達が、いっしょに配達されたのだった。

「入隊まで、あと一時間ある」私は時計を見ながらいった。

「車をよんで来てくれ。……死水はとれないかも知れないが、とにかく行ってみる」

妻が顔をおおってとび出して行くと、私はいらいらしながら中崎の手紙の封を切った。

「可能性はただ一つだ……」中崎はいきなりこう書いていた。「入隊が、あと数時間にせまったいまになって、やっと思いついた。……可能性といっても、われわれがまだ立証し得ないような力、しかし、そんなものがあるかも知れないとおぼろげながら推察し得るような力が、実際あると仮定してだが……しかし、そう仮定することによって、この現象に、一応辻つまがあう説明ができるなら……僕はそれで充分満足だ。

「この現象は、前にもいったように、並行するもう一つの世界……パラレル・ワールドとの接触という概念では説明できない。二つの世界の偶発的な接触や交錯にしては、あまりに長期にわたるし、しかも計画的……むしろ人為的すぎはしないかい？　そこには、単なる超物理的な原因じゃなく、人間の意志が働いてるみたいだと思わないか？

「そうだ……可能的な説明はそれだけだ。この現象は、誰かの意志によって、起ってるんだ。そう考えると筋が通ってくる。

「超能力というのをきいたことがあるだろう。……他人の心を読みとるテレパシイや、遠方のもの、壁のむこうのものを見通す透視《クレアヴォワイヤンス》、ものごとを事前に察知する予知《プレコグニション》……どれもこれもはっきりあるとは、科学的に証明できないが、古くからあると思われて来たし、あるかも知れないという兆候はたくさんある。……真剣に研究している科学者は世界中にいるし、アメリカでは国防関係が大金をつぎこんでるってことだ。たしか一九五九年には、原子力潜水艦まで使って実験をやってる。

「この超能力の一種に、念力《サイコキネシス》というのがある。……意志の力で、思った通りの現象を起す力だ。サイコロをふって、自分の思った通りの目を出す。もっと強い力になると、サイコロに手をふれずに、意志の力で、サイコロを動かすこともできる、というんだ。「かりに、……ここに単にサイコロのみならず、自分の念じた通りの、社会的現象を起すことのできる男がいたと仮定しよう。ずいぶんムチャな仮定だと思うだろうが、サイコロを意志の力で動かせる力が実在するとすれば、同じ能力を社会的次元にまで拡大して考えることもできるじゃないか。

「結論はもういってしまったようなものだ。……そういう超常識的な力をもった人間がどこかにいて、そいつが、こんなことが起ればいいと念じたんだ。人間の心なら、どんな恣《し》意《い》的なことでも思い描けるから、そいつの心に描いた通りの、まったくムチャクチャな、非合理的なことが起ったんだ。……ずいぶんムチャな仮説だと思うだろう。だけど何度もいったように、これだけが唯一《ゆいいつ》の可能な説明だ。それに……人類を破滅させる大戦争だって、はじめはたった一人の人間の心の中に芽生えてくるって、よくいうじゃないか。

「そいつが誰かは知らない。しかし、どんな男かは、大体想像できる。……むろん日本人で、おそらくもう、相当年配の男だ。戦争にひっぱられたこともある。召集のいろんな段階を知ってることを思うと、戦争も、もう大分末期にひっぱられたんじゃないかな。すでに彼自身が、その時相当の年配だったかも知れない……おそらく、彼の心の奥では、まだあの戦争が終ってないんだ。一方、戦後の風潮に対して、特に今の若い連中に対しては、日頃から、頑迷で時代錯誤の、はげしい憎悪を抱いていたんだ。今の世のそういう連中の上にこんなことが起ったらいいと、一種の復讐心《ふくしゅうしん》をこめて考えていたにちがいない。……それやこれや合わせて見ると、その男はもうすでに……」

私は最後の文字を読まなかった。夢中で外へとび出すと、妻がやっと見つけて来たタクシーにとび乗り、上ずった声で叫んだ。

「K……精神病院へ！」


そうだ、それにちがいない！

……どうして、今まで思い出さなかったのか？　この事件のはじまる前に、こんなことが起ればいいと口走っていたのは……ここ数年間精神病院にはいっている、私の父だったのだ！　あれは……たしか事件のはじまる二ヵ月前だった。病院に父を見舞った時、ちょうど発作を起しかけていた父は、体をぶるぶるふるわせながら、はげしい憎悪をこめてつぶやいた。

「いまの……若いものは……まったくなっとらん！　あんな連中は……召集でひっぱって……戦争できたえなおしてやればいいんじゃ……」

発作の時は、いつも正視にたえない気持ちになるので、私は窓際に立って外を見ていた。そのブツクサいう言葉も、とぎれとぎれに背中ごしにきいただけだった。……年老いた狂人のいうことは、いつもとりとめないことばかりだったので、私は気にもとめず、すっかり忘れていたのだ。しかし、今その記憶は、意識の底からはっきりよみがえって来た。もし中崎のいう通りだとすると……。

　実をいうと、父は、時々未来のことをいいあてたことがあった。発作の前に、神がかりみたいになって、予言の能力を発揮することがあったのだ……いや、「予言の能力」だと、周囲のものも私も思いこんでいたのだが……予言が的中したと思われていたことが、実は念力《サイコキネシス》によって、実現されたことだとしたら……

　たとえば……こんなことがある。まだ、私が子供のころ、家のむかいにモボモガのたむろする洋館があった。父は連中がダンスに興じたり、ギターをかきならすのがすっかり頭に来て、ある日体をぶるぶるふるわせながら、その家をにらんでどなったものだ。

「あんな家、今に焼けちまうぞ！」

　……それから二ヵ月後、その家は失火を起して焼けた。

　そのほかにも、思い出せば数かぎりなくある。近所のくせの悪い犬の死も、父が二ヵ月前に予言した。遠方の親戚《しんせき》の奇禍も、内閣の更迭《こうてつ》も、蘆溝橋《ろこうきょう》事件も、みんな二ヵ月前に……一時はあまりあたるので、素人占いをはじめようとした事もあったが、これはみじめな失敗におわった。

　予言は、父が持病の癲癇様発作を起す直前でないと、あたらなかったのだ。

　いや……それが一見予言のように見えていたが、自分でもそれと知らず巨大な念力《サイコキネシス》の能力をもっていたのだとしたら……はたからは二ヵ月前に予言したようにみえた事が、事実父の念力によって、二ヵ月後にひきおこされたのだとしたら……

私は思わずぞっとした。大東亜戦争の起るちょうど二ヵ月前、父が何に興奮したのか、新聞をたたいて、ブルブルふるえながら、こうどなっているのをきいていたからである。

「米英は何としてでもやっつけなきゃいかん！　ぜひ一ぱつガンとくらわす必要があるる！」

まさかそんなことが！　……私は眼の前が暗くなるような気がした。ひょっとしたら……あの大東亜戦争をひき起したのは、父だったのかも知れないのだ！

すべてが彼の思い通りになるとはかぎらなかったのは、父自身が、自分の能力に全然気がついていなかったのと、意志の実現が発作の前に念じられた場合にかぎられていたからだろう。後期の戦局は、父の切歯扼腕《せっしやくわん》にかかわらず悪化し、彼の実現し得たのは、ただ一つの思いだけだった。

「わしも戦争に行くぞ！」連日の悲報に、父は興奮しきって叫んだ。「老いたりとはいえ、わしだってまだお役にたてる！」

二ヵ月後にあの召集令状が来た。

もし本当に、あのいまわしい戦争が、実際は父の力によってひきおこされたにしても……だれも父を責めるわけにはゆくまい。父は平凡な、心のせまい安月給とりにすぎなかった。郷里の先輩にあおられて、国粋思想にかぶれたものの、政治運動に参加できるような柄ではなく、国士づらしたお寒い下っぱ連中に時おり家におしかけられて、さんざん飲み食いされては、その豪放ぶった笑い声や大言壮語に、自分も何とか肩肱はって仲間にくわわろうと、一生懸命になるのが関の山だった。……かわいそうな父！　……思うにまかせぬ身辺の鬱憤《うっぷん》に、ききかじりの神がかり思想の衣をつけ、生活が苦しいのは、彼が世にみとめられぬのは、日本がくさっているからだと本気に信じていた。もしあの、一億の人間を塗炭《とたん》の苦しみにたたきこんだ大戦争が、本当に市井の片隅の、心貧しい男によってひきおこされたにしても……その平凡な心のせまい男に、あれほどの憎悪を吹きこんだのは誰だ？　米英をやっつけねばならぬと思いつめさせたのは……一体誰なのだ？

父は、戦闘中発作を起して捕虜になり、戦後病みおとろえて復員してきた時は、もう廃人同様になっていた。家族のものは、戦時中父に抱いていた恐怖を、戦後は憎悪と侮蔑《ぶべつ》にかえてぶつけた。父の心はすでに幾重にも傷ついていたにもかかわらず、肩肱はって威厳を保とうとする姿勢は、まだほぐされていなかった。そんな父を、一層憎み、完膚なきまでにたたきのめした子供たち……父の発作ははげしくなり、その体は家族の厄介者になった。母が逝《ゆ》くころには、彼は終日一室にとじこもり、ブツブツ時代はずれの呪詛《じゅそ》をつぶやく半狂人になっていた。昔の知己《ちき》の経営する精神病院に、別格あつかいにあずかってもらってから、もう十年ちかくたつ。……そして……この事件のはじまる二ヵ月前に、何年ぶりかで、くるった老人の心にやどる呪詛とあの発作とが、また一致したのだ。

……今の若い奴らに、召集令状がくればいい！

ラッシュ時の交通麻痺《まひ》をぬって、やっと病院にかけつけた時は、あと十分しかなかった。「早く！」顔なじみの院長がせきたてた。「今度発作が起ったら、心臓がもたん」陰惨な感じのする廊下をぬけて、病室にとびこむと、骸骨《がいこつ》のようにやせほそった父は、うすい唇をひきむすび、膜のような眼蓋《まぶた》をとじていた。尖《とが》った喉仏《のどぼとけ》が上下するたびに、ヒューヒューという音がそそけだった鼻からもれた。

「お父さん！」と私は叫んだ。「教えて下さい。今度のことは……お父さんがやったんですか……」

眼蓋の下で、眼球がふるえた。喉もとからゴロゴロという音が起った。

「お父さん！　きいてください」私は思わず父のシーツをつかんでのしかかるようにどなった。「どうか……とめてください。発作の起る前に、こんなことはもうこれ以上続くなとねがってください。おねがいです！」

突然父の眼がカッと見開かれ、私は思わずたじろいだ。すでに視力を失ったらしい、うすい膜のはったような瞳孔《どうこう》には狂者に特有の、あの自足の色があらわれていたのだ。

……そのとき、痙攣の前ぶれが全身を走った。

「今です！」私は父の耳に口をつけ、必死になって叫んだ。「念じて下さい！　戦争は終った。もうみんな復員してくるんだ、と……」

言葉がきこえたのか、父はうすい唇をふるわせて何かいおうとした。その唇の動きに気をとられていた私は、その時やっと父のやみおとろえた顔にうかんでいる、異様なうす笑いに気がついて、ゾッとして身をひいた。とたんにはげしい痙攣が……最後の発作が、父の全身をおそった。みるみる死相にいろどられて行く老人の顔を凝視しながら、その最後の唇の動きをやっと判じた私は、凍りついたようにその場を動けなかった。

臨終《いまわ》の際《きわ》に、この老人は……「天皇陛下万歳」といったのだ！

背後でガチャリと佩剣《はいけん》の音がした。

後から、私の腕をつかんだのは、附添いのものの手ではなかった。

青春の記憶

佐藤泰志

佐藤泰志（さとう・やすし）
一九四九～一九九〇年、北海道函館市生まれ。高校時代から小説家を志し、本作「青春の記憶」は高校二年のとき有島青少年文芸賞優秀賞を受賞した作品。國學院大学文学部卒業後、本格的な作家活動に入る。芥川賞に五回候補となるが受賞には至らなかった。四十一歳で自殺。近年、再評価の気運が高まり、『佐藤泰志作品集』が編まれたほか、『そこのみにて光輝く』『海炭市叙景』が映画化された。

　三人のまだ若い中国人の男が、私の小隊に捕虜とし連行されて来たのは、八月の、あるうだるような暑さの日であった。三人は後手にしばりあげられ、銃で押されたり、なぐられたりしながら、ヨロヨロと力なく歩いて来た。ば声を浴びせられた彼らのひとみは、不安と驚きのために、複雑な光りを放ち、常に落ち着かなかった。三人は腹がすいているのか、あるいは捕虜になったのに動揺でもしているのか、かなりふらふらしていた。それでも、彼らは健康そうに、日に焼けて真っ黒だった。目は太陽の光りを十分にはらみ、うらやましいほどの輝きを持っていた。髪は伸びほうだいであったが、その奥に私は、彼らのかしこそうな広い額と、若さを発見した。

　彼らは、私の失った、青春の輝かしい記憶を、しっかりと握っていた。青春であること自体が輝かしかった。そして、私ははっとして気づいて見るとそれを失い、彼らは持っていた。だから、彼らは年齢的にも肉体的にも、私よりはるかに若いように感じられた。そして、たったそれだけのことが、私と彼らを、説明しがたい不思議な意識で密接に結合しているように、私には思われた。

おまえのその、光りにあふれているひとみを、静止を喜ばない腕の筋肉を、私にくれ。身体中にある土のにおいを、日に焼けた額を、私にくれ。と、私は願った。

『おまえは何歳だ』

と、私は中国語で、一番若いと思われる少年にたずねた。私は私の中国語に少しも自信がなかった。中国に渡ってから、まだ三ヵ月にもなっていないからだ。しかし、私のへたな中国語を、相手の少年はうまく理解してくれたようである。少年は、そのかしこそうな目を私に向けながら、早口で答えた。

『おれは十六歳だ。おれは密偵なんかじゃあない』

私は黙っていた。彼は十六で、私は二十二。それなのに、なんというへだたりを感じさせることだろう。私はもうかなりの年を取ったように、妙に自分が重っ苦しい。にぶい光りを放つ私の二つの目。青白く色気のない私のほお。目のふちには、過労のためくまができた。二十二の私だ、こいつが。疲れている、こいつは。このごろでは、私は何も考えないようにつとめている。思索は私自身を深く苦しめる、しっこくに他ならないことを、私は知っていたから。

ただ、私は活字に飢えを覚えている。本が読みたい。本でなくとも、単なる新聞の切れ端でもよい。戦争が終わったら、もし運悪くお国のために死ぬことができなかったら、日本に帰ってまず本を読もう、と思った。だが、今は、この戦場においては、それは決して許されることではないのだ。甘えるな、上平二等兵よ、おまえは生と死の境界にいるのだぞ。もう一人の私が、私の狭い心の中で、冷ややかなぎまんの笑いをもらした。

くそくらえだ。と、なぜか私は思った。どうにでもなれ。戦場にいてこうして生活している限り、生きることと死ぬことに、いったいどれだけの差があると言うのだ。

私は、私の薄い胸にちょっと手をあてて見た。心臓の、決して激しくはないが、確かにはっきりとしたこ動が伝わって来た。私はそれに、妙に感動した。もし、この部分に、熱いナマリの玉がめり込み、私の生命をさいなみ、赤い液体で染まったとしたら。天皇陛下万歳――

ペッ、と私はつばをはいた。それが私の最大の抵抗でもあった。その私の行為を、十六の少年は自分に対しての行為であるととったらしかった。彼はジリッと後退した。私は、彼を驚かしたことを、すまないと思った。

『おまえの名はなんと言うのだ』

私は、驚かしてすまなかった、という気持ちの代わりにたずねた。少年はそれを感じてくれたらしい。

『李竜（リー・ルン）』

と答えた。そして、彼は叫ぶように付け加えた。

『おれたち密偵でもなんでもない。ほんとうだ。おれたちは密偵なんかじゃあない』

私はただ、無責任に、ウンウン、と言ってうなずいて見せただけである。

三人は、ジリジリと照りつける太陽の下で、大粒の汗をひたいににじませながら、一つにかたまっていた。汗が目にはいって、痛むらしかった。小さな肩が上下に激しく動いて、ハアッハアッという荒い息づかいが聞こえた。

『李竜、暑いか』

少年たちは、びっくりして私をみつめ、それから急に私に親しみを感じたらしく、健康そうにニコッと笑って、うなずいた。私も思わず笑った。私は彼らに水を与えた。

戦場に出るのがいやで、自分の指を切り落とした友人を、私は三人持っている。彼らはうまいことをやったものだ、と私は思った。こんなところに来て、ただ、殺さなければ自分が殺される、という理由だけで、人間稼業を捨てるなんて、全くばかげたことじゃあないか。私も、小指を気前よく切り落としてしまえばよかったのだ。

私は李竜を見つめた。私は彼の中から、私の日本にいる弟の明の面影を見つけ出そうとしたのだった。しかし、その李竜は、明とは少しも似ていなかった。ただ十六歳という同じ年から、私は同じ若いエネルギーを見いだし、そこが似ていることに満足しようとした。明よ、がんばれ。殺されても若さだけは失うな。少なくとも、お国のために死のうなんて気にはなるなよ。私は心の中で、日本にいる明にそうつぶやいた。上平二等兵は非国民だ。また、もう一人の私が、ぎまんのば声を私の上に浴びせた。私は、ある不思議な鋭い痛みを全身に感じた。

私の青春は、この歴史の流れの中にのみ込まれ、崩壊され、今はもうどこにもない。ただ、疲労だけが、私のすべてを支配しようとする。ここにいる限り、私たちは決して生きてはいないのだ。そのことを忘れないでおこう。もし忘却したら、それはもう、少なくとも私にとって完全な死を意味するのだから。しかし、私はその最後の線を守る自信がないことを知っていた。悲しいことだ、と思った。

私は三人の少年たちから離れて、仲間のところへもどった。草の上にごろりと横になって、うまそうにタバコをくゆらしていた、武越上等兵は、私にタバコをさしのべながら

『あまり話をするな、あとがうるさいぜ』

と言った。

私はそれに答えるかわりに、タバコを受け取り、武越上等兵の横に腰を降ろした。

『上平二等兵は、中国へ渡ってから、まだ三ヵ月だろう。そりゃああぶないな』

と、武越上等兵は言った。私はその言葉の意味がわからなかった。何がいったいあぶないというのだろう。

『何があぶないのでありますか』

武越上等兵は、じっと私のひとみを見つめ、ゆっくりと語った。

『おれがやはり中国へ渡ったばかりの時、これと同じようなことがあってな。中国人の若いのが、三人ほどつかまった。それを、おれたち新兵のきもだめしに殺させたのさ。もちろん、彼らは密偵、ということになっていた』

武越上等兵は、深くタバコの煙を吸い込み、目を閉じて、それからゆっくりと煙を外へ押し出した。

まゆの間の二本の縦じわが、あたかも武越上等兵の心の傷でもあるかのように、深くくぼんでいた。ピクピクとこめかみをけいれんさせて、彼は苦痛に耐えているかのようであった。私は武越上等兵の中に、ある種の弱さを発見した。そして、それこそが、私の必死で守っている、最後のものなのだった。

私は急に不安になった。もし、あの十六歳の李竜を殺せ、と命じられたら、どうしたらいいのだ。私はそこまでで、考えるのをやめた。恐ろしいのだ、考えることが。

青くなって、ブルブルふるえていた私の肩を、武越上等兵はポンとはたいた。上等兵の目は、心配することはない、と言っているようだった。なぜか私はうなずいていた。

私は、日本にいる弟の明のことを考えた。堅固な腕と、あの輝く二つのひとみを持った十六歳の明の姿は、はっきりと脳裏に浮かんで来た。次に私は、お袋のことを考えた。しわがふえただろう。あの小さな丸い肩を、よくもんでやったものだった。ああ、と私は嘆息した。日本に帰りたい。この戦争はいったい、いつまで続くのだろうか。

その時、中島二等兵が私の名を呼んで、走って来た。彼は私の隣に腰をおろすと、激しい息づかいの中から、とぎれとぎれに低い声で、次のようなことを言った。

『殺すのだそうだ。あの少年たちを』

私は武越上等兵の言葉を思い出して、ぞっとした。まさか、私たちがやるのでは。

『だれが、だれが殺すのだ』

中島二等兵は、じっと私の目を見た。沈黙が、しばらくの間、ぎこちなくそのあたりを支配した。

『まさか、そんなばかな』

と、私は思わず、つぶやくように言った。

『ほんとうだ。ほんとうなんだ。おれたちがやるんだってよ』

中島二等兵は、今にも泣き出しそうに顔をゆがめながら、私の腕をつかんだ。強く熱い彼の力が、私に伝わって来た。私は身ぶるいした。

あの十六歳の若い李竜を、私自身の手で殺すというのか。

『偶然聞いてしまったのだ。笑っていたよ。きもだめしには絶好な相手だってよ。あいつらは密偵なんかじゃあないんだ。おれたちのきもだめしに使うために、わざわざ連れて来ただけなんだそうだ』

私は黙っていた。激しい怒りが、ぐいっと私の身体を突き上げ、私に獣になることを要求した。不正に対する本能的な反抗がそうさせたのだった。

李竜は、私を見つめていた。私はなるべく彼らをさけて通るようにしていた。李竜の二つのひとみは若々しく輝いていた。太陽は遠慮なく私と彼らを照らし続けている。

『李竜、暑いか。水をやろうか』

と、私は思わず言った。李竜はうなずいた。

彼は勢いよく水を飲んだ。そして、それから、食いいるように私をじっとみつめ、ボソボソと言った。

『わかっている。おれたち皆殺される。わかっている。日本はまける。日本人は、みんな小さい。だから日本は中国にまける』

私はだまって李竜の言葉に耳を傾けていた。そして、彼の肩に手をかけ

『そのことはだれにも言うな』

と言った。

私は、三人の少年をできるだけ親切にしてやりたい、と思った。そうやって、私自身の心を慰めようとした。そして、そんなことは全く無意味であることを、私は知っていた。あと何時間かすれば、私自身の手で、彼らの生命をたち切ることになっているのだから。

李竜は、彼を殺す者が私であることを知っているだろうか。いや、おそらく彼は知らないだろう。知る必要もない。彼らの祖国の敵は私も含めて日本人全体なのだ。彼らは私を

も共通の敵としてにくんでいるであろう。それをとがめる権利は、私にはないのだ。彼らを殺す権利がないと同様に。

『おれは死ぬのを、何とも思っていない。いつでも殺すがいい』

李竜より、二つ三つ年上の青年が私に言った。ひとみは怒りのために鋭い光りを持っていた。

私は沈黙を守った。私にできることと言えば、わずかにそれだけだったのである。

正式に私が彼らを殺すことを命じられたのは、次の日の朝食がすんだのちであった。三人を殺すのは、私と中島二等兵と関口二等兵であった。三人が密偵でなく、単なるきもだめしのために殺害されるのは、だれが見ても明らかであった。けれど、もしその命令にさからった時には、私の方がなぐり殺されるだろう。

処刑は昼すぎと決定した。処刑の時間が来るまで、私は落ち着くことができなかった。中島二等兵などは緊張のあまり、顔を青くさせて、歩く時でもなぜかふらふらしていた。

太陽が、ちょうど私の頭のてっぺんまで来た時、三人は引っぱり出され、一列に並べられた。後手にしばりあげられた彼らの、土によごれた服の上を、八月の太陽はかしゃくなく照りつけた。ほんとうにその日は、いつになく暑く、いらだちと不安を与えるには、じゅうぶんすぎるくらいだった。

私はせめて、李竜にあたらなければ良いが、と思っていた。が、運悪く私の相手は李竜になった。私たち三人は、銃剣を手にし少年たちの後ろに立った。李竜はちょっと私の方を見た。その冷淡な目。おまえは十六だ。そのおまえの青春をたち切ろうと、私はおまえの後ろに立ったのだ。もっと憎悪しろ。この私をもっとにくめ、李竜。私はおまえを殺すことによって、私が最後まで守っていたもの〔を〕、地上にたたきつけることになるのだ。私の目の前に、武越上等兵が立っていた。ああ、私はかつてのあなたなのですよ、きもだめしをやらされるあなたなのですよ。と、私は胸の奥底でつぶやいた。武越上等兵はじっと目を閉じていた。

銃剣がきょうは一段と重く冷たく感じられた。これが、李竜の胸深くに刺されるのだ。私は不安のために整理のつかない頭の中で、これからいったいどうすべきか、ということを考えた。考えてどうにかなる、という問題ではなかったが、そうしなければますます不安になっただろう。

私はゴクリとつばを飲んだ。李竜の小さな頭は微動だにしなかった。李竜よ、恐ろしくはないのか。おまえは今に、不当に殺されようとしているのだぞ。李竜よ、恐ろしくはないのか。おまえは今に、不当に殺されようとしているのだぞ。李竜は石像のように、どっかりと腰をすえて、処刑を待っていた。それは、私を驚かした。

隣にいた中島二等兵が、私を見た。緊張した二つの異常に大きな目。私も彼も、何一つ言葉にすることができなかった。

長谷川軍曹が、私の横に来た。いよいよ始まるのだ。私たち三人は、銃剣をかまえた。がちがちと歯の鳴り合う音を、長谷川軍曹に聞かれまいとして、私はしっかり銃剣をかまえた。

太陽が私をさいなんだ。強烈に熱い光りが、私一人だけをさいなむように、ジリジリと照りつけた。畜生、狂ってやがるんだ。気候も世界も人間も、すべてが狂っていやがるんだ。これは私の責任ではない。李竜よ、おまえを殺すのは私じゃあない。私はそう思って、自分のこれからの行為を納得させようとした。けれどそれはむだであった。私がこうして、人間として最後のものを守ろうとするかぎり、私自身を納得させるわけにはいかなかったのだ。

最後の時がとうとうやって来た。人間であるべきか、人間であることを捨てるべきか、私は迷った。

長谷川軍曹の号令が、私の頭脳を突然おそった。額の汗が目にしみて、私は目をあけることができなかった。私はそのまま、重い銃剣で李竜の左の胸を突いた。グウッというカエルをつぶしたような叫び声が、にぶく肉の中にめり込んでいく感覚とともに、私の耳に響いて来た。真っ赤な血が、あたりの土に飛び散り、しだいにしみ込んで行った。

私はこの時、性急な振動とともに、私のうちにあったすべてのものが、ガラガラと崩壊するのを感じた。私は単なる一塊の土器と化した。あれほど最後まで守ろうとした人間としての誇りが、これほど簡単に崩壊してしまうことに、あ然とした。

李竜は、胸を真っ赤に染めて、祖国の土の上に身体を横たえていた。その目はうつろに開かれていた。そのくちびるはもう言葉を発することは決してないのであった。血はとまることを知らずにドクドクと流れていた。まるでうごめいている生物か何かのように。そして、彼の隣には二つの身体が、ほとんど彼と同じ状態で横たわっていた。後手にしばりあげられた彼らの顔は、少しも苦痛にゆがんでいなかった。彼らが死んだ、ということを、私は信ずることができなかった。

私は汗をふくまねをしながら、目からこぼれ落ちる、熱い液体をぬぐった。それからゆっくり太陽を見上げた。何も変わっていなかった。

武越上等兵が私の肩をたたいて、慰めるような視線を投げかけた。私はなぜかむやみにうなずくことによって、私の涙を隠した。

あすはまた、もっと南の方へ移動するという。私は皆の寝静まったころ、ごそごそと起き出した。月が青白く輝いている。しかし、それは私に何の感動も呼びおこさなかった。冷ややかな夜風が、私のひたいを気持ちよく刺激した。それで私はまだ生きていることを感じた。そして、その生きている、ということが、まるでこのうっとおしく重い暗やみのように、私の上にのしかかって来るのだった。

私は昼間、処刑の行なわれた場所へ行った。ここに、三つの死体が並んでいたのだ。私たちの手によって止められた三人の少年の死体が。私はその場に、ガクッとひざまずき、しばらくそのままでいた。

私はけん銃をとり出し、その冷たい引き金を暗やみの中で確かめた。

私がこれから行なおうとすることは、きわめて簡単なことであった。それを決心するまで、あまり時間はかからなかった。

私はこめかみに小さな銃口を押しあてた。明朝、私の死体が発見されたら、皆は臆病者とちょう笑するだろう。しかし、武越上等兵殿、私はあなたほど臆病ではないのです。最後のものを捨てたのに、なおぎまんの仮面をかぶっていることは、私にとって許されない行為なのです。あの時、私は単なる土塊に化しました。だから私はこうして、大地に帰ろうとしているのです。

もう一度私は月を見上げ、ゆっくりと息を吸った。明よ、お袋に親孝行しろよ。李竜、許してくれ。そして、自らの生命を断とうとする私を、許してくれ。

いまわしい青春の記憶は、この時私が望んだように、土塊と化し大地に深く吸い込まれて行くはずであった。

私は微笑し、そうすることに満足を感じながら、暗やみの中で引き金を引いた。


（著者十七歳、第四回有島青少年文芸賞優秀賞作品）

儀式

竹西寛子

竹西寛子（たけにし・ひろこ）
一九二九年、広島市生まれ。学徒動員中の十六歳のとき、自宅で被爆。早稲田大学文学部卒。河出書房、筑摩書房で「現代日本文学全集」「古典日本文学全集」などの編集に携わる。退社後、評論集「往還の記　日本の古典に想う」で田村俊子賞を受賞。自身の被爆、戦争体験をもとにしてほぼ同時に発表した『儀式』は小説第一作。以下『鶴』（芸術選奨）、『管絃祭』（女流文学賞）、『兵隊宿』（川端賞）、『五十鈴川の鴨』などの諸作はいずれも戦争小説。広島に関わる随想に『広島が言わせる言葉』『山河との日々』などがある。

トタン屋根に、赤い唐辛子の束をいくつも干している川沿いの家に、夕方、戸板に載せられた怪我人が運ばれて来た。狭い土間の入口には、大きな重石を置いた漬物樽が二つ、西陽に長く影を曳いている。家のすぐ後ろに迫っている山は、陽射しの中で、土の肌を露《あらわ》にしていた。戸板の前と後ろを支えているのは、頸に手拭を巻き、地下足袋をはいている頑強そうな若者であった。狭くてとても中に入れない、そう言って考えこんでいるように見えた。怪我人は頭に繃帯を分厚く巻かれ、腹の上に掛けられた薄い布団の下から、脚絆《きゃはん》をつけ、地下足袋をはいた足を出していた。思いがけない川向うの様子に、阿紀は格子窓から離れられなくなってしまった。蓋の開いたランドセルが傍に放り出されていた。土間の中から、中年の女が出て来た。毎日その川原で米を磨ぎ、衣類を濯《すす》いでいる女だった。甲高い声をあげてその怪我人にしがみつくと忽ち両腕を宙に突き上げ、なにか喚きながら、少し離れた隣家に走った。隣家との間には、物置きのような丸木小屋があった。その山陰にある民家といえば、女の家と、女の走って行った隣家との二軒だけであった。

どちらも屋根はトタン葺きで、土間以外の部屋らしい部屋は、一つきりではないかと思われるほどの広さだった。

まもなく隣家から、老婆を連れた女が戻って来た。部屋の戸が外され、急拵えの担架は静かに中に入って行った。あの怪我人は、毎夜おそく酔って来るあの家の主人であろう。隣家に走ったのはその妻で、連れて来られたのは、夫婦どちらかの母親であろう。阿紀はそう思った。二人の若者は、背を屈めて怪我人を覗き込み、三人の小さな子供は、布団に覆い被さるようにして、怪我人のからだを上から撫でていた。そのうち、子供の一人が、布団からずり落ちるようにしてその場を離れると、あとの二人もそれにならい、三人とも連れ立って外に出てしまった。

すでに夕闇が迫っていた。三人の子供は、てんでに小石を拾うと、流れに向って投げ合いをはじめた。

その夜、阿紀は、川音にまじりながら伝わってくる低い泣き声を聞いた。それはしだいに高くなり、いっこうに止みそうな気配もなかった。阿紀は、雨戸を細く開けて川向うをうかがいながら、今あの裸電気の下に、人の死が近づいている、と思った。あの人は、自分の不注意で怪我をしたのだろうか。それとも、誰かに傷つけられたのだろうか。残された人は、どうやって暮してゆくのだろう。

阿紀は、その家が建った時のことを思い出した。子供を連れた中年の男と女が、ある日、荷車に一杯材木やトタン板を積んで、川のほとりにやって来た。彼らは山陰を選んで杭を打ち、はじめに小さな丸木小屋を建て、次に一軒のトタン屋根の家を建てた。男は一日中金槌を振り、鋸をひき、子供はその周りではしゃぎ、女は川で菜を洗った。二軒目の家が建った頃、どこからか老婆が来て住むようになった。男が法被《はっぴ》を着て、脚絆をつけ、地下足袋をはいて出かけるようになったのはそれから間もなくだった。夜おそく、調子の外れた男の歌を聞くことが多くなった。呂律《ろれつ》の廻らない男の言葉は聞き辛かったが、それは男が酔っていたせいばかりではなかった。女の言葉も、子供の言葉も、阿紀の使う言葉とはまるで違っていた。

怪我人の運び込まれた翌日も、そのまた翌日も、屋根の唐辛子は干されたままだった。必ず来るだろう、と思っていた霊柩車は、その家にはとうとう来なかった。ただ、天幕を被せられた荷車が、二人の女と三人の子供、それと数人の逞しい男に付き添われ、川沿いの道をゆっくり通って行くのを阿紀は見た。

それは阿紀が、肉親の病も死もまだ知らなかった幼い日に、心におさめた一つの葬いであった。

稲妻が閃いている。

阿紀はさっき、妙な夢を見ていたような気がする。自分の叫び声の半ばで目ざめたらしい。そう思いながら、阿紀はスタンドのスイッチを探る。探し当てる。押す。四畳半のアパートの、白い天井に見馴れたしみ。午前二時を、今過ぎたばかりだ。埃の浮いた水盤の中で、昨日とりかえたばかりの夏の花が、もううなだれている。枕元には、週刊誌、煙草ケース、ライター、灰皿。

時折、樹木の小枝が風にそよぐ。阿紀は俯《うつぶ》せになって、煙草に火をつける。喫う。

昨日、阿紀が、地下鉄の駅の入口で買った週刊誌の表紙は、壺の蓋だった。阿紀は、勤め先の建築会社を出ると、靴の踵を引きこむような鋪道を通って、その地下鉄の駅近くにあるドイツ人の店に行った。土曜日の午後、阿紀はよくこの店で、紅茶とパイのおそい昼食をとった。昨日もそうだった。それから週刊誌を買うために、駅の出札口の横にある売店に行った。目新しい表紙を探しているうちに、阿紀の手は、ごく自然にあの表紙に伸びた。

誌名の余地だけ残して、エジプトの若い貴人の首が、朱ひと色を背景に大きく引きのばされていた。それが、古代エジプトで、ミイラになる人の臓腑を入れる壺の蓋だとわかった時、阿紀の心のある部分がにわかに騒ぎ出した。秘密のよろこびを、雑沓の中にいて、一人で確かめているようだった。しかしそのよろこびは、どうしようもない重苦しさにつきまとわれているようでもあった。誰かがわたしを見ているのではないか。急にそんな気がして、阿紀は顔を上げた。改札口の方に目を移した。

若い男が近づいて来ると、口も利かないでさっと背を向け、鋪道に出て行く女。遅れて来たらしい女を、いきなり怒鳴りつけている男。片方の手を組み、片方の手をてんでに振りかざして、タクシーを呼び寄せている女子学生の一群。大きな風呂敷包みを抱えて、小走りにやって来る肥った中年の女。どの顔も、間近な目的のことで精一杯だというふうに見えた。ほっとして阿紀は腕のバッグを揺り上げると、改札口を通ってホームに入った。空いているベンチに腰を下ろした。それから改めて壺の蓋を見入った。

その貴人は鬘をつけ、その目には、黒曜石、石英岩が嵌め込まれていた。本文の説明によると、以前はその額に、硝子の聖蛇がとりつけられていたという。死者を前にして、生き残ったある者は祈り、ある者は香を振り、またある者は高価な供物を捧げたであろう。雪花石膏の蓋が取り除かれ、その中に、内臓が静かにたくわえられる。ふたたび壺と蓋の触れ合う音を、人々はどんな思いで聞いたことか。

それはまぎれもなく、生者に見守られた死者の旅立ちであったにちがいない。肉体の一部を預けて旅立つ人と、それを預かる人々とのあいだで重々しく行われたであろう儀式の光景が、阿紀に、いかにも確かな死を思わせた。

お願いしたいことがあるの、という登美子の葉書を入れたバッグを抱えて、郊外の駅前に住んでいる彼女を阿紀が訪ねたのは、三日前のことだった。

新刊本と雑誌類、それに煙草の販売をかねている登美子の家には、駅に電車が停ると、やがて何人かの客が立ち寄った。むし暑い夕方だというのに、長目のスモックを着て店番をしていた登美子は、阿紀を見ると、いきなり歓声をあげて勢いよく腕をとった。ここ四、五年、阿紀は登美子と会っていない。登美子の人なつこい目の動きを見ながら、相変らずだ、と阿紀は思った。

お店の改造がしたいのよ。その時はどうしてもあなたの所にお願いしようと、以前から彼と話し合っていたの。

その彼はなかなか現われなかった。登美子の申し出を、阿紀は、まったく予想していないわけではなかった。けれど、こうして登美子にはっきりと言われてみると、改造を、新規の建築ほどにはよろこばない部長の顔を、いやでも思い出さないわけにはゆかなかった。阿紀は、見積りに必要な資料を、彼女から多目に貰った。丹念に記録した。もうこれ以上聞いておくこともないだろう。その頃になって、彼はまだ得意先を廻っているのだと登美子は言った。どうぞその程度でよろしく、とも付け加えた。阿紀は、一週間位の猶予がほしいと言った。

ええ、もちろん。

登美子はからだ全体で頷いた。事務的な話はそれで終った。

おさきにごちそうさま、という少年の声がした。台所へ通じるらしい潜りの暖簾《のれん》から出て来た少年が、登美子に向って頭を下げていた。

似ている、と阿紀は思った。

一瞬とまどい、そしてはにかむ少年の顔、それは待ち合せの時間に遅れてやって来た時、昇のよく見せる顔だった。時間には神経質な彼が、約束の場所に来ていないと、阿紀はいつも自分がまちがっていたのではないかと不安になった。教授につかまっちゃった。ただそれだけ言って、腰を下ろす昇を、阿紀は年上とは思えないことがあった。昇は、自分の勤めている大学の研究室のことを、阿紀がたずねれば委しく答えてくれた。けれど、自分から口を開くことはまずなかった。阿紀が遅れて行くと、昇は、待っている間に読んでいた書物の内容を、いきなり阿紀に話して聞かせた。遅れたことを詫びるよりも前に、阿紀は昇に相槌をうってしまうし、そのうちにもう別の話に熱中してしまうことが多かった。

夕食、うちですませて行ってね、という登美子に誘われて、阿紀は暖簾を潜った。

同じ女学校をいっしょに卒えてから、もう十余年はたっていた。阿紀はまだ一度も登美子の夫に会っていない。しかし、変っていない登美子の性格、この時刻までの彼の得意先廻り、すべて妻に委せているらしい店鋪拡張の見積り、そうしたことから臆測して、阿紀には、彼女の夫が、働き者のいかにも気弱な好人物のように思われた。

駅に電車が出入りする度に、小刻みな震動が部屋に伝わったが、食後のお茶を飲む頃には、さほど気にもならなくなっていた。

どう、その後変化はないの？　いきなり登美子にそう言われて、阿紀ははっとした。え？　と聞き返してから、べつに、と笑って、あとは口を噤《つぐ》んだ。登美子の着ているスモックに気をとめた時から、阿紀は、いつかさりげなく聞き出そうとして登美子の様子をうかがっていた。今だと思った。それより、ねえ、あなたこそいつなの？　低い声でたずねてみた。一瞬、今度は登美子がうろたえた、と阿紀は思った。

予定通りにゆけば一月。いくらなんでも、今度は大丈夫だよ、と彼も言ってくれるの。登美子の顔から、明るさが消えていった。眼が据わった。阿紀は追いかける言葉を強いて探そうとはしなかった。どんな言葉を探してきてもうまくは落ち着かず、いっそう気まずくなるとしか考えられなかった。

見て。

登美子がそう言って茶の間の一角を指さした。阿紀はその部屋に通された時、白い花の盛られていた場所を見て、あれは仏壇だな、とは思った。けれど、花に埋まるように低く並んでいた小さな二つの壺には、迂闊《うかつ》にも、その時促されてはじめて気づいた。月が満ちかけるときまったように流れてしまう胎児のことを、しかし、すでに人並みに扱わなければならなかった葬いのことを、登美子は別人のように声を落して話した。食卓の縁に目を据え、指先は、箸をまさぐっていた。

でも、今度こそ、ちゃんと産んでみせるわ。

そう言う登美子の眼は、もう人なつこく笑っていた。

阿紀はその時、自分が不意に仙人掌《サボテン》の繁みの中に放り出され、あたりを見廻しても、出口に通じそうな道はいっこうに開けず、重なり合った葉肉が、徐々に分厚く膨らみ、いっせいにむくむくとその丈を伸ばしてゆくさまを、じっと見せつけられているような気がした。痙攣が、からだのあちこちで、一時に起ったのではないかと思えるほどの寒さを感じたが、頬だけはほてっていた。

登美子の家からの帰り途、駅の柵に沿った唐黍畑で、阿紀は二度吐いた。何本かの茎を束ねて摑んだまま、迷い込んだ野良猫のように、阿紀は背を丸くして蹲《うずくま》った。葡萄状に連なった早生児の群れが、後から後から湧き出し、阿紀の眼の前におし寄せてきた。互いに鈍く手足を動かし、肌を擦り合せ、ひとしきり蠢《うごめ》いたあとで、銚子を膨らませたほどの白い壺の中に、それぞれ静かに消えていった。

さっきみたらしい夢の終りの部分が、阿紀に、今思い出される。

広い部屋の中に居たようであった。あるいはそれほどの広さではなかったのかもしれない。あたりは闇で、一ヵ所だけが、明りの円盤のように浮き出している。どうしてわたしはそこに立っていたのか解らない。けれど、じっとしたまま、寒い、と思っていた。その明りの円盤は、なにかどろっとした濃い溶液の面で、冷えて凝固しはじめようとする時の、血液の光沢を思わせた。液面は揺れていた。はじめは、その光沢も、ゆっくりうねっていたが、そのうち、しだいに大きなうねりに変り、液面も、少しずつ拡がりはじめた。溶液が、どこからともなく増えはじめているにちがいない。そう思われた。うねりとうねりの合間に、ひどく柔らかそうな薔薇色のものが、液面から伸び上っては沈み、また別の部分から伸び上っては沈んでいるようだった。今にこの濃い液体はあたりにあふれ、わたしはあの光沢の渦に捲き込まれてしまう！　にわかに嵩じてきた不安からのがれたいばかりに、早く！　となにかを促していた。

いつのまにか闇の一隅に、白い顔がともったように見えたが、それは、わたしにすぐには近づいて来なかった。わたしは焦っていたが、白い顔の近づき方は、ひどくのろかった。わたしは手招きしたいのに、手は大きな重石をひいているようで動かなかった。ようやく近づいて来た顔を見て、わたしははっとした。

昇！

何秒ののちか、それとも何時間ののちかは解らない。昇の優しさがわたしに伝わろうとした途端、わたしは身震いして、昇を押し遣った……

阿紀は、思いきり深く煙草を喫うと、灰皿に火を押しつける。スタンドを消す。下の部屋では、物音ひとつしない。

この時刻、仙人掌や蘇鉄が、夜空に向っていっせいにその腕を差しのべている群落では、その葉陰に、動物たちの寝息が流れていることだろう。大地は白く、小さな泉は銀色に輝いているにちがいない。怠惰で執拗な、あの、きわめて動物的な植物群。姿の見えない野鳥の羽ばたき。不意に繁みを割って起き上り、はげしく胴震いする野獣。その眼が、冴えた夜気の中で金色に澄む。

あるいは……都心には、ようやく石の冷たさをとりもどしたビル。製鉄所には、炉をつつむ焰。母胎を離れるものの、焼けつくような喚声と、老人ホームのベッドの上の、かげろうのような嘆声とが、夜空のどこかで溶け合っているだろう。睦み合い、恥じらい、勝ち誇り、虐げられるものの呻きと、潮の退くような吐息とが、どこかで渦巻いているかもしれない。さまざまの物陰では、小さな命の芽生えへの、秘かな賭。たとえそれがどんなに秘かに行われようと、どんなに貧しく行われようと、そのことによって一度息づきはじめたものは、やがて月の満ちるまで、子宮の夜を、羊水の海を、ただ生きつづけるにちがいない。迷いもない。ためらいもない。生きつづけることだけが定められた自分の運命だとでもいうように。

近いうちに、わたしはひとつの死に立ち会うだろう。阿紀は今、大学の付属病院で眠っているはずの世津子のことを思う。世津子の体内の、あちこちに散っている腫瘍が、強い痛みをともなって彼女の意識を混乱させてしまう日も間近いことだろう。ご臨終です、と主治医が言う。看護婦が俯く。洗濯室から届けられる糊付けの敷布に覆われ、彼女は静かに下の霊安室に運ばれてゆく。

ちょうど一週間前、わたしは、世津子がいつも使っているオーデコロンを買って、病室の扉を軽く叩いた。付添いの女は、どうぞ、と言ってわたしを部屋に通すと、うれしそうに外へ出て行った。世津子の眼は、骨の窪みに、仮に嵌められた硝子玉のようであり、脂気のない肉は、骨の周囲に、仮に被せられた厚い包装紙のようだった。その奥にあの時わたしが見たのは、細く焼け上った骨であり、わたしが聞いたのは、その白い石灰質の、脆く崩れる音だった。

世津子の入院が決ったのは、彼女が結婚して、ようやく半年になろうとする頃だった。世津子の夫は、それからまもなく外地に赴任した。彼女の言葉によれば、彼が随行した外交官同様、彼もまた将来すぐれた外交官になるはずであった。スフィンクスが眺められるというカフェのテラスから、雨で石畳の洗われているという煉瓦造りの建物の町から、雪の連峰を背にしているという湖水のほとりから、彼は、頻繁に絵葉書を送って来た。病気さえよくなれば彼は必ず迎えに帰る。そうすれば、今度はわたしがあなたを呼ぶ。勤めは何日休めるの？　世津子は本気でそう計画しているらしかった。

だが、まもなく荘重な儀式が世津子をとり囲むだろう。任地から呼び戻された夫は、暗い地下室で妻と対面する。彼の同僚、世津子の知人、そして二人の親族が屍体となった世津子のまわりに集まり、またあわただしく去って行く。彼は恐らく世津子の傍で、夜を明かすにちがいない。出棺、荼毘《だび》、厳かな読経、弔いの花、弔いの音楽、焼香。彼は石灰になった妻を抱いて退場する。参列者がその後につづく。人気ない葬場の入口から、手拭を被った清掃夫が現われる。祭壇に近づき、花束を片づけはじめる。

長い鎖になった葬列を従えて、静かに進んで行く柩もあれば、荒縄で荷車に縛りつけられたまま音高く曳かれて行く柩もある。屍体の臓腑を抉り、山頂の鳥を待つ人もあれば、屍体を詰めた皮袋を背負って、絶壁をよじ登る人もある。塵一つない参道に、獅子、駱駝、象などの彫像を列べ、その奥深くに控える墓所もあれば、北の海の波打際で、絶えず荒波に洗われている天然石の墓標もある。

死には、さまざまな儀式がともなう。

王城には王城にふさわしい儀式があり、トタン屋根の下にはトタン屋根の下にふさわしい儀式がある。陽の光、星、樹木、海、花の蜜、恋……それらを知らないで絶えた命に対しても、それなりの葬いはある。

阿紀は、潤子の屍体を見ていない。

入道雲の出ていた夕暮時の広い耕地……それがあの土地での、潤子に関する記憶の最後の風景になった。阿紀の本棚から抜き出した蜜柑色の表紙の本を脇にかかえた潤子は、耕地の入口にある農具小屋の前で立ち止り、また明日ね、と言った。じゃあ、お姉さんによろしくね、と阿紀も言った。すると潤子は、お兄さんには？　と言ってから、舌を出した。二人の笑い声が、蜻蛉《とんぼ》を追う子供の声にまじって消えた。

笑うと糸切歯の目立つおさげ髪の少女の姿は、それ以来、阿紀の中ではいっこうに成長しない。乾草の匂いを嗅ぐと、今でも阿紀は、はっとすることがある。広い耕地の農具小屋の横手にあった乾草の山は、二人の重みでいつも凹んだものだ。その乾草の上で、潤子は、まだ見たこともない人々についてまるで年来の知己であるかのように語り、阿紀は阿紀で、何十年、何百年も前にすでに葬られた人々について、同じように親しそうに語った。だから、工事現場へ打ち合せに出かける時、自分の乗っている郊外電車の窓から、風に運ばれて乾草の匂いが伝わってくると、阿紀は、十余年も前に突然断ち切られた潤子との関係が、今また不意にはじまるのではないかと思う。上目使いに同じ車輛の座席の人を順々に見る。どの顔にも記憶がない。たしかに乾草の匂いがしたのだけれど、わたしの気のせいだったのかもしれない、そう思い直して俯いてしまう。

阿紀は、喜代子の屍体も見ていない。

喜代子はあの夏の夜、更けて阿紀の家を出た。それきりである。夕凪ぎ時、蛙の声はひときわむし暑く感じられた。食事が終ると、二人は阿紀の部屋でビーズ編みをはじめた。大きな鯉を狙う五位鷺の、水をはねる音を聞くたびに、二人は、入れ替り縁側に走った。大きな蛾の落していった鱗粉を寄せ合った時、二、三日後には、また喜代子が阿紀の家を訪ねる約束をした。しかしその約束はいまだに果されていない。もしも何秒かののちに、喜代子がこの部屋の前に立つとしても、それは阿紀にとって決して唐突なことではない。切れていったフィルムがつながれ、その中に、二人はまたいっしょに納まることになるだけだ。どうしたの？　どうしていたの？　二人はまずお互いの眼の色を確かめるだろう。それから、からだの輪郭をたどるにちがいない。わたしは、まだ喜代子を待っているのだ、と阿紀は思う。

阿紀は、和枝の屍体も見ていない。

恵美子の屍体も。

郁子の屍体も。

潤子の、喜代子の、和枝の、弥生の、それぞれの臨終を見届けたという誰にも、まだ行き会っていない。

あの夏をさかいにして、多くの人々が口を噤み、それ以後、決して阿紀の前に姿を見せなくなってしまった。もうじき潤子に会えるだろう。和枝の消息を知っているという人に行き会えるかもしれない。そう思いながら、阿紀は待っていた。

阿紀は時々考える。

潤子は、同じこの都会に、わたしが居ることも知らずに住んでいるのではなかろうか。彼女もわたしを探している。だが、彼女の探す場所にわたしは居ない。わたしが探す場所に彼女は居ない。そんなことをくり返しているのではないだろうか。電車の中で何度か、お互い知らずに背を向け合ったまま、てんでに降りて行ったのかもしれない。劇場で、同じ列に坐っていながら、そうとは知らず右と左の出口から別々に出て行ったのかもしれない。わたしが乗ろうとした時、ちょうど扉の閉じられたエレヴェーターの奥に、彼女は居たのかもしれない。

あの時から一年余りたって、偶然行き会った弥生の母は、わたしにだけでなく、通行人に見さかいもなく笑いかけ、素足で歩いているのに、いっこうに恥ずかしがるふうでもなかった。郁子の妹は、数年後、波止場の材木置場から、水屍体になって引き揚げられた。夕刊に写真が載り、死因は、過度の神経衰弱だと記されていた。二、三年の後には、和枝の家に迎えられるはずだった竜男も、和枝が居なくなったので、あの土地に住むことを諦めた。由緒ある商家の家系は、ふたたび和枝の現われない限り、絶えてしまうことになろう。

校庭の跡に盛り上げられた黒い土、突き立てられたただ一本の白木の卒塔婆《そとば》。埋められた素焼の壺。その中にとりまとめられた多くの死とともに、わたしは潤子の、喜代子の、和枝のそれも認めなければならないのだろうか。もし人それぞれにふさわしい葬いの儀式をともなうのが死者の死であるなら、潤子も、喜代子も、和枝も、まだ自分の死を全うしてはいないのかもしれない。

今、ちょうど午前三時。

阿紀は起き上って、西側の窓を開く。夜着の襟を引き合せ、窓枠に腰を掛ける。庭を見下ろす。

同じ棟の灯りは、全部消えてしまったらしい。庭の外燈が、地面を円く浮き上らせている。その円心には植木鉢用のシャベルが投げ出され、円周には、三輪車が交差している。稲妻は、まだ時折、気ままに夜空を走っている。光の消えたあとの樹木や建物は、ひときわ黒く沈んで見える。

あの庭のはずれからずっと向うに展けているのは野菜畑、それを越えると川原に出る。しばらく雨を見ないから、水嵩も減っているだろう。川床の石を覗けるかもしれない。水を堰き止めた囲いの中で、川魚はよく眠っているだろうか。

昨日は、何日ぶりかのすばらしい夕映えだった。銭湯に行くつもりで、支度をととのえ、洗面器を抱えた阿紀は、なにげなく窓から上体をのり出した。

手ヲアゲロ！

鉤の手に曲っているアパートの、ちょうど斜め向いの下の部屋の小さな兄弟が、海水パンツ一枚で、裸足のまま庭に飛び出してきた。示し合せてあったように、さっと左右に分れると、わずかな立木の幹にかくれて撃ち合いをはじめた。ダ、ダーン、ダ、ダーン……若い母親が、部屋の中から叱っていた。お靴はどうしたの？　お帽子は？

ひと時の撃ち合いの後、兄弟は、相変らず口で銃声を補いながら、そのまま部屋の中に駆け上ってしまった。入れ違いに、黄色いワンピースの女の子が出て来て、窓の下の、船の浮んだバケツの水を捨てると、兄弟が踏み散らした運動靴を、一ヵ所に寄せ集めた。片づけながら、女の子は、部屋の中に向ってたずねた。オジチャマ、キョウハ、オハヤイノ？　ネエ、オバチャヤマァ。

土曜日だもの。もうじきおじちゃまのパブリカのクラクションが鳴るだろう。兄弟が駆けてゆく。パパ、オカエリナサイ。二人は、デザートのお菓子の包みを提げ、自動車の鍵を鳴らしながら帰ってくるおじちゃまの、洋服の端を引張る。鍵に触る。阿紀にはそれが目に見えるようだった。兄弟の駆け上った部屋の窓硝子に、押し花のような六つの掌が開いた。

急に静かになった。アパートにも、こんな一時があるかと思えるほどの静かさだった。阿紀はゆっくりあたりを見まわした。砂場に放り出されているプラスティックの如雨露《じょうろ》、底に泥の地図を残しているディズニー・プール、乾いたモルタル、軒下に貼り付いているような蜥蜴《とかげ》、緩んでしまっている物干用のロープ、自分の重みに耐えかねるように、深くうなだれている樹木、半分だけ水の入ったバケツが置きざりにされている共同洗場、紙屑のはみ出している塵捨場、玩具箱のようなにわか造りの車庫……法師蟬の声が、刷いたように沁み透って消えた。

阿紀は、抱えたままの洗面器を机の上に置くと、窓枠によりかかって煙草を喫った。最初の煙を、中空に向ってゆっくり差し出した。その時、西の空が華やかに燃えた。

そう、ちょうどあの方角、アパートの向うにずっと展けている野菜畑のはずれ、煉瓦造りの家の煖炉の煙突に、昨日の夕陽はまっすぐ落ちて行った。それはいかめしく、重々しかった。あたりは、一刻一刻、色調を変えていった。丹念に取り替えられたスライドを透してながめる風景のように。平穏な土曜日、晴れた夏の一日の終りにふさわしい夕映えだった。

しかし、あの夏の日の夕映えの華やかさは、夕陽のせいばかりではなかった。東の空からまず青い色が消え、しだいに灰墨に沈み、暗さが増してきても、夕映えは、いっこうにおさまらなかった。それどころか、反対側の空が暗くなるにつれて、いよいよ明るく燃え、拡がってゆくようであった。阿紀は、その日までは知らなかった人と畑の中の窪地に蹲ったまま、じっとその夕空を見上げていた。

朝、閃光、轟音、噴煙、突風、火……そこまでは確かに憶えている。そのあと、わたしはどうなっていたのだろう。それは阿紀の記憶の、埋められない空白の部分であった。

気がついた時、阿紀は、見知らぬ人に抱えられるようにして海に向って走っていた。引き裂かれたワイシャツ、焦げたズボン、血の滲んだブラウス、片袖のない浴衣、灼け爛れた肌、腰を下ろしたまま、目の前を過ぎて行く人を悲しそうに見送っている老人、両脇に子供を抱え込んだ若い女、裸足の大学生……火が来る！　誰かがそう叫んでいた。振り返って見る街は、黒い煙に捲き込まれ、その中で何事が行われているのか、その時阿紀には、見当もつかなかった。考えるのも恐ろしかった。

どうしてそれ一つを持っていたのか、阿紀は、空のバケツを前にして辿りついた窪地に蹲っていた。集まって来る人の眼は異様に光り、声は上ずっていた。ざわめきの途切れる時、低い海鳴りが聞えた。夕刻にかけて、窪地に異形の人は増える一方だった。

すでに残照の時刻ではなかったが、地上の余熱で空は燃え、夜通し燃えつづけ、やがて東の明るさとともに、その華やかさを失って行った。明け方まで、無気味なだれのような音が、幾度か窪地を揺すった。風向きによって、肉の脂の燻《くすぶ》るような匂いが吹き送られてきた。時折、蛙が鳴いた。

阿紀は、朝を待った。朝になれば情況はきっとよくなる。今夜だけに耐えればよい。そんな気持だった。

しかし息苦しいほどに待たれたその朝は、阿紀に何を見せてくれただろう。長い間、自分の眼で見、手で触れ、在ることを疑ってもみなかった物、当然在るべくして在ったと思われていた物のかつての姿は、もはや確かめる手だてもなく、はるかな記憶の彼方、意識の深みにしか辿れそうもなかった。阿紀は、唇を薄く開いて立ち竦《すく》んだ。折れた老木の幹はまだ燻り、敷石の上には鉄材が溶けて流れ、破裂した水道栓からは、勢いよく水が吹き上げていた。どこまでも拡がっている瓦礫。その上に置き忘れられたような石灰質のもの。遠かったはずの山が、意外に街に迫って見えた。

天災でもない。

地災でもない。

ちがう！　こんなはずはない。

けれどその時、自分の膝頭を震えさせていたものの正体が、阿紀にはまだはっきり解っていなかった。

立ち竦んでいた阿紀は、程なく、自分のからだを締め上げてくるようなあたりの静かさに気づいた。それはやがて、彼女が、かつて見たことも感じたこともない優しさで阿紀をつつんだ。わたしはこのまま、永久に地の底に閉じこめられてしまうのかもしれない。阿紀はそう思った。

暗い穴に引き寄せられた、と感じるまで、さほど時間はかからなかった。黄色い無数の矢が目まぐるしく飛び交ったあと、阿紀は、光を遮られた空間をただ一気に落ちつづけて行った。すでにあの優しさの名残りはどこにもなかった。抗いようのない厳しさが阿紀を操っていた。何かが終った、そう思わずにはいられなかった。阿紀はその時、有無を言わさず自分を操っているものに、むしろ残忍さを感じていた。

塵捨場の隅から、急に白いものが飛び出し、一直線に庭を横切り、野菜畑の方に駆けてゆく。多分、猫だろう。思い出したように、風が樹木の小枝を揺する。

阿紀が、不意にからだを締め上げるような静かさに気づいた後、光を遮られた空間を一気に落ちつづけてゆくのは、あの夏の日がはじめての経験だとは言えない。なぜなら、あの日にくらべれば、はるかに曖昧でしかなかったとはいえ、突然引き込まれる暗い闇の、はかり知れない深さを意識した遠い夜のことが、阿紀にはすぐ思い出されるからである。

おやすみなさい、と言って、看護婦は阿紀の側を離れた。柱に架けてある温度計を見てから、彼女は部屋を出て行った。阿紀は布団の中で背伸びした。熱のひいたあとの爽やかさがあった。今夜も多勢のお客さまだろう。両親は、とりわけ母は、その接待で疲れているだろう。女中もせわしく立ち働いているだろう。中庭を距てた母屋には、遅い夕食のざわめきがあった。月明りの下で、盆栽の五葉が幹をよじり、鉢に播かれた砂が、白銀色に光っていた。

母屋にすっかり雨戸がたてられてしまうと、自分の寝ている離れだけがとり残されたように思われた。

どれほど時間がたったろう。阿紀は、土塀の外で話し声がしたと思った。一日途切れてから、またぼそぼそとつづいている声に、聞き覚えはなかった。門番の夫婦の声でもない。庭には、山の水が引いてあるので、その流れに沿った小径には、時折山を降りた人が迷い込んで来ることがあった。阿紀は思った。さっきの声もあるいはそういう人の声だったのかもしれない。しかし、いつまでたってもその声の位置は変らなかった。そのうち、しだいに強くなってきた。低いけれど、どうやら怒っているような男の声であった。合間に、細い女の声がまじった。聞きとりにくい男の声はいよいよ強く荒くなり、女の声は、やがてひくひくとしゃくり上げるような声に変った。一人のからだの部分が、相手のからだの部分を、ひどく打つ音がした。阿紀は、反射的に掛布団の中に顔を埋めた。聞いてはならないものを聞いてしまったのではないか……。耳の奥がじーんと鳴り、無数の黄色い矢が、一せいに自分に向って放たれたように思った。

あの土塀の向うに蹲っていたにちがいない見知らぬ女がなぜ泣いたのか、幼い阿紀には解っていなかった。それにもかかわらず、阿紀は、自分もまた外に居る女と同じように女であるということが、無性に辛かった。大人になったら、女は誰でもあのように泣くのだろうか。わたしがまだ一度も涙を見たことのない女、たとえば、病人に対する行き届いた気の配り方のために、医師に信頼されているらしいあの看護婦。毎日、わたしのクラスの小学生と、国定教科書のことしか考えていないといった表情で教壇に立っている受持の女教師。あの人たちもまた夜おそく、わたしたちの知らない場所であのように涙を流しているのだろうか。阿紀は、暗い闇の中を落ちつづけながら、いつか自分も泣き出していた。

阿紀が登美子を訪ねた日、二人が食卓を挟んだ途端に、彼女は阿紀の顔を見て言った。

「くに」へはいつかえったの?

登美子は、自分の生れ故郷であるあの土地が、自分の「くに」である以上、阿紀にとっても、あの土地は当然「くに」であると思っているらしかった。けれど、登美子にそう聞かれた時、阿紀はすぐには答えられず、彼女の顔を見返したまま、頭の中で言葉を切りはじめていた。ク、ニ、ヘ……カ、エ、ル……

四、五年のあいだ、一度も会っていない二人が、すぐにも共通の場に立つために、登美子があの土地のことを話し出したのは、うなずけないことではない、と阿紀は思う。登美子だけではない。多くの人たちも、時には挨拶代りに、時には、実際にあの土地の様子を聞くために、同じように問いかける。恐らく何気なく。しかし、登美子やわたしが育ち、火に追われたあの土地は、登美子が少しもためらわないで言うように、わたしのかえって行くところだろうか。あの土地の、何にわたしはかえるのだろうか。かえって行くにふさわしいものであるなら、そこには時間を超えて変らぬ何かがあって欲しい。少なくともそれだけは確かであり、いかなる場合にも根源でありうるものにこそ、人はかえって行くべきであろう。

燈籠流しの夜になると、わたしと登美子は、よく連れ立ってあの土地の波止場へ行った。何度か同じ船にも乗った。船頭さん、あの辺りに漕いで行ってよ、いえ、もっと沖の方よ。船舷《ふなばた》に並んだ二人は、擦れ違う屋形船を覗いては、ああ今のは増田屋の船だった、向うから来るのは笹屋の船にちがいない、などと言って、おそくまで夜風に吹かれていた。水に散ってはまた寄り合い、離れてはまた牽き合ったあの灯の影は、つい今しがた、野菜畑の向うの川原で見てきたもののようにさえ思える。

登美子は憶えているだろうか。細い、小さな骨や、淡紅色の内臓の透き徹ってみえる魚の群れが、水を暗くしていた桟橋の下を。五色の風車が、綿菓子の屋台と、二十日鼠の釣籠に挟まれて、人待顔に鳴っていた氏神祭の参道を。兵器庫の油脂の匂いに噎《む》せて開いた窓いっぱいの天の川を。天守閣、練兵場、少年の襟足、鶏小屋、温室、造船所、校舎、土蔵、陽炎《かげろう》、長持ち、鎧櫃……

老人たちは、いそぎんちゃくのような飾り燈の下に集まっては話し込んだ。わたしが、紅茶を運ぶ女中の背にかくれてついて行くと、いち早く見つけたそのうちの一人が、手招きして言った。阿紀ちゃん、おじいさんのところへおいで。

壁紙は、かなり色褪せていたが、絵模様は、まだ、はっきりしていた。遠くにピラミッドが聳え、女が流れで甕《かめ》を洗い、木陰に眠っている家畜の側に、男が腰を下ろしていた。老人たちの会話は、いつまでも続きそうだった。鮎は塩焼きに限りますなあ。それで、女衆をどうされた？　琉球産の木の葉蝶と、台湾産の木の葉蝶の違いはですな……

わたしが、あの夥しい死者の群れを、何物かの荒び去ったような地上の乱れを、明るい陽射しの中でながめた時、膝頭の震えを自分でどうすることもできないまま繰り返し自分に言いきかせていたのは、これは仮の姿だということだった。いつかは再びそうなるであろう、いや、そうならねばならぬあの土地のもとの姿を、わたしはその時追っていた。明日こそは潤子に会えるかもしれない、喜代子がどうしているかを知っている人と行き会えるかもしれない、と思いながら、星空の下で眠ろうとした時、滲みはじめた意識の奥で、当然のこととして考えていたのは、潤子も喜代子も、いつか、きっとわたしの前に現われてくれるにちがいないということだった。

あの頃、わたしは、いったい何をもとの姿として考えていたのだろう。川床の石をはっきり見せるほど、透き徹っていた水の流れだろうか。柔らかな萌黄を支えていた街路樹だろうか。黒くも固くもなく、乾いてもいない土の掘り返された耕地だろうか。それらの程よい調和だろうか。あるいはまた、魚売りの行く明け方の町、ラケットのはねかえす球の音が、暮方近くまでつづいていた校庭のテニス・コート、白壁の城……しかしそれらは残念なことに、かえるべきもの、変らぬものとしての重さに、もはや耐えることはできない。とすれば、もとの姿にかえらねばならぬもの、いつかは超えねばならぬ仮の姿に、あの朝わたしが立ち会ったと思ったのは、わたしのまちがいだったのかもしれない。仮の姿というのは廃墟のそれをさしてではなく、閃光も、轟音も、突風も知らず、低い海鳴りに明け暮れていたあの土地の風景を指してこそ言うべきだったのかもしれない。何事かが確かに終った、と思った時、わたしは、ある仮相の最後に立ち会った一人の証人だったのかもしれない。

しかし、そう考えることも恐らく正しくはないだろう。現在のあの土地の、幅広い鋪装道路、高層建築、飛行場、外国製新車、競技場、映画館、酒場……それらは、かつてあの土地に起ったことを疑わせるほどだ。これからも、新しい校舎が建つだろう、街路樹はもっと密になり、遊園地のジェット・コースターも増えるだろう。それにもかかわらず、わたしは時折、あの高層建築が、にわかに崩れてゆくような不安に怯える。道路には亀裂が生じ、焼けた金属の塊となって、路上に置きざりにされている外車を想像する。またたくまに変貌してしまった記憶の世界の物と同じように。それは現在のあの土地についてだけ言えることではない。日々、わたしに親しい多くの物、この机、本棚、鏡、時計、いくつもの仕切箱に人々を分け、それを抱えて立ちつづけているこのアパート、外燈、釣橋、高速道路、製図室のロッカー、優しい人々の骨……それらのにわかに崩れてゆく音が、わたしには聞えてくるようだ。わたしもまた、崩れてゆくものの一つに過ぎない。阿紀は、片々たる肉塊、一握りの石灰として、風に曝されている自分の姿を思う。死もまた生と同様、存在のいま一つの相ではないか、と。

トタン屋根の下でもよい。土の上にではなく眠りたい。コップに入っていなくてもよい。安心して飲める綺麗な水が欲しい。掌に納まるほどの大きさでもよい。鏡と呼べるものに自分の姿を映してみたい。意地悪の妙子とでもよい。繃帯を巻いた知らない大人とではなく話したい。そういう阿紀の望みは何一つ叶えられないまま、窪地での幾夜かが過ぎて行った。

強い怒り、深い憎しみは、事のあとからやってくる。わたしと潤子をひき離し、もう一度わたしに会う意志のあった喜代子をも遠ざけ、わたしを夜の窪地に蹲らせたものの正体を、もしわたしがはっきり摑むことができていたら、そして、それに向って怒りや憎しみを投げかけることができていたら、あの日から十余年経った今、なお捌け口の定まらない怒りに執着することはないだろう。対象の曖昧な憎しみに焦らされることもないだろう。阿紀はそう思う。

その正体は、朝、阿紀が会社に向う途中、不意に明確な対象として浮び上ることがあった。昼休み、製図室の窓を開いてながめる雲のない空に、紛れようもなくはっきり浮び上ることもあった。わたしはこれを見失ってはならない。この対象に怒りを伝えるにはどうしたらよいか。阿紀は、できるだけ綿密に計画しようとした。しかし、その対象を追いつめてゆくと、やがてその輪郭が曖昧になり、それに連なるようにして別の対象が浮び上ってきた。新しい対象は、必ず旧い対象に連なっていた。後から後から現われた。しかも厄介なことに、輪郭の曖昧になったものの一つは、自分だというふうに思われてくるのだった。

恥ずかしいことだけれど、何に怒り、何を憎めばよいか、わたしは未だによく解らない。しかし、と阿紀は思う。行われるべき儀式、じっさいには省かれてしまった儀式への渇きが、「在る」ということへの問いとして育ちはじめたことを認めずにはいられない。確かに物が在るというのはどういうことなのか。目で見ることができ、手で触れることができ、肌で感じることができれば、その物は確かに在ると言えるのか。意識の中に在るということは、見ることも、触れることもできないから、不確かでしかないことなのか。

目で見、手で触れ、肌で感じるということに、いったいどれだけの確かさがあるだろう。病室の世津子のそばに、彼女の夫は居なかった。けれど、世津子が、ベッドの側の壁に貼られた世界地図を見ながら任地の夫について考える時、彼女の意識の中に夫は居なかったか。世津子が夫に触れながら、なお隙間風のように擦り抜けてゆく距りの意識に醒めたであろう時よりも、もっと重みのある夫の存在を彼女は意識したにちがいない。その意識の中の存在を不確かなものとして斥けられるほど、感覚は確かな存在を捉えることができるだろうか。

「絹の道」の両端から、その中央に向って同時に歩き出した人たちのことを、どう思う？　夜の海の見えるレストランで食事しながら昇は阿紀にたずねた。いつになく陽気で、わずかなウイスキーに眼を潤ませ、何かと阿紀に話しかけた。話さずにはいられないというようだった。食器を下げに来た給仕にまで、ここのムニエルはソースがいいとか、このコーヒーは、少なくとも三種類の豆が使われているだろう、などと言っていた。

相客は少なかった。半袖のブラウスを着ていた阿紀に、部屋の冷房は強すぎた。

食事が終ってから、阿紀は海沿いの道を昇と歩いた。歩きながら、阿紀は、昇に慰められ、勇気づけられている自分を、今更のようにながめた。少しでも長く歩きたい、そう思った。しかしその晩、昇によって二人の距離がほとんど失われようとした時、阿紀は、身を締めあげるような静かさに醒めた。誰か別の人の手が、つと自分の肩を後ろに引いたように思われて身震いした。わたしはもうじき、闇の中を落ちてゆくの、と言うと、昇は苦しそうな顔をしながら、わかる、と呟いた。だが、そんなものは忘れられる。ほんとうにぼくを愛してくれたら、忘れられるはずだ、と言った。

阿紀があの静かさの中で予感したのは、その時、わずかな兆しさえみることのできない昇のうつりかわった姿であり、同じようにうつりかわった阿紀自身の姿であった。帰りの車の中で、二人はほとんど口を利かなかった。昇は、窓の外を見ていた。運転手が、絶えずバック・ミラーに目を走らせて、客席の様子をうかがっていた。

阿紀は、新しい煙草に火をつける。

あれからしばらく会わなかったのだ、冬まで。この書棚に、昇の贈ってくれた書物が何冊あるだろう。グラナダの民家を調べるのだったらこれがいい。マドリードだったら、こっちの方がいいよ。昇の声が聞えるような気がする。

まだ借りている書物もある。冬、最後に会った時、わたしはそれを返せばよかった。でも、やっぱり返しそびれた。だめだなあ、わたしは……

充たされぬまま、かすかに歪んだ昇の顔が、ゆっくり遠ざかって行った。阿紀は、そむけた頰に、詰《なじ》るような昇の眼を感じた、昇の腕を、そっと返した。温かな、柔和なものにつと見放されたようなみじめさが、阿紀のからだを吹き抜けて行った。ごめんなさい、と言った阿紀の声は低くて小さかったので、それはたちまち目の前の暗い海に吸い込まれてしまった。満潮が、規則正しく岸壁をたたいていた。昇と引き合っていた見えない一本の糸が、今切れた、と阿紀は思った。糸を手放したのはおまえではないか。見放されることを望んだのもおまえではないか。ばかだよ、ともう一人の阿紀がささやいた。そうかもしれない。でも……

雪だった。

遠くで、船笛が鳴っていた。

阿紀は、水面に注いでいた視線を少しずつ上の方に移し、やがて仰向いた。雪は決して高いところから降ってくるのではなく、近くの高みでそっと湧き出し、ふわふわと落ちてくるようだった。

昇は、わたしが、本当は彼を愛していなかったのだと思うだろう。でも、わたしには、不意に自分を醒めさせるものについて、もう説明を重ねる気力はない。

阿紀は唇を嚙んだ。雪が頰に冷たかったが、眼の裏側だけは、灼けるようにしみた。行きましょう。背に、痛いほどの視線を感じながらそう言うと、阿紀は先に立って歩き出した。それは、愛にこたえられなかったものの、当然受けなければならぬ仕置のように思われた。掘割に入っている泊り船の中には、甲板で、防寒頭巾を被った子供の走りまわっている船があった。別の船の甲板には、ドラム罐で焚火をしている数人の若い船員もいた。昇と阿紀を見つけると、てんでに口笛を吹いてはやしたてた。あれは、一昨年《おととし》の暮……


午前四時を少し過ぎたところだ。

菜園の向うの小さな灯りは、煉瓦造りの家だろうか。あるいはもっと遠くの灯りかもしれない。樹木も建物も、まだ黒々と沈んでいる。阿紀は左の掌で、そっと前髪をなでつける。一本の樹木に目をとめる。昇とのことを考える時、わたしはよく、見も知らぬ女のために泣いたあの遠い夜のことを思い出す。さまざまの夜の中から、なぜその夜を選び出すのか、あるいは無意識のうちにふたたびその夜を生きようとするのか、そこのところは、ひどくぼんやりしている。二つのことは、まったく無縁のようでもあり、気づかぬところで、深くつながっているようにも考えられる。しかし、在ると思っていたものがまたたく間に失われ、行われるべきはずの儀式が省かれてしまったあの土地の夏に立ち会ったことによって、それまで潜在していたあるものが確かに染め出され、急速に育った、そういうことは言えると思う。そして今では、逆に、そのものがわたしを支配しようとしている。わたしは改めて存在の意味を問う。死ぬるということ、生きるということ、物が在るということ、無いということ、それらはほんとうにどういうことなのであろう。わたしは、捌け口のない怒りや、対象の曖昧な憎しみを抱えたまま、たどたどしくなお問いつづけるだろう。わたしは、あの日を葬らずに生きたい。わが祖先はエジプトの奴隷であった……過越の祭に、自由を求めるイスラエルの民が、醒めて、暗い記録を読みつづけるように。彼らはその時、恐らくこう思っているだろう。さりげなく、自分の歴史を葬ってしまうものは、やがてひきつがれる歴史の、すぐれた主人公にはなりえないと。

美しかったあの土地が、紛れもないわたしのあの土地であるなら、何物かによって変貌させられてしまったあの土地も、同じようにわたしのあの土地だと言うべきであろう。どちらが本当かという問いに、正しく答えられる自信は、今はない。仮相と言うならばどちらもそうであり、どちらかが実相だと誰か言えば、いや、どちらもそうだと言いたい気持もある。しかし恐らく、変らないものというのは、かえるべき根源というのは、それらの相のいずれかではなく、いずれをも斥けず、しかもいずれをも超えるところの、より豊かなものであるにちがいない。さまざまの相として現われながら、なお乱れることのない秩序に、しかと支えられているものであるにちがいない。わたしはこれからもあの土地へ行くだろう。けれど、わたしはかえるのではない。視野から失われてしまった物の、羽毛のような頼りなさが、そしてまた、日々目の前に在るはずの物の不確かさが、わたしにそう思わせる。残念なことに、その秩序は、まだ、自分の予感の世界にしか思うことができない。わたしはそれを知りたい。ひらめきのようにでもよい、それを知らされれば、その時わたしはもう、身を締め上げるような静かさに立ち竦みはしないだろう。光を遮られた空間にひき込まれ、一気に落ちてゆくような不安に怯えることもなくなるだろう。わたしは知りたい。

徐々に白い物が流し込まれ、静かに溶けてゆくような空の下で、樹木が、建物が、ようやくその形を目立たせはじめている。川には濃い靄《もや》が這っているだろう。川原の露草の上に、まだ眠っている蚊蜻蛉を撫でながら。踏切の信号機のベルが、まもなく鳴るだろう。もうじき庭のぶらんこが、子供の喚声に取り巻かれる。寝間着姿の男が、喚声の中に割りこんでくる。ごはんですよ。女が迎えに出る。両手をひかれた子供が、扉の中に消えて行く。植込みのかげからご用聞きが顔を出し、休日目当の集金係が、塵捨場の向うからやって来る。にわか造りの車庫では、パブリカのエンジン調整がはじまるだろう。行っていらっしゃい。どうか愉しい休日を。

まもなく夜が明ける。少し眠ろう。阿紀は、窓にカーテンをひく。

北川はぼくに

田中小実昌

田中小実昌（たなか・こみまさ）

一九二五〜二〇〇〇年、東京都生まれ。旧制福岡高校を繰り上げ卒業し出征、中国戦線を転戦する。一九四七年、東京大学文学部に入学するが、ほとんど出席せず除籍。米軍横田基地に勤務し、アメリカのハードボイルド小説を多数翻訳。のち本格的に創作活動に入り、「浪曲師朝日丸の話」「ミミのこと」で直木賞受賞。本作「北川はぼくに」を収録する短篇集『ポロポロ』で谷崎賞受賞。

死んだ初年兵は、夏衣の胸の物入（ポケット）に箸をさしていたという。「箸か……」ぼくはすこしわらった。北川もわらったような顔になった。

箸のことでは、ぼくたちは、なんどもおこられた。一列にならばされて、つぎつぎに、胸の物入から箸をぬきとられ、ほうりなげられたりした。国軍の兵士が、乞食みたいに胸の物入に箸をさして……とおこられた。

いつごろから、ぼくたちは、胸の物入に箸をさしたりしだしたのだろう？　あんがい早くからかもしれない。

昭和十九年の十二月二十四日ごろ、ぼくたちは山口の聯隊に入営した。この年から、徴兵年齢が一年くりあげになり、ぼくたちは満十九歳で兵隊になった。志願兵などをべつにすれば、いちばん若い兵隊で、いちばん最後のほうの兵隊だ。

山口の聯隊には、五日間だけいて、九州の博多港から朝鮮の釜山にいき、列車で朝鮮半島を縦断、当時の南満州をよこぎり、山海関で中国にはいり、天津、済南、徐州をへて、浦口で列車をおり、揚子江をわたって、南京の城外のワキン公司《コンス》というところにいれられた。

ワキンというのは日本語風の発音だろうが、どんな文字かはしらない。もとは英国系資本の紡績工場だということだったが、広い敷地に大きながらんどうの建物がいくつもたっていた。

このがらんどうの大きな建物のなかに、中国の各地にはこばれていく兵隊が、コンクリートの床いちめんに毛布にくるまって寝ていた。

ぼくたちが、さいしょにいれられた建物は、日本軍の爆撃で屋根がふっとんでいて、夜のあいだ降っていた雪のため、だだっ広いコンクリートの床にいちめんに寝ている兵隊たちが、朝になると、雪が降った畑にころがったイモかなんかのように見えた。いや、イモにしては数がおおすぎたかな。

ここでの飯上《めしあげ》（食事）は、時間がまちまちというより、アサ、ヒルの区別もなかった。夜中の飯上ということもあった。

ここにいる通過部隊の兵隊の数がおおすぎて、それに、あとからあとから増え、炊事が間にあわないので、おくれるのだ、ともきいた。逆に、飯上がおわったとたんに、また飯上ということもあった。

飯上にいってもらってきたメシと汁（副食はたいてい汁だった）を各人にわけるのは、

ぼくの分隊では、いつの間にか道田の役になっていた。

メシや汁の量の多いすくないはケンカになる。道田は、それを、パッパッと調子をつけてやり、みんなもその調子にのせられたみたいで、あまり文句はでなかった。

もっとも、道田はやったら、やりっぱなしといったところがあり、じつは、そういったところも、ぼくは気にいっていた。道田は兵隊になる前はちんぴらヤクザだったのではないかとおもう。

しかし、道田が飯上のくばり役だったというのは、ぼくたちが列車で輸送されていたときの、おわりの八日ぐらいと、ワキン公司でも、二日ほどだろう。

道田は死んでしまったのだ。ワキン公司にはいって二日目ぐらいに、ぼくたちは演習にいった。演習といっても、十なん日かかった列車輸送のあとのからだならしていどの予定だったにちがいない。

演習にいったさきは南京郊外だったのだろう。冬枯れの丘や畑などがあった。

そして、そこに着くとすぐ、米軍機の爆撃がはじまった。爆撃されてるのは南京城内のどこかだったらしいが、ぼくには、はるか前方のほうというだけのことだ。

それで、たぶん、演習中止ということになったのだろう。これは、ありがたかった。ぼくたちは、丘の斜面に腹ばいになって、爆撃を見ていた。ぼくは爆撃を見るのははじめてだった。

バクダンも見えた。バクダンは、空中をぽろぽろこぼれてきて、しろっぽいような色からうすいベージュにかわった。いや、色がかわるというより、なんだかぽろぽろ空中にこぼれてたみたいなバクダンが、すーっと、おちるカッコにカッコがきまっていくときに、しろっぽい輪郭にうすいベージュの色がつくといったぐあいだった。

そして、ふっとバクダンは見えなくなり、みじかい間があって、火柱、そして煙がたち、ドーンという音がきこえた。

B29の爆撃だと言われたようなおぼえがあるが、B29爆撃機の姿の記憶はない。バクダンは見えてるのに、B29のほうが見えないってことはないだろうが、記憶にはない。

そのうち、だれかが、B29のバクダンのことを、シラミの卵だな、と言いだして、ぼくたちはくすくすわらった。

遠くに見えるB29のバクダンはちいさくて、かたちがシラミの卵に似ているだけでなく、その色ぐあいに、なにか実感があった。

さっきも言ったように、バクダンは、はじめは透明っぽく、それがおちながら、すーっと色がうきあがってくる。シラミの卵も、順序は逆かもしれないが、透明っぽいときと、色がつまってくるときがあるようだった。

しかし、あのとき、もう、ぼくたちにはシラミがいたのだろうか？　いたんだろうなあ。でなければ、B29のバクダンのことを、ありゃ、シラミの卵だな、という冗談もでてこない。その後、ぼくたちはシラミとの毎日みたいなことになった。シラミになやまされたという言葉ではたりず、また、そんなよそよそしいものでもなかった。

B29の爆撃を見てるあいだに、道田がおかしくなった。ぼくたちは丘の斜面に伏せて（地面はつめたくて、寒かったが、ま、のんびり腹ばいになり）爆撃を見ていたのだが、とつぜん、道田がさけび声をあげ、あおむけにころがって、ばたぐるいだしたのだ。目もひきつっていて、こちらの言うこともわからない。

ここにくるときは、道田もちゃんとあるいてきたのだから、これは、まったくとつぜんのことで、しかし、尋常な病気でないのは、だれにでもわかった。

かえりには、だれかが道田をおぶったりしたのだろうか。ぼくもおぶったかもしれない。おぶっても、道田はあばれて、おぶいきれず、ぼくの背中からずりおちたような記憶もある。

ワキン公司のコンクリートの床にころがってる道田の姿は、おぼえている。もと紡績工場の大きな建物の出口ないし、建物の外のコンクリートの上によこになった道田のまわりを、将校たちがぐるっととりまいていた。

この将校たちは軍医だそうで、こんなにたくさんの軍医があつまってるのを見たのは、このときぐらいではないか。

軍医の将校たちは、みんな軍刀をつって、長靴をはき、それに、将校服がいやにグリーンっぽく見えた。グリーンというか、青っぽくというか、ま、グリーンのほうだろうが、将校服の生地の色の上に、グリーンっぽくひかってるようなぐあいだ。

おそらく、新品の将校服だろう。軍医たちは道田をとりまいて、ただつっ立ったきり、ほとんど口もきかず、道田は、陸になげあげられた魚が、もう弱って、死ぬまぎわみたいに、あばれかたもちいさくなり、ときたま、びくっとからだを反らしたりするだけだった。いや、兵隊が魚に似たりするわけはないが、弱りながらも、道田のびくっというからだの反らしかたは、ニンゲンばなれがしていた。

ぼくたちの部隊では、道田が南京脳炎によるさいしょの戦病死で、あとで、中隊はちがうが、小学校のときなかのよかったオッチョコ（チョイ）というあだ名の高橋や、なぜかワニというあだ名だった中学の同級生の谷口なども、南京脳炎で死んだ。

箸を上衣の物入にさしてもちあるいていたのは、もう、このころからかもしれない。いったさきで、メシがでたとき、いつも、箸をもっていなければ、メシを食べおくれるということもあったのだろう。

だが、ちゃんとした箸などあるわけがない。だから、たとえば、この演習のときでも、もとの紡績工場の宿舎からでて、はじめて、郊外のほうにもきたのだし、そこいらの雑木の小枝をおって、胸の物入にさしたといったことだったのではないか。

道田をかついでワキン公司にかえってくるぼくたちの胸の物入にも、箸の長さにおった小枝が二本、つっこんであったかもしれない。

　そういうことを、わりとひとよりさきに、ぼくはおもしろがって、やった。死んだ道田や、やはりはやばやと死んだオッチョコの高橋も、そんなことをおもしろがるほうだった。

　ともかく、ぼくたちは、兵隊になりたてのときから、そこいらでおってきた小枝を、箸のかわりに、胸の物入にさしてあるいてたのだ。


　死んだ初年兵は、どこの部隊の兵隊かわからなかったらしい。それなのに北川は初年兵と言ったが、初年兵だろう。初年兵は見まちがえようがない。それに、初年兵でなければ、胸の物入に箸などさしてはいない。

　やはり、雑木の小枝をおったような箸だったかとは、ぼくは北川にきかなかった。わかりきってることだからだ。

　しかし、どこからかふらふらやってきた、どこの部隊の兵隊かもわからない初年兵が、ぼくたちとおなじように、胸の物入にそんな箸をさしていたというのはおかしい。小枝をおって箸のかわりにし、胸の物入にさしてあるくことは、だれかを見習ったわけではなく、ぼくたちの発明だった。それを、どこの部隊の兵隊かわからない初年兵がおなじことをやっていたという。北川から箸のことをきいたとき、ぼくがすこしわらったのは、そのためかもしれない。

死んだ初年兵は銃ももたず、帯剣もしておらず、そんななさけない恰好で、ほんとに、どこからきたのだろう。

「……冬袴《ふゆこ》をはいとったよ」

北川は言葉がきれて、すこしたってから言いたしした。そのときは真夏だ。真夏に冬袴（冬のズボン）をはいていたというのは、冬袴のときから、その初年兵は部隊をはなれ（たぶん逃げだし）ふらふらあるいていたのだろうか。

しかし、北川が……冬袴をはいとったよ……と言ったのは、ほかの物は夏物だったのか。いや、ぼくは、その初年兵の夏衣とか上衣の胸の物入とかかってに言ったが、じつは、その初年兵は夏衣も冬衣も上衣は着てなくて、襦袢だけを身につけてたのかもしれない。そして、冬袴をはいていたのが、北川の目についたのではないか。

冬袴ときいて、ぼくは、その初年兵の冬袴のお尻のところが、キャラメルでもくっついたみたいに、てらてら、かたくなってるのが見えるようだった。

戦争が長くなって、キャラメルなどもなくなったというより、キャラメルなんかが食べられないことが、戦争だという感じだったが、軍袴のお尻のところが、そのキャラメルがくっついたみたいになっていたりする。

これは粘液便のせいだ。ぼくたちは、れいのワキン公司にいたあと、南京城内にうつり、それから、蕪湖というところまで貨車でいき、揚子江の上流のほうにむかい行軍をはじめた。

そして、行軍をしてるあいだ、下痢をしてる者は、ちょこちょこかけていって、道ばたでしゃがみながら、冬袴をずりさげ、便をした。

冬袴の下にはフンドシなどはしめておらず、冬袴をさげると、肉《み》のない尻がでて、たいてい、その尻をさげて、しゃがみこむ前に、尻のあいだから、ぽとぽとっと、洟のような粘液便がおちた。

それは洟みたいに半透明で、実際、洟に似ていた。こいつが、冬袴をずりさげるのが間にあわず、冬袴のお尻にくっついたり、冬袴をさげるのも、もうめんどくさかったりすると、だんだん、かさなって、かわいて、キャラメルでもくっつけたみたいになる。

夏袴のときでもおなじことだが、冬袴のほうが生地があついので、よけい、冬袴のお尻のところに、キャラメルでもくっつけた感じがするのだろう。

行軍の途中で、ちょこちょこはしっていき、軍袴をさげ、すると即、尻がでるというのは、ユーモラスのようなながめだった。しかし、いくときは、ちょこちょこはしっていきながら、軍袴をずりさげかけて、前につんのめり、うごかなくなる者もいた。

「……八月十五日の夜じゃった言うんじゃがのう」

これも、言葉がきれたあとに、北川は言った。あとで、あれは、八月十五日の夜だった、ということになったのだろう。

「……八月十五日か……」ぼくはくりかえし、ふうん、と鼻から息をはきだしたが、ほかのことは言わなかった。北川もだまっていた。

言わないのが、北川へのおもいやりというのでもあるまい。言ったって、しょうがない。なにか言うとウソになる。いや、ぼくだって平気でウソをつくが、あのときの北川はウソがききたそうな顔ではなかった。

その夜、犬が鳴いて、北川は分哨の歩哨台にあがっていった。歩哨台という言葉をつかったが、望楼みたいな大がかりなものではない。北川の分哨は鉄道の線路を見おろす、ちょっと小高いところにあり、そのなかでも、でこぼこにすこし高い場所に、ちいさな鐘突き堂のような歩哨台があったのだ。

北川の分哨は山本伍長以下五名で、ぼくたちの中隊の分哨では、大きくもちいさくもない分哨だった。

ぼくたちの中隊は鉄道警備がおもな任務の中隊で、湖北省よりの湖南省のはしのほうにいて、鉄道の線路の近くに、いくつか分哨があった。たいてい、ちょっと小高いところだ。

どの分哨でも、犬を飼っていた。なにかのけはいがあると、犬は吠える。闇夜などは、犬にたよってるようなぐあいでもあった。

しかし、犬が吠えるのは、人のけはいばかりではない。そこいらには、鳥や動物もいる。

たとえば、ノロもいた。ぼくはノロを見るのは、生れてはじめてで、ふしぎな気がした。シカみたいなウサギみたいな、ふしぎな動物なのだ。

そんな動物が、目の前を、ぴょーんと跳ねてとんでいくのが、ほんとにふしぎな気持だった。

ひとつは、ノロが跳ねてはしっていく丘陵が、内地とおなじようだったからかもしれない。

ぼくたちの中隊には七年兵の古い兵隊もいて、中国のあちこちをあるいたという七年兵が、こんなに内地の景色みたいなところはない、と言っていた。ぼくたちがいたあたりには、高い山はなく、ぼちぼちの丘陵だが、松がはえていて、草なども、日本内地で見かけないようなものはなかった。そして、小川の水がきれいなのだ。こんなことは、中国ではめずらしいらしい。

そんな風景のなかを、ノロがぴょーんと跳ねていく。もちろん、犬はノロにも吠える。

北川も、またノロか、とおもったそうだ。「ほいじゃが、犬が吠えて、見にいかなんだら、おこられるけんのう」と北川は言った。

歩哨台にあがると、やはり、ノロがはしってたという。

「くそっ、ノロか……と見ちょったら、いっこん（一匹）とんできたあとから、またいっこんとんでくるんじゃ。ほいたら、またいっこんとんできてのう。その尻《けつ》に、もういっこんとんどる。二こんずつで、鬼ごっこをしよるんよのう。ありゃ、サカリかもわからんのう」

北川は、ノロがとんでおよいどる、という言いかたもした。「およぐ?」ぼくはききかえした。

「ノロはとぶいうても、とんだらおりるかおもうたら、まだ、すーっと浮いとるじゃろうが。わしゃあ、ノロが魚に見えるんじゃ」

「四足の魚かあ」

「昼はのう、そがいでもないんじゃが、夜はのう、月夜はのう、そこいらが海の底のようなんじゃ。あーおい水があってのう」

ところが、四匹のノロがとんでいったあとに、みょうなものが立っていた。そして、それが分哨のほうに近づいてくる。海の底の水のなかの藻みたいに、それはゆらゆらゆれてるようで、しかし、あきらかに、こちらにやってくる。ニンゲンで、ほそく長く見えた、と北川は言った。

北川は、なんどか、とまれ、とまれ、とどなり、「班長殿、上等兵殿……だれかきます。とまれ！」とさけび、発砲した。

北川は夏袴ぐらいははいていたとしても、上半身は裸だったかもしれない。そして、犬が吠えるのをきいて、片手に銃、片手に弾薬盒のついた帯革（ベルト）をもって、歩哨台にいったのではないか。発砲すると、相手のゆらゆらしたからだが、ふわあっとうしろにうごき、たおれた。北川は二発目は撃たなかった。

「おとろ（怖）しかったんか？」ぼくはたずね、北川は頭よりも顎をうごかすようにして首をふり、そうやって考えてるみたいに、いんにゃ、と言った。

「よう、（弾丸《たま》が）あたったのう」

ぼくは北川の顔を見ないわけにはいかないので、見ながら、つぶやいた。

昭和十九年の十二月末に、ぼくたちが内地をでて、湖南省のはしにいた部隊にたどりついたのは五月のはじめだった。射撃訓練などは、ほとんどしていない。初年兵で人を撃ったりしたのは、おそらく、北川ぐらいだろう。

その一発で相手が死んだというのは、相手がよっぽど運がわるかったというより、運がきまりすぎてるみたいだ。

死んだのが日本軍の初年兵だとわかって、いやな気持だったか、などとは、ぼくは北川には言わなかった。くりかえすが、言ったってしょうがないもの。

ひとを撃ち殺したりするのに慣れていたせいもあって、というのではない。終戦まで、ぼくたちが中隊にいたあいだ、中隊ぜんたいでも、だれかを撃って殺したというようなことはなかった。

かと言って、海の底のうすあおい水のなかをおよぐようにノロがとんでいき、そのあとに、ゆらゆら、ほそ長いニンゲンが立っていて、それがこちらに近づき、発砲したら、たおれて、死んでいた……なにかの幻想か、夢のなかのできごとのようだというのでもあるまい。

夢や幻想ではなく、事実だもの。しかし、事実だからこそ、事実そんなことがおこっただけというのはわるいし、そういう言いかたには、なにかゴマカシがありそうだが、事実、そんなことがおこったのだ。

しかし、どうして、北川はそのことをぼくにはなしたんだろう?

終戦後一月《ひと》ぐらいして、ぼくは中隊にかえってきた。アメーバ赤痢で入院していたのだ。そのころには、このことは、中隊の者はみんな知っていたが、ぼくは中隊にもどってきたばかりで知らないから、北川はぼくにはなしたのか。

だけど、このことを、北川は手柄話みたいに、終戦までほかの分哨にいた初年兵たちにはなしてきかせたとはおもえない。おもえないではなくて、そんなことはない。

北川とぼくとは、そんなに親しかったわけではない。現地の部隊につくまでも、おなじ小隊だったが、おなじ分隊ではない。これは、輸送中の仮りの分隊で、中隊といっても、初年兵を受領にきた曹長と伍長がいるだけで、分隊長と称しているのはおなじ初年兵だった。

ぼくたちは、兵隊になりたてのときから、そこいらでおってきた小枝を、箸のかわりに、胸の物入にさしてあるいていた……とぼくは言ったけど、そんなふうに、初年兵ばかりがぞろぞろあるいてたようだったので、雑木の小枝を箸がわりにして、いつも、胸の物入にさしてあるいたりしたのだろう。ぼくたちは、まだ兵隊になってなかったのだ。ちゃんとした内務班にいたりしたら、こうはいかない。

まだ兵隊になってないまま、湖南省までの長い行軍がはじまり、蕪湖を出発したその日にたおれて死ぬ者がいたり、粘液便で、冬袴の尻がいちめんにキャラメルをくっつけたみたいになったり、ぼくたちはいわばすれてきた。訓練もなにもうけてないが、ケンカ戦法で戦闘には強い、なんて映画みたいなことではない。ぼくたちは戦闘なぞしたことはない。

中隊でのみじかい教育期間のあいだ、ぼくと北川はおなじ小銃班だったが、このときも、とくべつ親しかったわけではない。しいたげられ、圧迫されてる者ほど、親しい者どうしのむすびつきはかたいなどというが、初年兵みたいなひどい状態では、だれかと親しくなることさえもないのではないか。

そして、北川は分哨にいき、ぼくはアメーバ赤痢で、旅団本部の野戦病院の伝染病棟にいれられた。というといかめしいが、バラックのお粗末な建物で、アメーバ赤痢の患者はぼくだけなので、ひとりで掘立小屋みたいなところにいて、たいへん気らくだった。今、気がついたのだが、旅団ぜんぶで、アメーバ赤痢にかかってる者なんか数えきれないぐらいいただろうに、あのとき、どうして、ぼくはたったひとりのアメーバ赤痢患者だったのだろう?

ここで、ぼくはマラリアがおこった。熱帯熱とか二日熱とか三日熱とか、周期のちがういろんなマラリアがみんなそろっているマラリアだ、と軍医はめずらしがり、蚊にさされて、ほかの者にうつさないように、ぼくはひとりで蚊帳にいれられた。

ある日、午後だったとおもうが、福田という初年兵が蚊帳のそばにきて、「おい、これじゃ」と両手をあわせて拝む真似をした。

「なんじゃい?」なんのことかわからずに、ぼくはたずね、福田は、戦争が負けたらしい、と言った。ちいさな声で、あたりをはばかる声だったのだろう。その日が八月十五日だったかどうかはわからない。一、二日あとだったかもしれない。

福田はちいさなやつで、なんの病気だったのか、もうほとんど肉がないみたいで、大病をしたあとなどは、ぼんのくぼのあたりが、えぐりとったようにへこんでるものだが、福田のは、背骨のおわりから、あからさまなホネのかたちをした首骨がのび、そのさきにドクロの頭がくっついていた。

今どき、福田みたいのが目の前をとおったら、みんなギャッとさけぶか、さけび声もでないで、ポカンとするだろう。

ぼくは床の上に蚊帳を吊って寝ており、福田は地面にかがみこんで、こちらにむかって手をあわせてるので、ほそいホネになってのびてる福田の首を見おろし、ぼくは、いくらかこっけいな気がした。

福田はホネ猿というあだ名で、ニューギニアかどこかの土人が首狩をしてきた生首を、ミイラにしていく段階で、どんな方法かでだんだんちぢめて、ミニ首にするというはなしをきいたが、福田は病気と栄養失調で、生きたまままちぢまって、縮人間になり、もともとチビがそうなったので、どうみても人間のサイズには合わず、だから、ホネ猿というあだ名ができたのだろう。

ホネ猿の福田が、地面にしゃがんで、両手をあわせてる恰好も、グロテスクな意味ではこっけいかもしれないが、そんなものではない。

福田の思い入れが、ぼくにはこっけいだったのだ。額にホネの皺をよせた顔や、肉がおちて、ドクロの目の大きさになりかかった目にも思い入れがある。だいいち、両手をあわせて拝むというのが、思い入れたっぷりの恰好だ。

もっとも、こんなことは、福田の周囲ではふつうのことだったともおもえる。たとえば、福田は子供のとき、親から叱られると、こらえてつかあさい、とこんなふうに両手をあわせていたのかもしれない。それにしても、目の前でどなりつけられ、ぶったたかれたのではない。ぶったたかれて、おもわず、こらえてつかあさい、と両手をあわせたのとはちがう。戦争が負けたらしい、ときかされただけのことだ。

戦争が負けたときけば、だれだってある感慨をもち、思い入れの顔つきや言葉にもなる、それがふつうだ、と世間では言うだろう。

しかし、だれだってそうかもしれないが、ぼくはなんともおもわなかった。くやしいとも、なさけないとも、逆にほっとしたとも、なんともおもわなかった。これからさきどうなるのかという不安もなかった。

ぼんやりしたわけでもない。へえ、負けたのか、と、ごくふつうにおもっただけだ。これも、ぼくがだれかとスモウをとって、負けたのではない。戦争に負けたということなのか、とおもったのにすぎない。諦観的というのでもない。とにかく、なんともおもわなかった。

戦争中、兵隊にとられた者は、これも、だれだって死ぬことを考えたという。だが、ぼくは、死ぬことなんか、ぜんぜん考えなかった。だったら、自分だけは生きてかえってくるとおもったのかというと、そんなこともなにも考えなかった。

自分がそうだったためかもしれないが、ぼくたち初年兵仲間も、死ぬことなんか考えてる者はないようだった。内地からはこばれて、南京に着くとすぐ死んじまった道田もオッチョコの高橋も、死ぬことを考えていただろうか。

くりかえすけど、戦争に負けたとなると、だれにでも感慨があり、思い入れもでてくるのかもしれないが、ぼくはなにもおもわなかった。そして、北川があのことをはなしたときにも、北川に思い入れみたいなものはなかった。

終戦後一月《ひと》ぐらいたって、ぼくが中隊にかえってきて、北川からあのことをきいたころは、へんにうきうきしたときだった。

戦争に負けたときのいちばんの不安は、それまで、自分たちは中国人にさんざんひどいことをしてきたから、こんどは、自分たちがひどいめにあうのではないかといったことだったのだろう。（くりかえすが、ぼくにはそういう不安もなかった。自分は中国人にひどいことはしていないとおもっていたせいもあるかもしれないが、ぼくだってひどいことをした仲間なんだし、自分がやってないからといって、中国人にひどいめにあわされるのは当然のことなのに、ぼくにはそういう不安もなかった)

ところが、戦争に負けて一月たっても、中国人にひどいめにあわされたというはなしも、ほとんどつたわってこない。あとになって、蔣介石が、怨に報いるに徳をもってせよ、みたいな布告をだしたとかきいたが、えらい人がどんな布告をだそうが、みんながそのとおりにするとはおもえない。しかし、ともかく、ぼくたちのまわりの中国人はひどいこともしないし、なにしろ親しみぶかいのだ。

これは、終戦になる前より、もっと親しみぶかかったのではないか。それまでは、日本兵にはなにをされるかわからないので、親しみぶかくするどころではなかったにちがいない。

それが、日本軍が戦争に負けたので、中国人たちは、平気で、日本兵のところに物売りなどにくるようになった。親しみぶかいと言っても、日本兵にとくべつ親しみをもったわけではなく、平気で、ふつうになったのだろう。

日本兵にはたいへんにふしぎなことだが、ありがたいことだった。ぼくが中隊にかえってきたときは、そんなほっとしていたときだ。

それでも古兵たちは戦争に負けたというのがくやしく、なさけなかっただろうが、初年兵は、そういう気持がうんとうすかったのではないか。

なにしろ、らくだ。分哨にいたときは、昼間は、炊事、洗濯、掃除、銃器の手入れ、斥候（鉄道の巡察）などのほかに、水汲み場所が遠いところならば、水運びだけでも、たいへんな仕事で、そのうえ、夜はすくなくとも二交替、へたをすると、夜じゅう歩哨台に立ってなくちゃいけない。

それが、毎夜の立哨がなくなっただけでも、らくだ。ぼくたちは捕虜の身分になってからも、立哨や不寝番はないわけではなかったが、時間的にはうんとらくだった。

それに、なによりも、そのころは、メシなどは、食べたいだけあった。もっとも、モチ米ばかりで、モチ米をふつうの飯のように炊いたのは、なんだかすっぱくて、腹にもたれ、食べのこしたモチ米飯を藪のなかにすてにいったのをおぼえている。

よけいなことだが、あのころは、戦争に負けたことへのくやしさ、なさけなさといったものは、上級の兵隊と初年兵とではうんとちがってたはずだが、当時の初年兵に、今たずねたら、上級の兵隊だった者と、あまりかわらないことを言うのではないか。それにぶつかったとき、自分が感じたこと、おもったことが、だんだんにかたちを変えて、つまりは、世間の規格どおりみたいになるのだろう。これはふしぎなことだが、世間ではあまりふしぎにはおもってないようだ。ま、そんなふうだから、こんなことにもなるのか。

しかし、どうして、北川はあのことをぼくにはなしたのか？　くりかえすが、北川はだれにでも、そのはなしをしたのではあるまい。もちろん、事情をきかれたときなどは、経過をこたえただろうが、あんなふうにはなしたのは、もしかしたら、ぼくだけにではないか。

だが、前にも言ったように、北川とは、行軍中はおなじ小隊、中隊でのみじかい教育期間に、小銃班でいっしょだったというぐらいで、とくにしたしくしていたわけではない。

ぼくも北川も、瀬戸内海にある軍港町の育ちだが、兵隊になる前には、おたがい知らなかった。

北川は幹候（幹部候補生有資格者）ではなかったから、中学や工業学校などを出ていたわけではあるまい。その軍港町の民間の港のあたりに両親がいるようだったが、兵隊になる前、北川がなにをしていたか知らない。

そのころは、軍に関係した工場や施設、または鉄道などではたらいていた者のほかは、みんな徴用でとられたが、北川は徴用工ではなかったとおもう。徴用工でも、ほとんどはおとなしい徴用工だっただろうが、それでも、ひっぱりだされて集団の生活をしている徴用工には、なにか荒れたにおいがあった。やはり、ヤケッパチにつうじるものだろうか。

北川には、そんなところがまるでなかった。ともかくおだやかなのだ。しかし、初年兵でおだやかというのは、めずらしいことだった。六年兵とか七年兵とかで、たいていの下士官よりもメンコの数はおおいのに、まだ兵隊でいるというような者は、それこそおっとりおだやかにかまえてもいられただろうが、初年兵でおだやかというのは、よくよくのことだ。北川は育ちがいいのではないか、とおもう。親に金や地位がなくても、いい育ちというのはある。ほんとは、そういうのこそ、いい育ちだろう。

北川は色が白く、やさしい皮膚をしていた。そんなことから、人柄がおだやかに見えるのではないかとぼくもおもったが、疑って見なおすと、北川はますますおだやかなのだ。もっとも色白のやさしい皮膚は、もう行軍がはじまったときには、なさけない状態になっていた。


内地にかえってからは、一度だけ、北川とあった。江田島にある高須という海水浴場でだ。ぼくはまたアメーバ赤痢で（マラリアは、ほとんどみんなマラリアだった）中隊をはなれ、終戦からまる一年後の昭和二十一年の八月に内地にかえってきたが、北川にあったのは、それから一年たった夏だった。

なぜわざわざ島の海水浴場へ、とおもうかもしれないけど、北川の家があるもとの軍港町の民間の港からは、島まわりのポンポン船でかんたんにいけるのだ。ぼくの家もこの港からそんなに遠くはなかった。

この海水浴場は潮の流れがはやく、風も強かったが、海の水がきれいで、砂浜も美しかった。このあたりの瀬戸内海の花崗岩のきれいな砂浜は、南方の珊瑚礁の島の砂浜のしろさとちがう（珊瑚礁の砂は焼いた人骨のようなしろさだ）無邪気なしろさがある。

ぼくは、この年の四月から、東京の大学にかよいだしたのだが、夏休みにもなったし、こちらのほうでアルバイトをしようとおもって、かえってきた。進駐軍の炊事場《キッチン》でもはたらかなくては、腹がへってしょうがない。

高須の海水浴場には、ぼくもだれかときたのだろうか。砂浜の裏の松林のなかをあるいてると、北川に声をかけられた。

だが、ぼくは、よう……と言って、すぐ北川のそばにいったりしなかった。中国の湖南省で北川と別れてから一年半以上もたち、おたがい、なんだかバツがわるいようなぐあいだったのではない。だいいち北川は、ぜんぜんバツわるがってなかった。

しかし、ぼくがすぐ北川のそばにいかなかったのは、北川が、おなじ年頃の連れとオニギリを食べてたからだ。しかも、それは大きな、まっ白なオニギリで、ほんとに、ぼくの目にはまばゆく、そんなところに、のこのこいくわけにはいかない。

ところが、北川は、そのオニギリを食え、とぼくにすすめた。ぼくが食べれば、あんたのぶんがのうなるじゃないか、とぼくはえんりょしたが、わしらは、もう食うたけん、と北川は言う。そのころは、ごくしたしくしている家にいっても、おたがい、食べることはえんりょしたものだ。

それを、兵隊のときでも、そんなにしたしくもなく、また、中国の湖南省で別れてからは、一度もあったことがないぼくに、北川はしきりにオニギリを食えとすすめる。しかも、北川はこんなオニギリぐらい、いくらでも食えるような暮しをしているともおもえない。それは、連れの男のおどろいた顔つきからもわかった。つき合いもないこの男と北川とのあいだは、いったいどういうことなんだろう、と連れの男はふしぎだったにちがいない。

とうとう、ぼくはすわりこんで、オニギリを食べだしたが、そんなあいだに、連れの男はどこかにいってしまった。

どういう連れなのかも、北川はなにも言わない。それどころか、オニギリをたべるぼくを見てるだけで、ぼくにもだまってる。もともと無口な男なのだ。それに、学生仲間なんかとちがい、しゃべらない人種なのだろう。

その北川が、ぽつり、ぽつりだが、自分に撃たれて死んだ初年兵のことを、どうして、ぼくにはなしたのか?

オニギリを食べながら、ぼくはそのわけがわかったような気がした。いや、長いあいだの疑問が、そのとき、ふっと、とけたといったことではない。じつは、はじめから、わかっていたようなものなのだ。

あのとき、北川はぼくにそのはなしをした。それがすべてではないか。

オニギリを食べおわると、もう一コ、オニギリを食べろ、と北川は言う。そのすすめ方はしつこいくらいで、こういうしつこさは、学生仲間なんかにはないものだな、とぼくはおもったりしたが、それもちがっているだろう。

北川は、海水浴場でぱったりあったぼくに、ただいっしょうけんめい、オニギリをすすめてるのだ。このことと、あのとき、北川がぼくに死んだ初年兵のことをはなしたのとは、かたちはぜんぜんちがうけど、おなじことだろう。

二コ、オニギリを食べると、残りの一コも、北川はぼくに食べろとすすめたが、もう食えん、とぼくはことわった。食えないことはない。めずらしくありついた、まっ白なオニギリなんて、いくらでも食える。それは、わしらはもう食うたけん、と言った北川や連れの男だって、おんなじだろう。

ぼくがオニギリを食べおわっても、北川はなんにも言わない。ぼくも、北川には、あまりはなすことはない。そして、北川には、あの初年兵のことをはなせないのに気がついて、ぼくは恥ずかしかった。

ぼくは、あちこちで、あの初年兵のことをはなすようになってたのだ。八月十五日の夜、分哨では、まだ終戦をしらず……といった調子で、撃った初年兵もぼく、胸の物入に小枝の箸をさして撃たれた初年兵もぼく自身であるかのような思い入れで、ぼくはしゃべってた。

だが、こんな物語は、北川にはしゃべれない。あのとき、北川がぼくにはなしてくれたのとは内容がちがうというのではない。内容もちがうだろうが、内容の問題ではない。

いや、それを内容にしてしまったのが、ぼくのウソだった。あのとき、北川がぼくにはなした、そのことがすべてなのに、ぼくは、その内容を物語にした。

泳がないか、とさそったが、北川は首をふった。わざわざ海水浴場にきて、泳がないというのはおかしい、とぼくはわらったが、北川は、からだがわるいので、と言った。

内地にかえって、一年以上にもなるのに、からだがわるくて（北川は病気の名前は言わなかった）ぶらぶらしており、職にもついてないらしい。そう言えば、北川はもとの色白の肌になっていたが、紙に近いしろさで、病人の手足だった。

「兵隊がこたえたけんのう」

北川は、あのときとおなじように、わらったような顔で言った。それからは北川にはあっていない。

八月の風船

野坂昭如

野坂昭如（のさか・あきゆき）
一九三〇年、神奈川県鎌倉市生まれ。早稲田大学文学部仏文科中退。神戸の空襲で養父が死亡、福井、大阪、東京を転々とし、新潟県副知事の実父の家に戻る。テレビドラマ脚本、ＣＭソング歌詞を書き、「エロ事師たち」で作家デビュー。「アメリカひじき」「火垂るの墓」で直木賞受賞。ほかの作品に『骨餓身峠死人葛』『人称代名詞』『戦争童話集』『同心円』などがある。

昭和二十年、八月十五日

日本列島の、ちょうど、中ほどの空高く、西へ向かって流れていく、一つの風船がありました。

色は、黒ずんだ灰色で、紙を張り合わせた、まことに不器量な風船でしたが、容積は、ちょっと信じられないほど大きく、直径は約十メートルもあります。

でも、夏の、雲一つない暮れがたの空の中では、大きいだけに、なおさら孤独な印象で、夕映えの赤い色にも、また、紺青の海のあおさにも染まらず、ただひたすら、西へ流れていきます。

この風船は、実は「ふ号兵器」と呼ばれる日本軍の秘密兵器でした。

「ふ号」のふは、風船のふなのですが、太平洋戦争中、日本軍が開発した新兵器の中では、ずい分原始的にみえるけれど、もっとも科学的で、また効果のあるものでした。

つまり、日本の上空には、ジェット気流と呼ばれる、早い空気の流れがあって、特に冬の間は強く、秒速七、八十メートルにも達します。

秒速八十メートルといえば、時速二百五十キロ以上で、風船がこの流れに乗れば、アメリカ本土まで、二昼夜でたどりつきます。エンジンも燃料もいらないし、もちろん人間が乗ることもない。

風まかせといえば、ずい分たよりないみたいですが、当時、このジェット気流のことは誰も知らず、日本の気象観測官だけが気づいていたのです。

だから、アメリカだって防ぎようがない、現在アメリカや、ソ連の持っている、大陸間弾道弾なんていう物騒な兵器の、さきがけをなすものといっていいでしょう。

にしても、やはり「ふ号兵器」は、苦しまぎれの兵器にはちがいありませんでした。

昭和十六年十二月八日、戦争がはじまって、半年ばかりは、たいへん景気がよかったのですが、ミッドウェー海戦で、日本海軍は虎の子の航空母艦四隻を失い、そして、百戦練磨の飛行士が沢山戦死しました。

以後、敗戦まで、局地的には、敵の陣地を占領したり、敵艦を沈めたり、勝ちいくさもありましたが、まるで潮が引くように、日本の力は失われて、やがて本土空襲ということになります。

もともと、国力がちがうし、無茶な戦争をしかけたのですから、これは当然のことですが、旗色がよくないといって、一度抜いた刀を、そうあっさりひっこめることもできません。

軍部は、なんとか立て直そうと必死になり、また、民間の人たちを元気づけるような、戦果を上げたいと、必死に考えた末、この「ふ号兵器」にとりかかったのです。

すでに昭和十七年四月十八日に、日本本土は空襲を受けていました。

被害は大したことありませんでしたが、国民に与えたショックは、たいへんなものがありました。

それまで、敵機一機たりとも、神国の空に侵入をゆるさないと軍部がいっていたのに、空襲警報発令する間もないほどの、不意打ちを、くらわされたからです。

アメリカだって同じ事情でしょう、たとえ爆弾の効果は少なくても、心理的には大きな影響があるはず。

太平洋の東のはずれの戦争と思っていたのが、自分たちの住むアメリカ大陸に、火がついたと思えば、あるいは浮足立つかもしれません。

もともと、アメリカと戦争をしても、ワシントンやニューヨークまで攻め入って、大統領に白旗をかかげさせるというほどの自信は、軍部にもなかったのです。

長い間戦争していれば、贅沢《ぜいたく》になれたアメリカ国民は、いや気がさして、もういい加減でやめようといい出すにちがいない、そういう見込みの方が強かったのに、いっこうその気配はない。

なんとかびっくりさせ、うんざりさせる方法はないか、アメリカ本土を直撃する工夫はないものか。

夜陰に乗じて、潜水艦が接近し、砲撃してみたり、艦載機をとばして、ちょこちょこ爆撃してみましたが、いかにも子供だまし、かえって沿岸警備を充実させるだけでした。

そこで「ふ号兵器」通称風船爆弾の登場となったのです。

音もなく、空から沢山の風船が襲いかかり、爆弾を投下したら、これは、かなり気味のわるいことにちがいありません。

しかも、ジェット気流は、西へ向かって吹いているので、逆利用されることもない。

これぞ神風であると、軍部は断定しました。

といっても、日本には丈夫な風船をつくるだけのゴムがありません、あっても、飛行機や自動車の方が、風まかせの風船より重要視されて、使えません。

そこで、紙をつかうことになりました、糊《のり》はなんとコンニャクです。

日本は、最後になると、いろいろ不思議な兵器を持ち出して、たとえば、いよいよアメリカ軍が、内地に上陸するだろうと、考えられた時、これを撃退させるため、竹槍、弓、火なわ銃、吹矢、十手まで、かき集めましたが、折角の、新兵器も、まるで小学生の工作みたいにしてつくられたのです。

そして、風船づくりは、主に、学生が従事しました。

紙といっても、ありきたりのものではなく、コウゾを原料とした上等の強いものです。紙は冬の間につくるので、動員された女学生たちは、あかぎれや、しもやけの指で、夜の目もねむらず、幅二尺長さ六尺ほど、紙を懸命にすきました。

糊にするためのコンニャクも、大増産が命じられました。

おでんや、煮物にするとおいしいコンニャクですが、栄養はまったくありません。戦時中の考え方でいうと、お腹の足しにはなっても、栄養のない食物より、お芋とかトウモロコシを作るのが当り前でしたから、産地の人たちは、みな不思議に思いました。

そして穫れたコンニャクは、いっさい民間にまわさず、軍部が買いしめます。

昭和十八年、十九年頃、日本の台所からコンニャクがいっさい姿を消し、しかし、こんなものは、まあ、あってもなくても、気にならない食物ですから、それほど問題にはなりませんでした。

コンニャクは、大きな釜に入れて、グツグツ煮立て、糊にします。

風船をつくるには、両端のとがった、細長い楕円形のものをいくつもこしらえ、これを張り合わせていきます。

ただの風船ではなくて、これには爆弾や、アメリカへ到着したら、それを投下する計器をつまなくてはなりません。

そういった重いものを運ぶためには、大きな浮力が必要で、風船には水素をつめるのですが、どうしても、直径十メートルになります。

和紙をコンニャクで張り合わせながら、こんな大きな風船をつくるのですから、これは容易なことではありません。

しかも、針の先でつついたほど穴があっても、すべてはおじゃんですし、もし穴があいていると、風船がしぼんで、アメリカまでとどかないだけでなく、水素がもれて、うっかりすると、爆発します。

中学生や、女学生は、軍人に監督されながら、はじめはこれがまさか「ふ号兵器」とは知らず、ぶつぶつ文句をいいつつ、つくっていました。

「こんなくだらないことしてるより、早く予科練へ入って、アメリカをやっつけたいよ」

「俺は軍艦だなあ、日本には世界でいちばん大きな戦艦があるらしい、これが出動すれば、アメリカなどいちころらしい」

口々にいって、同じ動員されるなら、もっと直接戦争に関係のある工場をのぞみます。

この頃は、日本中の工場といわず、農村といわず、学生が主な働き手でした。学生以外の若者は、たいてい戦場にかり出されていたのです。

飛行機をつくっている学生は、誇らしげにしていましたし、旋盤や溶接の連中も、仕事のむつかしさをこぼしながら、いきいきしていました。

しかし、コンニャク糊で、紙を張り合わせてばかりの学生は肩身がせまく、といって、質問することもできません。

一方、日本劇場のような大きな劇場も、十八年に入ると興行が許されなくなっていましたが、ここで、こっそり完成した風船の、最終仕上げが行なわれました。

なにしろ直径十メートルの風船を、ふくらませてみるのですから、ふつうの工場ではかないませんし、秘密兵器だから、戸外で行なうわけにもいかない。

ここにも動員の学生がいました。客席のとり払われた劇場のまん中に、黒灰色の、いわばくらげのようにぐにゃぐにゃしたものが置かれ、水素を注入すると、それはみるみるふくらんで、三階席くらいまでの高さになり、その大きさに、みなあきれました。

水素のもれをしらべて、合格すると、風船はきちんとたたまれ、放球基地に送られます。

昭和十九年、春に、はじめて「ふ号兵器」は放球されました。

もはや、日本の劣勢は、おおいがたく、配給物資も少なくなって、二年前の勢いは、戦地だけではなく、内地からも失われていました。

軍部はかけ声ばかりかけて、強がりをいっていたけど、工場に原料がなく、動員された学生も、機械もあそんでいる状態、退却を転進といい、全滅を玉砕とかざってみても、なんとなく、景気のわるいことは、世間に伝わります。

その、なげやりな雰囲気を、一変させようと、風船爆弾は、太平洋に面した基地から、暁の空に放たれたのです。

朝、畑に向かおうとして、空をふり仰いだお百姓、海に出て、風の様子をうかがおうとした漁師、それに、神社へ、夫の武運を祈りに参詣する妻、早起きのおばあさんたちが、この風船を眼にしました。「なんだろう、あれは」「気球の糸が切れたんだろうか」二つ三つと、からみ合うようにして、空に吸われていく風船、それは風船とみるにはあまりにも大きすぎるし、まさか、新兵器とは思いません。

みな、うす気味わるく見送って、固く口を閉ざしました。戦争中、うっかり不思議なものを見て、それをいいふらすと、必ず憲兵に怒られたり、警察に呼ばれたり、ろくなことはなかったのです。

この時、風船は二千個余り放たれて、うち一割が、アメリカ本土へ到着、主に山の中に落ちて、火事を引き起こしました。まだ、山に雪がありましたから、大事にはいたらなかったけれど、アメリカ政府は、ひどくおどろき、警戒して、その意味では、十分に効果があったのです。

夏に向かうと、ジェット気流が弱まるので、放球は中止し、もっぱら、製造に重点がおかれ、そして、学生たちに、作業の内容が少しばかり報らされました。

「風船とはいえ、世界に誇る新兵器、直接アメリカを爆撃するのだ、残念ながら日本には、太平洋を渡洋爆撃するだけの飛行機はまだ完成していない。ふ号のみが、これを為《な》し得るのだ」

日本軍部は、兵器について徹底的な秘密主義をとっていましたが、敗けつづきで、国民の気持がくじけ勝ちとなり、その支えに、少しずつ新しい飛行機や軍艦の発表を行なって、「ふ号兵器」も、公表こそしませんでしたが、内々で教えたのです。

この効果は、絶大なものがありました。

これまで、どっちかというと女々しい感じの作業と思って、意気上がらなかったのが、直接アメリカ本土をやっつける兵器、右往左往して逃げまどう、憎いアメリカ人の表情が浮かびます。

学生たちは、熱いコンニャク糊を体に浴びて火傷してもひるまず、単調な作業にいそしみました。

やがてサイパン島が陥落し、内地への空襲が必至となりました。

重要な工場は、田舎へ疎開がすすめられ、「ふ号兵器」もその一つに指定されました。山の中に、粗末な木造の建物がつくられ、そこに、各地から集められた学生が、昼夜三交替で休みなく、風船を作りました。

「糊はまだ煮えないのか、こっちはもう済んじゃったぞ」

「まってろ、生煮えじゃうまくくっつかないからな、ようくかきまわして」

「ここはうすいなあ、もう一枚張って、補強しておくか」

監督官がびっくりするくらい、学生は必死で働き、それも当然です、戦地で死んだ肉親の仇をうつつもりだし、やがて空襲がはじまると、なおさら気迫がこもります。

山の中の工場から、大都市がB29によって焼き払われる、その焔が見えました。

学生たちは、歯がみして口惜しがりながら、その焔を、アメリカの摩天楼に重ね合わせ、武者ぶるいしました。

ニューヨーク、ワシントンに爆弾の雨を降らせるのだ、今に見ていろと、紙すきに打ちこみ、張り合わせにいそしみ、しかし、軍部は、折角のこの意気ごみとは逆に、「ふ号兵器」を見放しはじめていました。

アメリカが第一回の、風船爆弾の被害を、ひたかくしにしたため、その効果に疑問をもったのです。

だから、二十年冬の、絶好期にも、放球は行なわれず、ただ風船作りだけは、続けられていました。

重要視されなくなると、学生たちの待遇もわるくなって、三食いずれもトウモロコシと塩汁ばかり、みな骨と皮にやせて、でも、誰もへこたれませんでした。やがて何千個とできた風船、水素が入らないから、クラゲのように不恰好な姿でしたが、それをながめて、アメリカの空に殺到する、勇姿を思い、すると、空腹などふっとんでしまいます。空襲で家を焼かれ、家族を失った者も、ふみとどまりました。風船つくりこそが、その恨みをはらす、いちばんの手段と信じていたからです。

そして、八月十五日、日本の敗戦が決まりました。軍人たちは、アメリカ本土を狙った「ふ号兵器」が発見されると、どんな仕返しをされるか分からないとおびえ、水素発生装置や、風船に装置する機械をこわし、運び去って、いち早く逃げ出しました。

学生たちは、呆然としたまま、沢山の、こうなってみると死体のように見える、風船の完成品をながめ、一度にぐったりと疲れがでました。

「かわいそうに」女学生の一人が、泣きながら、自分たちの作った風船をなでさすり、だまされた自分より、ついに一度も空へとべない風船が、あわれに思えたのです。

この気持は、みんなに共通のものでした。もうアメリカを爆撃することはできない、仇をうつことはできない、その口惜しさより、とべない風船が、不恰好なだけに、見ていられない気持でした。

一人が、風船の、水素吹きこみ口に、フウッと息を吹き入れました。直径十メートルの風船だから、どうにもなりませんが、そうでもしてやらなきゃ、いたたまれないのです。つぎつぎに学生たちは、息を吹きこみ、ほんの少しずつですが、風船はふくらみはじめました。

体力のおとろえているところへ、力いっぱい息を吐くから、学生たちは青い顔で倒れ、でも、何千人もが、力を合わせたので、とうとう夕方には、風船はいっぱいにふくらみ、学生たちの気持が通じたのか、水素でもないのに、風船はゆらゆら浮上しはじめました。

バンザイという者はいませんでした。

手をたたいて喜ぶ者も、泣くものもいませんでした。

学生たちは、空にゆっくり吸われていく風船をながめ、それは兵器というには、あまりにもきれいな姿でした、色は濁っているし、ただでかいばかりの、能なしだけれど、とてもやさしい印象でした。

運動会の最後には、いつも風船が上がったっけ、縁日の夜店で買った風船を逃がしちゃって、泣いたことがある、大売出しの景品にもらった風船をとりっこして、パンとはじけさせたり、しぼんだ風船に息を吹き入れても、小父さんのつくったようには、浮かばなくて悲しかったこと、学生たちは、ぼんやり幼い頃のことを思い出し、じっと、少しずつ小さくなる風船を、見守っていました。

風船は、別れを惜しむように、低い空をゆっくりとさまよい、ある時、ふっと高く吸われ、また、降りてきて、しばらくさまよっていましたが、やがて、ぐんぐんのぼって、見えなくなりました。

八月十五日の、曇一つなく晴れわたった夕空に、日本列島をはなれ、ジェット気流にのって、アメリカ本土へ向かう、大きな風船がありました。爆弾も、計器も積んでいない風船は、落ちることが出来ず、今も、どこかの空にふわふわ漂っているはずです。学生たちの息を、いっぱい詰めこんで。

曇り日の行進

林　京子

林京子（はやし・きょうこ）
一九三〇年、長崎市生まれ。長崎高等女学校卒業。三菱兵器大橋工場に動員され、勤務中に被爆。その体験を描いた「祭りの場」で群像新人文学賞、芥川賞を受賞。その後も鎮魂と祈りの作品を中心に執筆。主な著書に『ギヤマン　ビードロ』『ミッシェルの口紅』『無きが如き』『上海』『三界の家』『やすらかに今はねむり給え』『長い時間をかけた人間の経験』などがある。

その年はいつになく長いつゆだった。もう七、八年も前になるだろうか、七月も二〇日をすぎていた。例年ならつゆがあけて、庭の隅のあじさいのあたりに、蚊柱が群りたつ頃である。

空は重く、曇り続けていた。かといって、降りもしない。つゆ明けを告げる雷は二、三日前から、遠い海の上で鳴りはじめている。

しかし、いかにも力がない。空っ腹の腹の虫を二、三匹、雨雲の断層に放り込んだような性根のない音を、陰気な海面に響かせている。

すっかり晴れあがるには、まだ日がかかりそうだった。

その日は、珍らしく雲に切れ目があった。上空には海から吹く風があるらしい。青く暗い雨雲の下を、刷毛状《はけじょう》の薄い雲が、山に向って流れていく。ときどき、上層の雲の切れ目から、強い陽がさした。その光りを、流れて行く低い雲がさえぎった。

屈折しながらさす光りは、照ったり曇ったり、太陽は翳りの多い陽ざしを街並になげていた。

それでも街は、久しぶりの晴間に、賑《にぎ》わっていた。

私は、長袖ワイシャツにジーンズをはいて、海水浴客に肩をぶっつけられながら人の流れに逆らって、駅に抜ける道をのろのろ歩いていった。四〇キロしかないやせた体をジーンズは健康そうにみせてくれるのである。

私が住む、この海辺の街は、小説「太陽の季節」に書かれて以来、東京方面から遊びに来る若い海水浴客が、めっきりふえた。

小説の主人公を真似て、若者たちは自分たちの肉体を、おおらかにさらけ出している。

青年たちは、海水パンツの裾から潮水を、したたらせながら、街のメインストリートを闊歩《かっぽ》する。ミスター〇〇の審査風景のようなボディスタイルで、胸を張り、尻を張り、腕を弧に開いてゆっくり外またで歩く。

肉づきのよい娘たちも、肌にすいつく水着を着て、海水で光る四肢に弾みをつけて乳房や腰をゆさぶりながら、街を歩く。

ひ弱な腰つきの少年たちまでが、腹の皮にぴったり吸いついた海水パンツを着て、キャンディをしゃぶりながら、街を歩いた。

男も女も、性の隆起を意識的に誇示しながら、何くわぬ無邪気さを装って、すれ違いざまに素肌をぶっつけあっている。男と女の生殖器だけが、移り気な光りの中を闊歩していた。被爆者である私には、それが、あり余った彼らの生命力の見せびらかしに見えて息苦しいのである。裸の若者たちに押されて歩きながら、いつの間にか私は駅前に来ていた。

駅前には、街で一番大きなスーパーマーケットがある。

イギリス製ホームメイド・クッキー。アメリカ製シュガーレス・ケーキ。ブルガリヤ製野イチゴジャム。日本製げんまいぱん。何でも売っている。駅前のスーパーで、私は夕食の買い物をしなければならない。私は、若者たちをさけて、立ち止った。


駅前に、海水浴客とは全く異った一団がいた。二、三〇人の集団である。

大部分が男で、なかに四、五人女が混っている。男も女も疲れているようで、駅前の、終りのない人の流れのなかで、手にしたプラカードを地面に置いて固って坐っている。男は殆んどが、黒いズボンと長袖ワイシャツ。背中に汗をかいていて、ワイシャツが肌にくっついている。女は、やはり黒いズボンに白い長袖ブラウス。陽よけに、つばが広い麦藁《むぎわら》帽子をかぶっていた。

海辺の街にはそぐわない、暑苦しい一団だった。

私はその人たちに近づいて行った。坐っている人の固りから二、三米離れて、色つき旗と、白布ののぼりを持った男が二人、立っている。色つき旗はグループの意志を表示する旗で、活動家らしい三五、六歳の男が持っていた。

丸顔で背がひくく、陽よけの淡い色がついた眼鏡をかけている。疲れた一団の中で、一人だけ生々しており、眼鏡の奥の大目玉が、絶えず動いている。駅前の群衆が、自分らの運動に対して、どんな反応を示すか、うかがっているようである。風貌からみて、リーダーは、その男のようだった。

この人たちは、東京を出発点に、広島で開催される八月六日の、原爆記念祭に広島までの道のりを、歩いて参加する人びとである。あと一つの白布ののぼりは「原水爆実験絶対反対」と墨《すみ》で書いてあり、頭に「怨」の一字がある。

「怨」の旗を持った青年は二二、三歳。顔半分にケロイドがあった。ケロイドは唇から左耳にかけてひどく、模型地図の、山脈のようだった。頰の肉ひだの上を、更に焼ごてでなめしたように、毛穴がつぶれて肌が白なまずに光っている。

長崎か、広島か。青年は母の膝か腕に抱かれていて、あの日の閃光を頰に受けたのだろう。同年配の、海辺の夏を謳歌《おうか》する健康な若者たちの中でみると、「怨」ののぼりを持った青年は、虫くった果実のようにかじかんでいてみにくかった。

行進の参加者は様ざまな階層らしく、また必らずしも被爆者ばかりでもないらしい。

むしろ色つき旗を持つ男に属する、活動家タイプの人たちが目だっていた。広島までの道すがらに、市や村で運動に賛同する新しい仲間を募《つの》りながら、平和運動を続けて行く人たちである。

眼鏡の男は、旗を垂直にしっかり立てると演説をはじめた。

孤児救済運動とか、この種の演説はたいていの場合、大声で演説をぶつ。意外にも男は、低い、しめった声で話しを始めた。運動家たちの胴間声を聞きなれている海水パンツの聴衆たちは、一瞬おや？　という表情でなりをひそめた。

眼鏡男は、静まった一瞬を巧みにつかまえた。ゆっくり聴衆をみまわし、更に視線を遠くに移し、駅前を素通りする群衆に向って、演説の輪を広げていく。

事があれば野次ろうと、興味半分で集まった若者たちも、熱心に話に聞き入っている。徐々に声を高めていく眼鏡男の横で、ケロイドの青年は、のぼりの竿《さお》を杖《つえ》にして立っていた。

よほど疲れているようである。頬と肩を竿にあずけ、竿を杖にして両足を踏んばっている。青年は、空の遠くを見ていた。閃光をまぬかれた健康な右の目だけが、時どき、雲間の光りにしわしわと瞬いた。

私と並んで演説を聞いていた、ポプコーンを持った水着の女が、ね、海にいっておでんを食べようよ、と男にいった。学生らしい男は、うんと返事をし、楽しんでるのにさ、白けるよなあ、と女の腕をとって海に歩いていった。

夕食のおかずは、おでんにしよう、と私は思った。息子と夫の好きな材料を考えながら、私は演説も聞いていた。

演説は、何処かの国の核のカサで祖国を防衛し、平和な繁栄を図る、という種類の、無邪気な内容である。興味があるから聞いているのではない。ただ、少しでも長い時間、人ごみの賑わいのなかに、私はいたいのだ。

その翌日、私は横須賀にある共済病院に行かなければならなかった。被爆者健康手帖による健康診断の結果、精密検査の呼び出しを地区の保健所から受けている。血液に異常があるから、精密検査の必要がある、共済病院で受診しなさい、というのだ。

精密検査は、一週間前に共済病院で済んでいる。その結果が、わかるのである。

入院するか、それとも自宅で療養できる程度のものか。

昭和二〇年八月九日、私は学徒動員中に長崎市にある三菱兵器工場で被爆した。奇跡的に無傷だったが、原爆に関する限りあまり外傷の有無は、問題にならない。ケロイドとか、肉体が不具になった部分の苦しみやみにくさはあるが、どれだけ余分に放射能をあびたか、が問題になる。これが原爆後遺症とか遺伝因子にかかわり、更に被爆二世につながってくるのである。

被爆者健康手帖は、私たち原爆被爆者に、国が交付している手帖である。

昭和三二年三月三一日、原爆医療法、原子爆弾被爆者の医療などに関する法律が、制定された。手帖は、法律に従って交付されるが、一般被爆者健康手帖と、特別被爆者健康手帖とある。手帖交付を受けていると、病気にかかった場合、手帖を利用すれば国が医療費を負担してくれる。終身だから、肉親を原爆で亡くして身よりがない被爆者たちや病気がちな被爆者にとって、ありがたい手帖である。

但し、病気であれば総て無料という訳にはいかない。医師の認定がいる。例えば、原爆症による××とか△△とか。

出産、歯痛など一般常識から考えて、被爆によらずともかかり得る病気、自然現象などは除外される。ただ、これも異常が認められれば無料になる。被爆者の手帖に対する反応は複雑で、ありがたがっている者ばかりではない。被爆の過去をかくすために、手帖交付を拒否している者も多い。また原爆症の恐怖からのがれたいために、手帖とは無縁でありたいと、交付を受けない者もいる。

私の上級生の汀子は、その反対で、手帖を徹底的に利用した一人である。

私の母校は、本科と専攻科があり、校舎だけが別棟《べつむね》になっていた。汀子は私より二つ年上の専攻科生で学徒動員中に被爆した。

昭和四〇年の夏、汀子は原爆症で死亡した。

入院退院を繰り返えす一生だった。汀子の名は平和公園の過去帖に記入されている。

終戦直後の一〇月、第二学期がはじまるとすぐに、長崎医大や、九州大学医学部などの調査班が、被爆者の実態を調べるために、私たちの学校にやってきた。

一五、六歳から二〇歳までの娘たちに、医学生は、月経の量は？　多くなった？　全く無くなった？　被爆後に初潮をみた？　と赤裸々な質問をした。その頃生理用語さえ口にできなかった私たちにとって、顔を赤らめる質問ばかりである。答えあぐねていると、専攻科生の衿章《えりしょう》をつけた汀子が入ってきて、

「答えたくない人は、答えなくていいのよ。私たちがこれ以上原爆の実験台になる必要はないのだから」静かに、しかしはっきりと言った。

それまで私は、原爆という新型爆弾に対して、深くは考えていなかった。むしろ、全滅に近い中から生きてかえったことを、自慢していたようだ。生きているよろこびとか、運命とか、そんな精神的なことではない。五つ六つの子供が〝ああ、こわかった〟と手がら話をする、あの種の単純な得意さである。

汀子の内には、あの頃から、原爆は大きな影を落していたようだ。

入院退院の病歴は、原爆症による△△だったから、当然手帖を利用していた。汀子らしい利用法は出産である。汀子は三〇年頃、彼女の兄の友人と恋愛結婚し、子供を生んだ。安産だった。生れた男の子も三五〇〇グラム、当時としては大きい方である。

手の指も五本ずつ立派に揃っていて、完全な健康児である。しかも入院していながら、担当医も間にあわぬほどの安産である。異常は認められないのである。それを見事に医師を説得し、お産を公金で済ませた。

せんせい、私は文明人だと思っています。認めますね。それがどうでしょう。せんせいも間にあわないほどの安産です。あまりにも動物的で、原始的です。これは文明人として異常ではありませんか？　陣痛から分娩まで時間がかかりすぎるのが異常なら、標準時間を費さないお産も、やはり異常ですよね――

医師は、あっさり認めた。多分、汀子の気魄を認めたのだろう。

あんまり被爆者の特権をふりかざすと嫌がられるわよ、と私が言うと、なして？　と彼女は専攻科生の時と同じ、真面目な顔をした。

知っとるやろ？　うちの兄が医大で被爆したとは。兄は、帰ってきて一週間目に、血を吐いて、鼻血を流して死になったたっさ。目の、なみだ穴から血がにじむとを、見たことある？

母は、兄が可哀想して泣いてばっかりおんなった。兄の部屋には、父とうちがつきっきり、うちは無傷やったけんね。

見かねて「がまんすっとぞ」って、父が掛布団を叩いたら「がまんしてるよ」って笑いなって、それで終りさ――

焼き場の係りが、何て言うたか、あんたは知らんやろ？　骨を集めてくれながら、おじいさんですか、て聞きなったたっさ。いいえ兄です。答えると、おっとろしか、やっぱりそうですか。今度の爆弾をあびた人間の骨はみんな年寄りの骨のごと、脆《もろ》かとですよ。少し火をたきすぎれば、ぼろぼろですたい、って。兄の骨も六〇歳のおじいさんの骨だって、そう言いなっとよ。生きながら、骨まで焼かれてしもたとさ。軽石のごと水気も脂気もなか、六〇歳の老人の骨に変えられたとさ。

あの閃光をあびた——それだけで被爆者は十分に、異常なのだ、と汀子は長崎弁で口早に言った。

他にどんな理屈がいる。こ理屈をつける方がおかしい。保証は当然だし、受ける権利だってある、と言った。

その時の、激しい汀子の語調に、だから特別に特別がつくのね、と被爆者健康手帖に書きそえてある特別の二字を茶化したが、忘れかけていた閃光を、あらためて、したたか身内に叩きこまれた思いがしたのである。

私たち被爆者の骨は、どうにか外見は人間の形を整えて、背や首や、手足をささえてくれてはいるが、指で押しつぶせば、砂状に崩れる脆さにあるらしい。

私の被爆者手帖には、特別の二字がついている。特別は、文字どおり特別で、爆心地を基点に、半径一・五キロ以内で被爆した人たちである。原爆投下三日以内にこの地域に入った者も、特別被爆者になる。専門家たちの緻密な計算によると、人間は勿論、地中の小動物にいたるまで完全に死滅する地域という。

死ぬのが当然の地域で生き残った汀子も私も、化け物的な特別被爆者になる。

私の被爆者手帖の番号は七〇四番である。

生存者零地帯の、七〇四人目の生き残りになる。全滅地域で七〇四人も助かれば、原爆の閃光もそれほどの事はない、と考えるかもしれない。しかし手帖交付は三二年から開始されている。私が交付を受けたのは、昭和四〇年、交付開始から八年目になる。それだけの年月に七〇四人である。

特別地域には、日本で有数の三菱兵器工場と製鋼所があった。これらの工場は敷地が六〇、〇〇〇坪、工場が一三、〇〇〇坪という膨大な規模を持つものである。従業員総数一五、〇〇〇人、朝の出勤時になると、弁当箱を腰にさげた工員さんで、工場への道は一杯になった。

長崎医科大学、医専もある。

東洋一の天主堂があり、無数の小・中学校があった。陽あたりがいい丘には結核療養所があり、赤レンガの塀が高い刑務所もあった。それらの中からの七〇四人目である。米つぶに混った小石を拾いあげるに等しい。

私たちは無傷で生き残った、とよろこんでいるが、皮膚に包まれた内臓と骨は、汀子の兄と同じように、ぼろぼろに焼きつくされているに違いないのだ。

それを十分に承知しているから、安産さえ異常だとすねたくなるのである。

手帖所持者に、国は六ヵ月毎の健康診断を義務づけているが、手帖の特典は、医療費がただになることと、六ヵ月ごとの診断である。

被爆者たちの健康を憂慮してくれる国の親心を、私たちは有りがたいと感謝しなくてはならない。が、六ヵ月ごとの定期診断は、被爆者の心の底にひそむ、やっと治り始めた傷のかさぶたを、爪ではがす役目をしていた。

私が住んでいる地域では、五月と一一月と年に二回、保健所から定期診断の呼び出しがある。診断を受けるか否かは、本人の自由だが、通知が来ると、その日から診断指定日まで、応じようか、どうしようかと迷い続ける。

診断は簡単なのだ。単純な内診と血液を採る。しかしこの血液検査が被爆者にとって、一番こわいのである。

白血球数、赤血球数、血色素量、色素係数と血沈の検査がある。血液検査の結果が悪ければ、精密検査にまわされる。自分の体内で起きている血液の変化だから、逃げようがないのだが、知らなければ、何とか、疲れながらも平和に一日一日が暮せる。一週間続くか二週間か、それとも数ヵ月か、とにかく悪化して死ぬ日までは、心配なく笑って暮せるのである。血液検査の結果、最も私たちが怖れている白血病が宣告されれば、まず生きる望みはなくなる。治療法が不明なら、消極的な、先ぼそりの毎日の方が、まだ知らない幸福がある。

定期診断の季節が近づいてくると、私は落ちつかなくなった。一方受診して正常か、駄目なのか、黒白をきめたい気持も強かった。

異常ありませんよ、と医師から健康の太鼓判をもらえたら、たとえ六ヵ月の短かい期間でも、何と素晴しい日々だろうか。

いつ鼻から血がふき出すか、月々の生理の毎に、ひょっとすれば、このまま止まらないのではないか、と心配ばかりしている。そんな恐怖が一切ない六ヵ月、被爆者は〝さあ、六ヵ月間はあなたの命を保証しますよ〟という医師の診断が欲しくてたまらないのである。

健康の保証を受けても六ヵ月の期間内に、原爆症で死ぬかもしれない。しかしその時までは、医師の保証があるから、いつ死ぬかと余計な心配をしないで済む。堂々と生きていればいい。

息子が小学校に入学したのを機会に、私は定期診断を受ける決心をした。迷って、うつうつした毎日は息子のためにもよくない。一か八か、診断を受けてみよう。結果が悪ければ、あと一度八月九日の、被爆の時点にかえるだけだ。あの時の状態は、死に、より近い距離にいた。そこから再び出なおせばいい。

もし仮に、大丈夫、異常なし。と医師が背中を叩いてくれたら、一年生になって大人ぶりはじめた息子と、ひと夏じゅう海で泳ごう。気に入りの淡いピンクの水着を着て、沖に向って、泳ぐのだ。岸に戻る体力も、疲れすぎて鼻血が出たりしないだろうか、そんなことを一切考えずに、体力の限り泳いでみよう。それから、思いきり、力一杯くわん――と大きな音をたてて鼻をかむのだ。

私は風邪を引いても鼻をかまない。鼻がつまって息苦しくなれば、阿呆のように口をあけて、口で息をする。なるべく出血をさそうようなまねは止めた方がいい。私たちの出血は止りにくい。止まらないまま死んだ友人は沢山いる。

保健所で診断を受けてから、一〇日ほど経っていた。その日私は、夏休み前の短縮授業に入った息子と、外で食事をする約束をしていた。ごった煮に近い給食に音をあげていた息子の、口なおしの意味もあったが、健康に自信をもちはじめた私の、心の弾みが、「うーんとおいしいものを食べましょうよ」と生活を楽しむ余裕をもたせていた。息子は、敏感に親の弾みを感じとっていて、

「ねママ、この街より鎌倉のお店の方が、おいしい物が沢山あるよ」と遠出を申し出た。

遠出といっても、鎌倉までバスで一五分あれば行ける。長つゆの糠雨《ぬかあめ》が降っていたが、私は同意した。降ってはこない、空間に浮かんでいる糠雨に、傘いるかな？　と小さい手のひらを空に向けて、息子が聞いた。

そうね、私も息子を真似て、空に手をひらいて雨を受けてみた。浮いているようにみえる雨も、やはり降っていて手のひらに湿気が落ちてくる。糠雨が白く濁るその上を、灰色の雨雲が海から山に向って流れていく。

海から山に雨雲が移動するとき、こりゃあ降るべえ、と土地の漁師たちは、海に出るのを止める。漁師たちの天気予報は、確実にあたった。

「降るわね、傘とってらっしゃい」私が言うと、息子は〝はい〟と外出用の返事をして、前のめりに庭を駆けていった。ころぶわよ、後姿に、私は笑って声をかけた。

屋敷町の昼さがりは静かである。庭木の葉に降る雨の音さえ、聞きとれそうである。道に小石が敷かれている。それが僅かずつ鉄色に湿ってぬれていく。木も草も、道の小石も雨にぬれながら、つつましく息づいている。私は、こんなつつましい静かさが好きである。自然が、自然のなかで黙りこくっているとき、不思議に私は、自分の命を感じた。

原爆で生き残ったとき、私にはそれほどの感動はなかった。ものも言わずに私を抱きしめた母の腕の中で、涙を溜めてみつめている姉妹たちに、きまり悪気に、私はニーッと笑ってみせた。原爆の、おびただしい死人のなかから生き残った奇跡も、それほど重大なことではないように思えた。特にあの瞬時、私だけが生き残るために必死の努力をしたわけではない。死んだ人たちも、生き残るための努力を怠けたわけではない。瞬時に何となく生き残り、何となく死んだのである。

それが些細《ささい》な自然の佇《たたず》まいにふれると、私は、自分が生きていることに胸が熱くなるのである。そして、その命が息子に移され、私の意志とは全く無関係に動き、しゃべったりすると、息子に移植された自分の生命に、私は感動するのだ。

私は屋敷町の静寂さを乱さないように、足元の小石を一つ、赤い靴の爪先で動かしてみた。小石の下で、平ぺったく身を伏せていた和鋏《わばさみ》に似た甲らの固い虫が、慌《あわ》てて手近な石の下に、もぐりこんだ。石の端から、まだ尻の、鋏の部分がみえている。虫は、完全にかくれたつもりらしく、身動きしないで息をこらしている。

よちよち歩きの日の、息子とのかくれん坊を想い出して、私は一人で笑った。

「何か、いいことがありそうだね」と自転車のブレーキが鳴って、顔みしりの郵便配達人が、ほい奥さん、手紙だよ、と部厚い封書を渡した。

何気なく、茶色い書類袋の裏をかえして、私は息をのんだ。紫色の印肉で、鎌倉保健所の判がおしてある。

受診結果の報告である。すぐに開封するのが恐ろしく、封書の上から内の様子を指さきで探ってみた。

被爆者手帖のほかに、四つ折らしい手紙が指先にふれた。普通、異常がなければ、血液の検査報告が手帖に記入されているだけで、返却されるのは手帖だけだと聞いていた。

私は封を破った。雨で紙が湿って破りにくくなっている。封筒の角が僅かに切れた。そこに小指をつっこんで、私は封を切った。

貴殿は今回の一般定期診断の結果、精密検査を要しますので、左記の指定期日に——病院で診断を受けて下さい。


余白が多い、呼び出し状だった。私は同封されている手帖を開いた。最初の一頁に、印刷活字外のペン字で、数字が記入してある。

白血球三六七〇個。赤血球三九二万個。

健康体なら白血球は約六〇〇〇個前後、赤血球が五〇〇万個前後である。私の場合白血球は、常人の約半数、赤血球が一〇〇万個から不足していた。私は手帖を閉じた。破いた書類袋に、手帖を入れた。それを買物用の竹籠の底に入れた。

とうとう、最後のものがきた、と私は思った。自信がつき始めていた健康は、保健所からの数個の数字で、無惨に崩れた。しかし実際に体重は、一月のうちに一キロふえていたのである。体重の増加も、被爆者には、健康の証にはならないのか。

私は糠雨の中に、暫く立っていた。カールでふくらんでいた髪が、徐々に湿って、頬にからみついてくる。

白血球、赤血球の不足分が肉体的にどんな影響を及ぼすのか、私にはわからない。しかし安産を異常と言い張った汀子以上に、私の血液が異常であるのは、確かである。手帖の数字が常人のものと違う限り、私の白血球が多かろうが少なかろうが、異常に変りはないのだ。

「早かったでしょう」

二本の傘を肩にかついで、息子が走ってきた。ね、ママ早かったでしょう、と探し物が下手な息子は褒めてもらいたくて、私の顔をのぞきこんで言う。私の頭の中には、手帖の数字しかなかった。

「少し黙っててちょうだい」私は手あらく、息子の肩を押した。

肩に傘をかついでいた息子は、バランスを崩して、小石の道によろけた。

息子は三月生れなのだ。同じ一年生でも、他の同級生に比べると、肩の骨も、足も細く一にぎりしかない首には、小梅ほどのリンパ腺が、常時浮きでている。私も小学生の頃、いつも首筋に、リンパ腺を浮かしていた。身体検査のたびに、校医は指先でグリをさすりながら、痛まないだろ？　と聞いた。

息子の体質は、夫より私に、より似ている。手帖に書かれた白血球や赤血球の減少は、いつ頃からなのだろう。息子を妊娠したとき、血球の数は正常だったのだろうか。不足していたのなら、悪性貧血は、息子に、どんな影響を及ぼしているのか。

不意に、一つの言葉が閃めいた。それは、ある科学者の、核兵器禁止への提言で、世界

の指導者に対して、

私はあなた方にのぞむ、と呼びかけ、

あなた方自身を、生物学的な種のヒトの一員にすぎないと考えることを。と警告し、さらに原水爆戦争の危険性を、

われわれはヒトの種に終止符をうつべきか、でなければ人間が戦争を放棄するか――

単純明快に二者択一を迫った言葉である。

偉大な科学者が指摘した杞憂は、既に私の内で、そして息子の内で終極に近づきながら、本来あるべき人の姿を、変えつつあるのではないか――少くも、息子にだけは嫌だ。押された息子は、はしゃいでいた気持に水をさされて、きまり悪気に、上目づかいにまるい目で私をみた。そして、桃色の、皮が薄い唇をとがらせて、不服そうな顔をした。

膝下までの白い靴下が、片方だけ、足首までずり落ちている。私は息子を抱きよせた。両足をふん張って息子は抵抗したが、すぐに体をよりかけてきた。柔らかい、まだ乳くさい頬が、私の頬にふれた。ずり落ちた靴下をあげてやりながら、

ごめんね、と言った。息子は、一そう不服面をし、転びそうになったんだよ、と抗議した。

もし、このまま私が死んだら、息子はずり落ちた靴下のまま、発育がいい同級生の尻にくっついて、親指をしゃぶりながら、薄暗くなるまで外で遊ぶだろう。淋しいとき、息子

はすぐ親指をしゃぶる。

それとも一人で、部屋で本を読んでいるだろうか。私の家の電気のスイッチは高い位置にある。夕方になって、うまく電気が灯けられるだろうか。考えれば、やりきれない想いばかりだ。

いまは、何も考えまい、と私は思った。息子と行こう。鎌倉までバスにのって、一番後の座席に並んで坐って、がたがた揺られながら、体をぶっつけあって、お互いの体温を感じ取って、何を食べるか、二人で考えるのだ。

何を食べるの？　私は聞いた。

お子さまランチ、旗がたっているの——息子は飛びあがって答えた。お子さまランチなら、何も鎌倉まで出かけなくとも、この街にもおいしい店がある。明るく、心を弾ませようと努めながら、やはり私の気持は沈みがちだった。

お子さまランチなら、ここにもあるわよ、と鎌倉行きを暗に止めると、

旗がたってないの、とまた唇をとがらせた。

よし、行こう！　男のように私は言った。真似して息子が言った。

「傘さす？　僕のに入れてあげる」背伸びして息子は傘をさしかけた。私は首を縮めて、小学生用の、小さい傘の中に入った。

私は小石の道を歩いた。靴の裏に小石があたる。石の凸凹が靴の下で動く。石の下の、

土の柔らかみまでが、靴底を通して、私の肌に伝ってくる。小石と土の間には、多分、幾匹もの和鋏《わばさみ》に似たあの虫が、かくれているだろう。

私は小石をよけて、U字溝の、溝ぶたの上を歩いた。二人の足音に、虫たちはいつ踏みつぶされるか、身を縮めて震えているだろう。いわれなく踏み殺すのは、可哀想すぎる。

精密検査の通知があったことを、私は夫には話すまい、と決心した。話しても、答えはきまっている。医者にまかすさ、である。

改めて言われなくとも、それくらいの知恵は私にだってある。

夫は、原子爆弾には全く無縁である。同じ日本人でも、八月六日、八月九日、あの時彼は日本国内にはいなかった。彼は終戦の頃には、すでに三〇歳を越しており、A社の特派員として、上海にいた。昭和二三年に引揚げているが、私との結婚のとき、

「君は被爆者だから、これから一〇年も生きるかな。その間は僕が保証するよ」

と、一〇年間の保証を申し出た。正面きって生命の期限ぎれを申し渡されたのははじめてだったが、その程度のとらえ方はしていたようだ。しかし国内にいなかったことは、それだけでも原爆に対する考え方には大きな差がある。

話すまいと決心しながら、私は帰ってきた夫に、白血球がたりないの、といった。玄関

に立って靴の紐をほどいていた夫は予想通り「医者にまかすさ」さらっといった。居間を通るとき、テレビ漫画をみている息子の背なかを、あごでさして、知ってる？　と聞く。私が首をふると「余計なことは言わない方がいい」それより飯にしてくれないか、といつものように靴下をぬぎ、ズボンをぬぎ、着がえをはじめた。

私たちの結婚生活は、その頃一〇年を越していて彼の保証期間はすぎていた。白血球の不足が何を意味するか、もう説明もいらない仲である。被爆には全く無縁の夫でさえ、原爆症がどんなものか、それが遺伝因子にまで影響を及ぼすことも、くわしく知っていた。

結婚当初、私は毎日のようにその恐怖を夫にぶっつけていた。被爆時から年月が経っていないせいもあったが、目まいがしたり、抜歯すると四日間も、歯ぐきから血が流れたりしていた。

息子が生まれると、原爆症の恐怖は息子の健康状態にむけられた。

男の子供は成長の一つ、一つの区切りで鼻血を出すものらしい。息子もよく鼻血を流した。ちり紙にスポイトで一滴たらした程度の血でも、私は大さわぎした。止った？　ね本当に止ったの？　とついてまわる。

小さな子供の鼻腔《びこう》に、ソラ豆大の脱脂綿を固くまるめてつめる。パッキングがゆるんだ水道の蛇口のように、止まらなくなるのではないか、とそればかりが心配だった。

夫は我慢の限界にきているようだった。ときどき〝君は楽しんでるの〟と私の心をさかなでするような言い方をした。私は、あなたも被爆してみるといい、と言った。ああ、出来るならそうしたいね、そしてさっさと死にたいよ、と相手も捨てばちな返事をした。

死なないのよ、生き残って苦しむのよ、私が言うと、君は、どうにも出来ないことを、僕にまで強いるの？　と本気で腹をたてた。

被爆者一代で終る不幸なら、私は身の不運だとあきらめる。しかしあの閃光は人間の遺伝因子を奇形にして二世、三世にまで不幸を及ぼす。無垢であるべき子供らの生命へ親と同じ苦しみの種を植えつけた罪を、私たちは子に詫びるのである。

私の恐怖症には飽き飽きしている夫でも、息子の健康状態には、気を配っていた。

子供を六人も生みながら、いまだに夫に、被爆の事実を明していない知人がいる。長崎に住むことさえ怖れる夫に、ひたかくしに隠して結婚生活を続けている。その知人は、長崎から最も遠い北海道に住んでいるが、地域の同窓会にも出席しないという。同窓会の通知状さえ〝下さいませんように〟と丁重に断ってきた、という。

勿論友人を自宅に招待などは、全くしない。

私には、この知人の気持が理解できるのである。あなたも被爆してみるといい、とくってかかる私の気持と、陰と陽との差はあるが同質のものである。

私はその頃、よく考えこんだ。いつか、息子が私の過去を知ったとき、夫は、息子を連れて家を出るかもしれない。レプラ患者の親から幼児をひきはなすように、離れて住むことを提案するかもしれない。親であれば、我が子の心身共の健康を願うのは、あたりまえである。たとえ、息子に被爆二世の健康上の憂いがなくとも、心の暗さを、私と生活するために植えつけられる可能性はある。部外者の夫には耐えられまい。

精密検査の時は、病院についていってあげるよ、ゆかたに着かえた夫が言った。会社休めるの、と私が聞くと、君の原爆は絶対だからね、と言った。

病院には指定された日の、午前八時までに行かなければならなかった。一般受診者より優先して診療を始めるらしく、必らず八時までに、と但し書きがついている。

横須賀の共済病院まで、私の街から一時間はかかる。私はいつもより早く起きた。息子や夫より早く、家を出た。出がけに、何度もいうけれど、僕はついて行っていいんだよ、と夫が言った。私は、一人で行きます、と答えた。医者にまかすさ、と言った夫の言葉に、意地を張っているのではなかった。どんなに身近かに夫がいてくれても、放射能に犯されているのは、私一人である。

一人で耐えることに慣れるのは、早い方がいい。一人きりで死んでいった汀子の、厳しい死を私は知っている。出来るなら、私の死も、そうありたいと思うのだ。

汀子の死は、私が長崎に帰った夏に、偶然出あった出来ごとである。被爆者健康手帖の交付を受けるために、帰省した年、昭和四〇年になる。手帖の交付を受けるには、三人の証人が必要である。被爆者が高齢化している現在は、証人を探すのが大変だから、規定は緩和《かんわ》されているらしい。

証人は、同じ職場に働いていて、同時刻に原爆の閃光をあびた者である。その場にいた事を証明する人だから、その場にいた人間に限られる。随分あほらしい証人である。全滅を目的で造られた兵器が、あの爆弾なのだ。私の被爆者健康手帖の番号が示すように、爆心地にいて助かった人は、僅かである。三人も証人を探すのは不可能である。爆心地のほぼ中心に、山里小学校があったが、ここなどは、生存者は僅かに五人という。

私は、同じ職場にいた同級生の顔を、思い浮べてみた。が、もうどの顔もこの世にはなく、まだ生きるつもりね、と不平がましく眺めているだけだ。私は、やむなく嘘の証人を仕立てることにした。専攻科生の汀子である。職場は違っていたが、証人にはなれるはずだった。

むし暑い日だった。私は久びさに、汀子の家を訪ねた。汀子の家は蛍茶屋にある。諏訪神社の近くの町である。電車通りに面した家並みは、商店や医院が多く、坂と石段の長崎にしては、珍らしく平坦な道が続く通りである。

電車は蛍茶屋が終点で、固い石道のレール上を、重タンクのような音をたてて、箱型の電車が走っていた。街の繁華街に面していながら、汀子の家は庭木の奥に静まっており、門から玄関に続く石だたみに、こごめ桜の花びらが散っていた。

私が女学校二年生の頃、本当はね、此の花の盛りは初夏なの、だけどうちのは陽かげのせいか、夏の終りまで咲くのよ、とこごめのように小粒の花をつけた一枝を、学校にもってきてくれた事がある。

運わるく空襲警報が発令され、私はこごめ桜の花びらをまき散らしながら、駆けて帰った想い出がある。

あの時の花は、この一枝だろうか、とその頃を思いながら、私は玄関で案内を乞うた。返事はなかった。前もって電話で用件を言ってあるから、待っているはずである。私は、なか庭に廻って汀子の姓を呼んでみた。庭に面した障子が開き、珍らしい人ね、と障子の間から汀子は顔だけ出した。真夏に障子を閉めて汀子の家は陰気だった。

汀子は、タオルで、顔半分を押さえていた。

切れながの目が懐かし気に笑って、何年目？　ほんとに珍らしい、とタオルにこもる声でいう。挨拶を返しながら、鼻血ですか——と私は聞いた。

そう、朝からね。汀子は言った。廊下に散らばっているミニカーを見て、坊やは？　と尋ねると、あまり暑いから、主人が海につれていった、もう二〇米は泳ぐのよ、と嬉し気に話す。

被爆者健康手帖で生まれた男の子は、小学校一年生になっていた。私は時計をみた。一二時をすぎている。

「気にしてるのね」空いている片手で鼻のタオルを汀子は指した。「べつに」と私は答えた。

「慣れれば、持病のつもりで根くらべよ」汀子は、もうそれ程ひどくはないの、とタオルをとった。そして「ね？」と唇をゆがめて笑ってみせた。泡だった赤い唾が、唇の端から、すーっと流れた。汀子は慌てて、顔を斜めにあげて、ごく、と唾をのんだ。鼻血は、タオルで押えられて、外に流れるより鼻の奥から口に流れているようだった。おそらく朝から幾度となく、口一杯に溜った血液を汀子は飲みこんでいるのだろう。吐くのが一番いいのだが、吐けば否応なく見てしまう。目で見てしまうと、もうそれほどひどくはないの、というような誤魔化しは効かない。

汀子は、しかし自分の状態を知っていて、いつもより少し長すぎるから、病院に電話してたの、と言った。

いつか、兄の話をしたわね、あのときと同じよ、と言った。なみだ穴から血を流して死んだ、汀子の兄の話を私は思い出して、それとは違うでしょう——と打ち消すと、

「いいのよ。覚悟はしているつもり。随分としつこい鼻血だもの」

朝から、もう止るだろう、もう止るだろうと掃除をし、洗濯をし、アイロンまでかけて時間をつぶして待った。それでも、幾分量は少なくなっているが、じわじわ流れるのだ、という。

気をつけてみると、タオルの内側から、ループした糸目を伝って赤い色が、滲みはじめている。

「お布団を敷くわ」庭からあがって、私は手近かな押入れの戸をあけた。布団があった。

私はそれを引きずりおろして、敷いた。テレビ漫画の主人公たちが飛びはねている、子供用の布団である。汀子は、アップリケがある子供の布団をちら、とみて、言われるままにおとなしく横になった。目を閉じていた。御主人を呼びましょうか、と聞くと、昼すぎには帰るから、呼び戻すのは止して、という。しかし体内の血液には限度がある。止らない血をどう処理すればいいのか。

私は、一人で汀子を見ているのが恐ろしかった。実家の誰かに電話をかけて、来てもらっては、と腰をあげると、誰にも知られたくないの、悪いけれど、医者が来るまで側にいてくれないか、と汀子は頼んだ。私は汀子の手をにぎった。汀子は、指の一本一本を、私の指にからませながら、こうしてると安心、と私の顔をみる。私たちは黙って、おたがいの顔をみていた。被爆したのは、二人ともおさげ髪の、遠い昔だった。子供の布団にねている汀子の頰は、昔のままに白く光っていて、健康な人と変らない。もう、いいかげん、私たちを被爆の過去から解き放してくれてもいい頃ではないか。

「そう、証人がいるんでしょう」突然汀子は思い出して「書類出しなさい。書けるうちに証人になっててあげる」

私のペンで、手帖申請書類用紙に大きく姓名を書き、判を押してくれた。象牙《ぞうげ》の判を、力を入れて押しながら、ここに死につつある女が、怨念をもって被爆した事実を証明します、芝居がかって、片手をあげた。

その夜、病院から電話がかかってきて、入院させたのですが、駄目らしいです。逢いたがってますから、来てくれますか、と汀子の夫が言った。病院にかけつけると、ベッドの横に、海水浴で鼻の頭を赤くやいた汀子の夫が、立っていた。お子さんは呼ばないんですか、と不審に思って聞くと、逢いたがらないんですよ、と言う。

朝までもつまい、と医者はいうのですが、と汀子の夫は小さい声で言った。なぜ汀子が子供に逢いたがらないのか、私には理解できなかった。

「私が行って連れてきます」と言うと、眠っていた汀子が、目を開いて、駄目、とはっきり断った。

「なぜ？　逢いたいでしょう」死にかけている母親が、自分が生んだ子供に逢いたがらないなど、私には理解できない。汀子は恨めし気に、

「むごい人ね、あなたは。こんなみにくい母親の顔を坊やにみせたくない」と背をむけ

た。

出血の量は、少なくなっていた。が、鼻と口からは絶えず新らしい血が流れ出ている。汀子の夫は、氷で冷やしたタオルで、それを拭きとっている。

「そんな大袈裟なことじゃないんだよ。鼻血だって止まりはじめているだろう？　だから逢いたいなら坊やを連れてきてあげる。そう言ってるんだよ」背を向けた汀子の髪を、撫でた。

冷たいタオルが効いたのか、出血は少なくなっている。医師は、今夜が最後だろう、というが、明日、あさってと生きのびるかもしれない。それ位の、ささやかな幸運は、許されていいだろう。

ほんと？　止っている？　汀子は嬉しそうに聞きかえした。

「ああ、だから坊やを連れて来てあげてもいいんだよ。逢いたいだろう」

汀子は夫の手を握って、じゃあ、あした、朝早く連れてきて、今夜はもうねてるでしょう？　あの子、とこまごまと明日の朝着せる洋服のしまい場所を説明した。

「よし、じゃああしたの朝だ。あなたが坊主を連れてきてやって下さい」

彼は目頭を押えて病室を出ていった。涙が、鼻をつたって落ちていた。明日の朝まで、汀子は生きられないだろう、と私は思った。汀子の夫もそれを知っているはずだ。

私は、重ねて子供を連れてくる、とは言わなかった。

汀子はその夜、死んだ。

精密検査の通知を受けてみて、死ぬまで子供を拒みつづけた汀子の気持が、私にはわかるのだ。

汀子は、自分一人の体内に原爆を封じ込んで、死にたかったのだろう。私の死も、そうありたい。子供に残す母親の想い出は、暖かい笑顔でありたい。息子たちは、被爆二世である。私たちと同じ死に方をするかも知れない。やはり見せるべきではない。そこに到るまでの経過も見せてはいけない。

そのためにも、私は病院に一人で行かなければならない。

精密検査を受けたその日に、判明したことは、白血球が二〇〇個、また減っていたことである。減ってますね――老医師の言葉に、私はわりあい平静だった。

最低、幾つまで白血球があれば、人間は生きていられるのだろう、と私は考えた。仮に零まで生きている、とするなら、一週間に二〇〇ずつ減ったとして、まだ一五、六週間は生きていられる。その日々を、ただ息子のために生きよう。大人になって、息子が私を忘れてしまわないように、沢山の想い出を作るのだ。

一週間したら、くわしい結果が出ます。その時に、また相談しましょう。あまり気にしない事ですよ――老医師は、つけ加えた。

駅前の演説は、まだ続いている。何も彼も判明する明日を思いながら、私はケロイドの青年を眺めていた。

あの青年の白血球も、私のように少ないのだろうか。いずれにしても、あの青年も私の灰白色の脊髄も、もろもろなのだ。

――この運動の趣旨に御賛成の方は、一歩でも半歩でも結構です。どうぞ我々と一緒に平和への道を行進して下さい。お願いします――演説は終った。

ただ今から広島に向けて、我々は出発します。どうか皆さん、平和運動の出発を、拍手をもってお送り下さい。他の男が、大声で叫んだ。海水パンツの聴衆が、かしわ手のように威勢のいい拍手を送った。

拍手の中で、ケロイドの青年は、のろのろと竿をたて、のぼりを竿に巻きつけると、左手につかんで、がらがら竿を引きずって歩き出した。

のぼりをたてて下さい。色つき旗を高々とささげて、大目玉の男が言った。

よっ、海まで一緒に歩くっぺ――茶褐色に陽やけした青年が、海水パンツ一枚の気軽さで、行進の尻についた。威勢がいい賛同者に、群衆から笑いと、拍手が沸《わ》いた。

行進は、再び曇りはじめた灰色の光りのなかを、ゆっくり歩いて行った。駅前の聴衆は笑いさざめきながら、銘々の生活に、素早く立ち戻っていった。

ようっ、海まで一緒に歩くっぺ——と行進に無邪気に参加した青年の声が、私の耳に残っていた。目的の海が来れば、青年は、ばいばいと手を振って、勢いよく海に飛び込むだろう。あとは駅前の聴衆と同じに、それぞれの日常生活に立ち戻るだけだ。

おそらく、彼らの生活に再び原爆が、立ち返ることはあるまい。有ったとしても、年毎の八月、ほんの瞬きの間。

しかしケロイドの青年も私も、行進が終る日はない。道すがらの海が、夏の太陽に照り輝やいていても、行進の終着である広島が来ても、青年も私も、があらがら旗竿を引きずって、歩きつづける。

私は、行進に背をむけて、スーパーマーケットに向って歩いた。潮くさい海水浴客に歩調をあわせて、ゆっくり歩いた。

伝令兵

目取真　俊

目取真俊（めどるま・しゅん）
一九六〇年、沖縄県今帰仁村生まれ。琉球大学法文学部を卒業し、沖縄県内で国語教師を務める。短篇小説「平和通りと名付けられた街を歩いて」で注目される。九州芸術祭文学賞受賞作「水滴」が「文學界」に掲載され、芥川賞を受賞。著書に小説『魂込め（まぶいぐみ）』『群蝶の木』『眼の奥の森』『虹の鳥』のほか、評論・発言集の『沖縄「戦後」ゼロ年』などがある。

アパートの階段を下りると、金城は駐車場で足首を回し、膝の屈伸を行った。夜の街を走るのは久しぶりだった。勤めている塾の仕事が終わるのは夜の十時過ぎで、外食して帰るとアパートに戻るのは十一時を回る。食事がてら酒を飲むと一時を過ぎることもざらだった。三十代半ば、独り暮らしでそういう生活をしていれば、体がどうなるかは明らかだった。

「お前、だいぶ変わったな」

金城が勤め始めた五年前を思い出しながらというように、塾長の前里がしみじみとした口調で言った。余計なお世話だよ、と胸の中でつぶやいたが、職場の体重計で測ると体脂肪率が三十パーセントを上回っている。さすがに危機感を持った。翌日、出勤前にショッピングセンターで安物のトレーニングウエアとシューズを買って、とにかくまずは走ることにした。

駐車場を出て、アパート周辺の道を走っていると、二百メートルも行かないうちに息が切れた。中学、高校と野球部に入っていて、大学卒業後、県内の中学校や高校で補充教員をやっていた二十代までは、運動部の顧問やコーチをやり体を動かす機会も多かった。それが今の塾で勤め始めた五年前から、運動らしい運動をやる機会がめっきり減った。スポーツは野球以外にもサッカーやバスケットなど、見るのもやるのも好きだったが、塾では食事以外に外に出ることがない。休みの日も、二日酔いで目が覚めると夕方というのが多かった。

五百メートル走ったあたりで、膝やアキレス腱が痛み出す。初日から無理をしたら後が続かないな、と思いながら、しかし、意地でも二キロは走ろうと小刻みに足を運んでいた。まだ十一時前だったが、表を歩いている人はほとんどいなかった。アパートの周辺は住宅街で、部屋の明かりが消えている家も多い。沖縄が日本に復帰する前は、米兵相手の特飲街として賑わった所だった。古い建物の中には、以前は米兵相手の商売をしていただろうと思わせる造りの家や店も結構あった。

走っている道の先にパークアベニューの明かりが見えた。日本復帰前はＢＣ通りと呼ばれていて、米兵がよく出入りする飲食店や衣料品店などが、今でも軒を連ねている。テレビや雑誌で沖縄が特集される時によく取り上げられる場所だった。八〇年代に入って、通りのイメージを変えるために外装を白で統一し、歩道や植栽を整備して明るい雰囲気を出そうとしていた。それでも、昼は米兵の家族が買い物や食事をし、夜になると若い米兵達がグループで飲み歩いていて、基地の街の雰囲気が色濃い通りであることに変わりはなかった。

パークアベニューの南側には、嘉手納基地のゲートに直結する空港通りがあり、そのさらに南側には中の町という飲み屋街があった。金城のアパートがある北側の方は飲み屋が少なく、米兵の姿を見かけることは余りなかった。ただ、五年前に引っ越してきたとき、どの家も通りに面した窓には鉄格子が入っているのを見て、たんなる防犯というより、米兵に対する警戒心もあるんだろうと思った。

住宅街を一周しアパートの近くまで戻り、どうしようか迷った。膝やアキレス腱の痛みは相変わらずだったが、まだ一キロも走っていないはずだった。あと一周は走らんと情けないだろう。そう自分に言い聞かせ、金城はジョギングを続けた。パークアベニューの明かりが先に見える道まで再び来て、痛みがしだいに酷《ひど》くなり、無理をしなければよかったと後悔した。

一周目よりも一つ手前の道でアパートの方に曲がり、歩くのと大して違わない早さで走っていると、後ろから走ってきた乗用車が金城の横でスピードを落とした。窓を開けて運転席から身を乗り出した白人の若者が、金城に声をかけた。助手席と後部座席に二人、合わせて四人の白人の若者が大声で喋り、笑い合っている。四人とも二十歳前後に見え、沖縄に来て間もない米兵のグループだろうと思った。英語はよく分からなかったが、何を訊いているのかは察しがついた。運転手の若者がハンドルから手を離し、女の腰を抱いて下から突き上げる格好をして見せると、他の三人が体をよじって笑い声を上げる。女とやれる所はないか、と訊いていた。

パークアベニューの南側にそういう店があったように思い、指さしかけた金城は、ある出来事を思い出して手を止めた。三ヵ月前、北部のある町で、小学生の少女が三人の米兵に車で連れ去られ、暴行を受けるという事件が発生していた。その後、事件に対して抗議の集会やデモが起こる中、米軍の司令官が、三人はレンタカーを借りる金があったら女を買えばよかった、という発言を行った。

新聞でその発言を読んだとき、普段は基地問題について考えたこともなければ、米兵にどういう感情を持っていなかった金城も、怒りが収まらなかった。米軍司令官も自分の発言が火に油を注ぐことになったのを知り、すぐに謝罪して綱紀粛正を打ち出した。それでも沖縄の人達の怒りは高まる一方で、全県で十万人近い人が集まって県民大会が開かれ、金城もそういう集会に初めて参加した。

あれから三ヵ月しか経っていないのに、こいつらは……。いや、司令官の命令に忠実に従っているというわけか。そう考えるとむかむかしてきて、赤ら顔に笑みを浮かべている米兵の顔を殴りつけてやりたかった。しかし、喧嘩をやって勝てる相手ではない。金城は米兵達を無視してジョギングを再開した。運転手は車をゆっくり走らせながらさらに話しかけてくる。金城の苛立ちに気づかないのか、あるいはわざと挑発しているのか、助手席の男がハンドルに手を伸ばしてクラクションを鳴らした。車が入れないような狭い路地がないか探したが、見あたらない。運転手はわざと車を寄せてきて、金城の走るリズムに合わせて声を上げ始めた。金城が立ち止まると車も止まる。にやにや笑いながら見ている米兵達の表情は、明らかに馬鹿にしていた。

「腐りアメリカーが、なめるなよ、おい」

にらみつけて吐き捨てた金城の言葉の意味を、米兵達も察したようだった。運転手の若者が中指を突き立て、唾を吐く。後ろによけたが、唾は金城の右脚の膝にかかった。次の瞬間、金城は運転席のドアを右足で思い切り蹴っていた。ボンという音がし、意外なほど柔らかい感触で爪先がめり込み、ドアが大きくへこんだ。米兵達の笑いが止み、しまった、と思ったがすでに遅かった。ののしるように声をあげ、運転手がドアのノブに手をかけるのを見て、恐怖心が太い棒のように胸を突き上げる。

ドアを開けて運転手が半身を出したとき、金城の体は、逃げなければ、という思いとは逆の反応をした。右肩から車に体当たりすると、ドアと車体にはさまれた運転手は、胸を押さえてうずくまった。自分のやった行為が信じられなくて、金城はドアから離れ、呻いている運転手と車内の三人を見た。助手席の男が体を伸ばし、地面に膝をついている運転手に声をかける。呆気にとられた顔で前をのぞき込んでいた後部座席の二人が、金城を見た。助手席の男も顔を上げて金城をにらみつける。二人の怒声とドアの開く音がする前に、金城は走り出していた。

アパート周辺の道には詳しくても、逃げおおせる自信はなかった。毎日軍隊で鍛えられている米兵達と金城とでは、走力も体力も比較にならない。全力で走って十秒もしないうちに肺が裂けるのではないかと思うくらい苦しくなった。後ろを振り向く余裕はなく、路地の角を曲がり、助けを求めて叫ぼうとしたが、声を出せなかった。米兵達の喚き声と足音が背後に迫る。今にも襟首を摑まれ、腰にタックルを喰らわされそうな気がした。捕まれば半殺しではすまない、そう考えると喉が締め上げられるようで、地面を蹴る脚に力を入れるのだが、腿が硬直して動かない。

英語の怒鳴り声がすぐ後ろで聞こえた。背中に指が触れたような気がして、反射的に体をねじり、振り払おうとした瞬間、脚がもつれ前にのめった。倒れようとする体に、そばの自動販売機の陰から腕が伸びるのを金城は目にした。缶コーヒーが並ぶ陳列ケースの光に照らされた青白い手が、トレーニングウエアを摑む。強引に引っ張られた金城の体は半回転し、店のシャッターにぶつかろうとする寸前、小柄な人影に抱きすくめられ、口をふさがれた。同時に体を押さえられ、金城は自動販売機の隅にしゃがみ込むと、両足を引き寄せて縮こまった。

大きな足音を立てて目の前を米兵が走りすぎていく。五、六メートル行って立ち止まった三人は、荒い息を吐きながらあたりを見回している。二人は百九十センチ以上ありそうで、割と小柄な助手席の男も筋肉質の体が長袖の上着を着ていても分かる。長身の男の一人は、走りながら上着を脱いだのか黒いTシャツ姿になっていて、二の腕に彫られた刺青が金城を威嚇する。もう一人の長身の男が自動販売機の方を見て動きを止めた。見つかった、と思った。背後から抱きしめている腕が、動くな、という意思を伝える。口を押さえられていなければ、叫び声を上げていたかもしれなかった。こめかみが脈打ち、眼の奥が激しく痛む。ゆっくりと近づいてくる長身の男は、眉がなく、眼窩《がんか》に溜まった闇の奥から憎悪が噴き出しているようだった。他の二人もその後に付いてくる。金城は目を見開いて三人を見上げた。

一メートルほど手前まで来て、米兵達は立ち止まった。眉のない男が金城の胸ぐらを摑んで引きずり起こし、拳を腹に叩き込む。前に崩れる背中に刺青の入った腕が振り下ろされる。地面に倒れた自分の体に三人の靴がめり込む様子が脳裏をよぎり、金城は立ち上がって逃げようとしたが、脚に力が入らなかった。背後から抱える腕に、落ち着け、というように力が加わる。立ち止まったまま三人は、いぶかしげな表情をして金城を見ている。やがて、小柄な男が何か言うと、三人は元の道へ引き返していった。男の一人が自動販売機を殴りつけ、プラスチックの割れる音と振動に金城は首をすくめた。

三人の喚き声や足音が聞こえなくなっても、金城はしばらく動けなかった。自動販売機の陰になってはいても、見えないほどの暗がりではなかった。どうして三人が気づかなかったのか。いや、自分を欺き、恐怖をより大きくするために、見えなかった振りをして隠れているのではないか。そう考えて金城は、自動販売機の陰から三人が歩いていった方をのぞき見た。民家の門柱に付けられた明かりに照らされた通りに人気はなかった。

ふと、いつの間にか口を押さえていた手が離れているのに気づいた。振り返ると二メートルほど離れた道の真ん中に小柄な人影が立っている。十四、五歳の少年のような体をして、衣服はあちこち破れ、胸から腹にかけて黒い染みができていた。所々泥もこびりつき、元はカーキ色をしていたことがやっと分かる。すねに巻いた布や爪先の破れた靴。沖縄戦の記録フィルムに出てくる日本兵のような格好をした体には、首がなかった。

身動きできない金城に正対した首のない体は、踵《かかと》を合わせ背筋を伸ばして、気をつけの姿勢を取った。勢いよく上がった右手が鋭く曲がり、見えないこめかみのあたりに指先をそろえて敬礼する。答礼もできずにその姿を見つめた金城は、上着の胸に広がっている染みが、首から流れた血の跡だと気づいた。首のない体は下ろした手を脇腹のあたりに構え、回れ右をして走り出した。暗い道を遠ざかっていく後ろ姿が、角を曲がって見えなくなっても、金城は動けなかった。

道の向こう側から車のライトが近づいてくる。金城は我れに返って立ち上がった。脚がしびれて膝がぐらついたが、車に乗っているのが四人組の米兵かもしれないという恐怖に駆られ、金城はアパートに向かって死に物狂いで走った。

カウンターに並んで座っている大城は、金城の話を聞き終わると、泡盛のグラスを口に運び、しばらく考え込んでいるようだった。カウンターの中では、マスターの友利《ともり》が自分も泡盛を飲みながらグラスを洗っている。午前二時を回って、店の中にいるのは三人だけだった。

店の名は「クロスロード」といった。パークアベニューから一つ南の通りにあり、カウンター席以外には、二人がけと四人がけのテーブルが二つずつあるだけの小さな店だった。店が開くのは八時だったり十時だったりバラバラで、三、四日続けて閉まることも珍しくなかった。店の奥には特別に注文したらしい大型のスピーカーが据えられていたが、実際に店内にかかっている音楽は、壁に掛かった安物のスピーカーから流れる有線放送だった。酒は缶ビールと泡盛しか飲めなかったし、つまみもポテトチップスやミックスナッツ、チーズなど、調理も何もしないで出せる物ばかりだった。

金城が職場の同僚から聞いた話では、三、四年前までは、マスターの作るカクテルは評判がよくて、北部や那覇から来る客もいたという。明け方になっても満席のことも多く、オリジナルのカクテルで賞をもらったこともあるという。そう聞かされても、今ではまったく想像できなかった。

ただ、金城は投げ遣りな店の雰囲気がけっこう気に入っていた。二年近く前から店に通い始め、週に二、三回は顔を出していた。ろくな物を出していない分、値段も格安だった。塾の同僚は、高額の軍用地料をもらっているらしいから商売なんてどうでもいいんだろう、と噂していたが、あながち勝手な憶測とも思えなかった。

店に来るのは、金城と同じように一人で静かに飲むのが好きな男ばかりで、よく顔を見せるのが十人くらいいた。カウンターで隣り合わせになっても会話を交わすこともなく、ぼんやり考え事をしたり、テーブル席で本を読んだり、メモ帳に何か書き込んだりしていた。たまに米兵や本土から来た観光客がドアを開けることがあったが、メニューの少なさと店の雰囲気に呆れて、一時間もしないで引き揚げるのが大半だった。そういう客が出ていくと、金城を含めた常連客は鼻で笑っていたが、友利は無表情のままだった。

その日は、塾の経営者に誘われて居酒屋で飲んでの帰りだった。車は塾の駐車場に置いてあったので、どっちみちタクシーで帰るのだからと、久しぶりに店に寄ってみた。ジョギング中に米兵達とトラブルがあってから、アパートの近くで飲むのは一ヵ月以上控えていた。カウンターに一人で座っていた大城が会釈したので、金城はその隣に腰を下ろした。金城と大城は月に四、五回は店で一緒になった。大城は市内の高校で歴史の教師をしているということで、カウンターで隣り合ったときなど学校や塾のことを話すことがあった。オリオンの缶ビールを頼むと、マスターの友利は目も合わさずにグラスと缶をカウンターに置いた。

「受験指導で忙しいでしょう」

しばらく店に顔を出さなかった理由を、大城はそう解釈していたらしかった。少し迷ってから金城は、ここならいいか、とジョギングの最中に体験したことを話し出した。誰かに話したいと思いながら、職場では口にしなかった。聴いているその場では、怖がったり、面白がったりして見せるだろうが、陰ではどういう噂が流れるか知れたものではなかった。生徒にまで噂が広がると厄介ごとにもなりそうだった。この店の中なら支障が出ることはないだろう、と金城は思った。

ジョギング中に車に乗った米兵のグループに声をかけられ、ちょっとしたトラブルがあって追われる羽目になった。トラブルの内容については金城は曖昧にした。女を買おうとしたことに腹を立てて注意すると、運転手が唾をかけたのでつい車のドアを蹴ってしまった、とだけ言って、運転手の体をドアにはさんだことは隠した。三人の米兵に追われて、日本兵の格好をした首のない少年に助けられたことについては詳細に話した。

聞き終えた大城は、困惑した表情で金城を見た。自分をからかっているのか、たんなる笑い話として聞いてほしいのか、対応の仕方に苦慮しているようだった。金城の方も、いきなり笑われたり、よくできた話ですね、とあしらわれたりしたらどうしようか、と不安になった。泡盛の入ったグラスを手にしたまま言葉を探している大城を見て、あれは本当にあったことだよな、と金城は胸の中で自問した。夢や錯覚のはずがなかった。精神に変調をきたしたのでもないかぎり、自分が見たのは間違いないと確信していた。

「それで、その後米兵達とは会ってないんですか」

大城の最初の言葉は、金城の予想とは違っていた。

「いや、まさか、会ったりしたらどういう目にあわされるか分からんさ。いや、正直言うと、あれからジョギングもやってないし、アパートの周辺も歩かないようにしてるわけよ。今日も帰りはタクシーで帰ろうと思ってるくらいで……」

あわてて余計なことを言い過ぎた、と金城は相手が苦笑を漏らしたのを見て思った。大城はすぐに真剣な表情に戻り、主人に泡盛をもう一合頼んだ。金城も缶ビールを頼み、カウンターに二つが置かれると、それぞれ自分のグラスに注いでゆっくり飲んだ。

「米軍の部隊のローテーションは半年でした?」

大城の問いに金城は、そんなもんだろう、と曖昧な知識のまま答えた。

「じゃあ、まだしばらくはこの近辺で飲み歩けないですね。この店なら安心でしょうけど」

大城は少し言い間違えたかなと思い、そっとマスターを見たが、友利は何の反応も示さなかった。

「そんなに心配ばかりしても仕様がないとは思うがな。連中もトラブルを起こしたら軍歴に傷が付くし、少女への事件もあったからな、簡単に手出しはできんと思うが……」

　自分に言い聞かせるように言ってから、金城は、むしろ運転手に怪我をさせたのが厄介やさ、と思った。

「そうですね」

　大城はうなずいてグラスに氷と泡盛を足した。それっきり、二人とも自分の考えに沈み込んだように黙った。ふいに友利がつぶやくように言った。

「伝令兵ですよ」

　マスターから話しかけられたことなどなかったので、金城も大城も驚いて顔を上げた。友利はグラスを拭きながら、誰にともなく話し続けた。

「昔、沖縄戦のときに、師範学校や中学校の生徒たちが、鉄血勤皇隊として戦いましたよね。その中に伝令兵になった生徒達もいるんですよ。日本軍の陣地から陣地に、命令を伝えるために戦場を走り回った生徒達がいて、その一人がこのあたりで戦死したという話なんですがね。艦砲の破片でやられたのか、首がざっくり切れて、体はうつ伏せに倒れていたらしいですが。頭はどこかに吹き飛ばされたのか、見つからなかったそうです」

　友利の年齢は四十代半ばくらいと聞いていた。ふさぎ込んでいなければ、三十代と言ってもおかしくないのに、と金城はいつも思っていた。ただ、久しぶりに顔を見たその夜は、年齢以上に老けて見えた。話している間、友利はずっとうつむいて無表情のままだった。

「それで、今でもまだ戦争が終わったことを知らない伝令兵の幽霊が、日本軍の陣地を探して、このあたりを走り回っているという話が伝わってるんです」

「そうなんですか」

感心したような大城の言葉に、友利が顔を上げ、二人の背後を見た。後ろのドアが開く音がし、伝令兵の幽霊が入って来たような気がして、金城は背筋に寒さを覚えながら振り向いた。顔をのぞかせたのは黒人の若者だった。店内を見回すと無愛想に三人を見て、入らずにドアを閉めた。

しばらく沈黙が続いた。大城が少しうわずった声で友利に聞いた。

「マスターはその伝令兵の幽霊を見たことがあるんですか？」

友利はグラスを拭いていた手を止めると、うつむいたまま眉根を寄せる。また失敗したか、というように大城はグラスを口元に運んだ。友利は布巾を丁寧にたたんでカウンターに置くと、グラスや酒瓶が並ぶ棚の横に目をやった。米兵のサインが書かれた一ドル紙幣が何十枚もピンで留められている。昔、店が米兵達の溜まり場だった頃、記念に貼り付けていったものだった。

その上に三枚の写真パネルが掛かっていた。黄ばんだ白黒の写真には、どれも燃え上がる車とそれを囲んでいる群衆が写っている。それが一九七〇年の十二月に起こったコザ暴動の写真だということは、金城にも分かった。初めて店に来たときに、米兵も飲みに来るだろうにずいぶん挑発的だな、と金城は驚いたが、最近は気にも留めなくなっていた。写真パネルの所に歩いていくと、友利は手を伸ばして右端の一枚を下ろした。埃を吹き払い、カウンターに置くと、大城が身を乗り出して眺めた。

「コザ暴動でしょう。復帰の直前に起こったんでしたよね。十周年か何かのときに、テレビの特集で見たことありますよ。米兵の車を七十台以上焼いたんですよね」

友利は黙ってうなずいた。金城の世代にとっては、日本復帰前の記憶はほとんどなかった。コザ暴動も歴史上の出来事として知っているだけだった。暴動が起こる前に米兵による事件が相次ぎ、犯人が治外法権下のように無罪になった。そのことに、沖縄の人々の不満が鬱積し爆発したのだと、金城は何かの本で読んでいた。

炎上する数台の車を囲んでいる人の中には、手を叩いたり、両手を突き上げたりしている者もいて、噴き上げる炎の音や喚声、指笛が聞こえてきそうだった。混乱の中で撮られたせいか、写真は少しぶれていて、一人ひとりの顔ははっきりしなかった。それでも何名かが笑っているのは分かった。友利が群衆の一人を指で示した。あちこち破れた衣服や脚に巻いた布、軍服を思わせる格好は、まわりの人達とは明らかに違っている。今にも走り出しそうに腰をひねり、左足の先を地面から浮かせたその体には、首から上が写っていなかった。金城は、自分の表情が強張《こわば》るのが分かった。

「本物ですか?」

そう訊いた大城は、黙ったままの友利を見て、気まずそうに笑った。

「でも、これは炎や光の加減で顔の所が写らなかった可能性もありますよね」

大城の言葉に友利はうなずいた。

「可能性は何だってある。でも、この服装は……、日本復帰前だって、もうこういう格好をしている人はいなかった」

友利は静かな口調で言うと、パネルに見入っている。その横顔を見つめ、金城は口を開いた。

「同じですよ、私が見たのと。確かに同じ格好をしていました」

友利は金城に顔を向けた。たるんだ皮膚に陰が刻まれ、かなり疲れているように見えた。感情が抑制された鈍い表情をしているのに、眼の奥に鋭く固い光がある。脇の下に汗が流れるのを感じ、金城は体を引いた。

「この写真は、胡屋《ごや》十字路からプラザハウスに向かう途中で撮られたものなんだが、あんたが伝令兵を見た場所を教えてくれないか」

友利の口調は低く柔らかだったが、有無を言わさない切迫感を金城は感じた。中央公園の近くにある空手道場の向かいの道に入り、雑貨店の前に置かれた自動販売機の所だと金城は教えた。地図を書きましょうか、と言うと、だいたい分かる、と友利は答えて、写真パネルを元の場所に戻した。

カウンターに立った友利は、缶ビールと泡盛、小皿に盛ったミックスナッツを金城と大城の前に置いた。サービスだよ、と言うのに、二人は恐縮して礼を言った。いつものマスターからは想像のできない対応に、二人はかえって緊張した。その緊張をほぐすように、大城がわざと軽薄な口調で言った。

「戦争が終わったのも、自分が死んだのも知らないんでしょうね。でも、その伝令兵は今も何を伝えようとしてるんですかね」

「そんなの誰にも分からんさ」

友利の不愉快そうな口調と表情に大城は、また失敗したか、という顔をした。


二人が店を出ると、友利はドアに閉店の札を下げ、鍵を閉めた。グラスや小皿を洗い、灰皿を片付ける。売り上げを計算し、つまみや酒の残りを確認してから、グラスに泡盛を注いでカウンター席に座った。久しぶりに話をしたせいか、気持ちがざわめいていた。テーブルの片づけや床の清掃は翌日に回すことにした。ロックで三杯飲むと酔いが回ってくる。写真パネルに目をやった友利は、立ち上がると右端の一枚をはずしてカウンターに戻った。泡盛を飲みながら首のない男の姿を眺めていると、父のことが思い浮かんだ。

この写真を撮った頃、友利の父は市役所に勤めていた。酒も博打もやらない実直な人で、母の話では、職場では曲尺《ばんじょうがに》という渾名《あだな》を付けられていたという。仕事が終わるとまっすぐ家に帰り、庭の手入れをして盆栽に水をやる。夕食後はテレビを見るか、近くの海に夜釣りに行く。そういう生活の繰り返しだった。休みの日には、趣味の写真を撮りに、北部や南部の景勝地に出かけることがあった。そういうとき、小学生の友利も一緒に連れて行ってもらった。叱るときも決して手を出すことはなかったので、友利も妹達も父親のことを好いていた。

一九七〇年十二月二十日の夜だった。友利達が住んでいたコザ市の胡屋《ごや》を中心に、住民が米軍関係車両を七十台以上放火するという暴動が起こった。深夜、雨戸を叩く音に起こされた父は、職場の同僚から事情を知らされ、すぐに着替えるとストロボの付いたカメラを持って表に出たという。友利はずっと寝ていて、後で母から話を聞かされた。

父が帰ってきたのは空が白み始めた頃で、冬だというのに下着がびっしょり濡れていたという。シャワーを浴びてから、居間に座って興奮が冷めやらないまま、炎上する車やそれを囲んで喚声を上げている人々の様子を、父は母に話し続けた。

写真を撮ったときに、ストロボの光に驚いた人達が、警察と思い込んで逃げたり、逆にカメラを奪うために向かってきたりしたので、そのたびに逃げるのに必死だったらしい。しかし、そうやって苦労して撮った写真の大半は、手ぶれがあったり光量不足で父をがっかりさせた。どうにか見られる写真を引き伸ばしてパネルにすると、コンクールに出すのだ、と母に自慢していたという。それらは写真仲間の評判もよく、マスコミも借りに来たという。けれども、父はコンクールに出すことなく、パネルを押し入れにしまい込んだ。

ある夜、居間のテーブルに置いたパネルをルーペで見ていた父は、突然呻き声を漏らした。傍らでアイロンがけをしていた母が見ると、怯《おび》えたような目で写真を見つめている。どうしたのか訊くと、パネルを母の前に置き、ここを見てみ、とパネルの中央部を指さしてルーペを渡した。

燃え上がる三台の車両を囲んで、人々が手を叩き、指笛を吹いている。中にはカチャーシーを踊っている者もいる。夜空に白く噴き上げる炎が、人々の姿を照らし出している中に、一人の異様な姿があった。それは逃げようとしているようにも、踊りだそうとしているようにも見えた。戦争中の格好をしているのも変だったが、何よりも頭部が写っていないのが、母には理解できなかった。

何ね、この人？

そう問いかけた母に父がした話は、母も初めて聴くものだった。

戦争の頃、中学校で学んでいた父は、米軍が沖縄に上陸する直前、鉄血勤皇隊員として日本軍の中に組み込まれた。米軍との戦闘が続く中、父達は弾薬の運搬や食糧の炊飯は元より、銃を取って戦闘に参加したり、伝令兵として戦場を走り回ったりしていた。国のため、天皇陛下のために命を捧げるのは当然のこととして、父は自分も一軍人のつもりで死ぬ覚悟をしていた。

同じ部隊に伊集《いじゅ》という同級生がいた。家が近所で子どもの頃から仲がよかった。受験勉強も一緒にやり、互いの家に泊まりあって、父は兄弟のようにさえ思っていた。小柄だが足が速いので、伝令があるときには伊集はいつも真っ先に使われていた。

五月に入り、雨が数日続いた午後のことだった。伝令の命令を受け、伊集が壕を出ていって一時間以上経っていた。とうに戻っていていい時間なのに、と父は気が気でなかった。外は艦砲射撃の弾着が激しく、何かあったのではないか、と不安が募る。次の伝令が発せられたとき、父はすぐにその役を希望した。もし、伊集が途中で怪我をしているのなら、役目を果たした後に、自分が壕まで連れ帰るつもりだった。

激しい雨で森の中に掘られた壕の周囲には水が流れ落ち、足を取られないように斜面を下りるだけでも大変だった。命令書の入った筒を肩から斜めに提げた鞄に入れ、父は目的の陣地に向かって走った。百メートル行く間に、足を取られて五回以上も泥の中に這った。それ以外にも、飛来する弾の気配に何度も泥の中に体を埋めた。逃げる途中で被弾した住民の遺体が、まだ生々しい肉の色を見せて散乱しているのを、父は恐れも哀れみも抱かずに見ながら走り続けた。

目的の壕に着き、命令書を渡して戻ろうとしたとき、夕方になれば米軍の攻撃は止むから、それから戻った方がいい、と一人の上等兵が忠告した。その言葉に感謝して、父は陣地を出た。暗くなってしまえば、どこかで助けを求めている伊集に気づかないかもしれない。そう思うと、自分の安全を顧みる気持ちになれなかった。

土砂降りの雨で、飛来する砲弾の音が聞きづらかった。米軍は予定の時間までにありったけの弾を撃ち込むというように、激しい攻撃を加えていた。幼い子どもを三人連れた女と老女が、泥の中に倒れているのを父は見た。女や子どもの体は四散し、小さな手足がもぎ取られて雨に打たれ、どこの部分かも分からない肉や内臓が水溜まりに落ちている。赤黒い水に雨の飛沫が上がっているのを見ても、悲しいという感情が起こらなかった。それよりも、どこかに伊集が横たわり、助けを求めていないか、というのが気になった。

ふいに体の右側に焼け付くような痛みと風圧を感じた。次の瞬間、体が浮いた。とっさに大きく口を開けると、鼓膜を突き抜けて音の塊が頭蓋の中にぶつかり、口から飛び出す。半回転して背中から落ち、全身が麻痺して動かず、雨が顔を叩く感覚だけがあった。そのまま父は気を失った。

息苦しさに顔を上げると、父は泥の中に腹這いになっていた。いつの間にかうつ伏せになって、泥に顔を漬けていたらしかった。咳き込んで泥を吐き、手で顔を拭ってまわりを見回した。手を突いている水溜まりに赤黒い血が流れ込んでいる。二メートルほど離れて、うつ伏せに倒れている体があった。鋭い刃物で切断されたように首が付け根から無くなっていて、雨に打たれた傷口から血が流れ続けていた。手足や体には傷らしいものは見当たらないのに、青白い骨がのぞく首は肉の生々しさと冷厳な死を見せつけている。あたりを探したが、頭部は見あたらなかった。

顔は確認できなくても、うつ伏せの体を見た瞬間から父は、その遺体が伊集のものであることを確信していた。四つん這いになって近づき、肩のあたりに手を伸ばしたが、触れることができなかった。至近距離への弾着は続いていて、同じ場所にとどまっているのは危険だった。後で必ず埋葬に来るから、と心で約束して、父は壕に走った。

しかし、その約束を果たすことはできなかった。その夜に移動命令が出て、部隊は島の南部に向かった。伊集の遺体を埋めに戻ることは不可能だった。その後、伊集の遺体がどうなったか、父には知る術《すべ》もなかった。

そういう話を友利は母から断片的に聞かされてきた。写真のことや、ある時を境に父の行動が異変をきたした理由を母から詳しく聞いたのは、父の死後のことだった。

写真に写った首のない人影を、伊集に違いない、と父は母に言った。それから毎晩のようにカメラを手にして街に出るようになった。帰ってくるのは深夜の二時、三時になってからで、翌日が休みのときには明け方になることもあった。そういう生活が一、二ヵ月も続くと、仕事にも支障が出る。もともと体は丈夫な方だったが、睡眠時間が激減し、夜の街を四、五時間も歩き回っていれば、体調を崩すのは当然だった。フィルム代や現像代もかさみ、父と母の口論も絶えなくなった。

その頃、小学生の友利の目にも、父が突然変わったのが分かった。口数が少なくなり、夜になると何かに憑かれたような目をしてカメラを手に外へ出ていく。休みに友利を連れてドライブに行くこともなくなった。一緒に家にいると息苦しくて、父が外に出るのを友利達兄妹は喜んだ。

毎夜、街で写真を撮っていた父は、いきなりカメラを向けられ、フラッシュの光を浴びせられた米兵や飲み屋の男達から殴られることもあったらしい。時にはフィルムを抜き取られたり、歩いて帰るのがやっというくらいの怪我をしたこともあったという。それでも、父は夜の街頭で写真を撮ることをやめなかった。

伊集という同級生が伝令兵として今も走り続けているのを自らの目で確かめ、カメラに収めようとしているのだということは、母も分かっていた。ただ、親友に限らず、肉親を亡くした人がいくらもいる中で、父がこんなにも伊集という同級生のことにこだわるのが、母には理解できなかった。母も祖父や伯父を沖縄戦で亡くしていて、戦死した同級生もたくさんいた。辛いのはあんただけではない、という思いを父に抱いた母は、こんな男には見切りをつけようと何度も思ったらしい。それでも最後の一線で踏みとどまったのは、三人の子どもがいたことと、父の気持ちを否定することまではできなかったからだということ。

父のそういう状態は六年と少し続いた。その間には役場の仕事も辞め、いくつか仕事を変わったあと、小さな飲み屋を始めていた。退職金を注ぎ込んだ飲み屋は、実際には母の手で切り盛りされていた。仕込みや客への応対は丁寧にやっても、十二時前にはカメラを手に出ていく父を、母は当てにしていなかった。昼は給食センターで働き、夜は店をみていた母の苦労は、並大抵のものではなかったはずだった。だが、その頃中学生だった友利に、母のことを気遣う余裕はなかった。

諍《いさか》いが絶えず、深夜にしか帰ってこない両親と友利が話をすることは、ほとんどなかった。中心に大きな穴の開いた家にうんざりして、夜は仲間と一緒に街で遊び、学校でもかなり荒れた状態だった。学校から呼び出しの通知がきても、父はまったく無関心で、母も忙しさにかまけて対応しようとしなかった。それがますます友利の行動を悪化させた。何度呼び出されても学校に来ない両親を、担任や生徒指導部の教師は友利の前で小馬鹿にし、こんな親だからお前みたいな奴が生まれるんだ、とか、親からも見放されたか、と薄笑いを浮かべて言った。そういう教師達に憎悪を抱く一方で、自分に無関心な両親への怒りも募った。沖縄の施政権が日本に移り、貨幣がドルから円に変わるのと石油危機などの経済危機が重なって、沖縄全体が急速な変化に軋《きし》みを上げていた。そういう中で、友利の家も崩れる寸前だった。

それがどうにか維持できたのは、父が突然、カメラを処分したからだった。ゲート通りの質屋にカメラを売ると、夜の街を出歩くこともなくなった。カメラを買ってきたのと同じように急なことで、自分の考えを家族に話すこともなかった。

以来、父は店の仕事に没頭した。一年もすると店は結構繁盛するようになり、生活が安定するにつれて、父と母の仲も自然によくなった。高校生になっていた友利は、時々店の手伝いをするようになった。勉強はまったくついていけなかったので、手に技術をつけなければと思い始めていた。成績も出席日数もぎりぎりで卒業すると、昼は調理の専門学校に通い、夜は店の手伝いを続けた。

六十歳を過ぎて父が店に出なくなってからは、母に手助けしてもらい友利が店を継いだ。数年後、父が死んだのを機に、友利は店を居酒屋からカクテルバーに改装した。二年かけて知人の店に通い、カクテルについての知識と技術を学び、資金も十分めどを立ててのことだった。苦労をするのは分かっていたが、その頃の友利には困難を乗り越えていこうという意欲がみなぎっていたし、何よりもこの仕事が自分に向いていると思っていた。すでに店に出なくなっていた母も、あんたの好きにしたらいいさ、と資金の援助をしてくれた。

仕込みから深夜の片付け、酒癖の悪い客やビール一本で何時間も粘る米兵達への対応など、経営だけでなく肉体面や精神面でも厳しい状態が続いた。それでも仕事には満足していた。高校の後輩だったヨシミと結婚し、五年かかって気をもんだが子供も生まれた。イズミと名付けた娘とヨシミ、母の四人で実家で暮らし、このまますべてがうまくいくものと思った。あの日までは……。

友利は写真のパネルを壁に戻すと、グラスに残った泡盛を流しに捨てた。時計を見ると四時を回っている。明かりを消し、外に出てシャッターを下ろした。一月末で沖縄では一番寒い時期だったが、暖冬なのか薄手のジャンパーでも寒さはしのげた。アパートまでは五分も歩けばよかった。階段を上って三階の部屋に入ると、暗い室内に赤い光が点滅している。明かりを点け、留守電を再生するとヨシミの声が静まりかえった部屋に響いた。

印鑑、押してくれました？　なるべく早く送ってくださいね。

キッチンテーブルの上の封筒を見る。中には離婚届が入っている。一週間前にヨシミから送られてきて、三日考えた後に印鑑を押し、封筒に入れて宛名を書いた。糊がなかったので封を閉じないまま四日の間テーブルに放ってあった。

奥に行くと六畳二間があり、敷きっぱなしの布団のまわりにゴミが散乱している。生ゴミは残さないようにしていたが、週刊誌や新聞、ビール缶やペットボトルは、朝起きてチリを出すことが延び延びになる間に、床の半分以上を埋めてしまった。三日前から使っているバスタオルの臭いをかいで、少し湿っていたが手にして浴室に入った。

シャワーを浴びながら、コンビニに糊を買いに行かなければと思った。これ以上引き延ばしてはいけないのは分かっていた。ふいに、笑いながら玄関に走ってくるイズミの姿が目に浮かび、あふれ出した涙を友利はシャワーで流した。ヨシミの腕に抱かれた生まれて間もないイズミ。犬に怖がって泣いているイズミ。保育園でダンスを踊っているイズミの姿が、次々と目に浮かんでくる。触っただけで壊れてしまいそうな体を恐る恐る抱いたときの感触。耳の奥に残る笑い声や泣き声、ささやき。友利は顔にシャワーを浴び続けた。

三年前の夏の夕方だった。店で開店の準備をしているとき電話が鳴った。泣きながら何か言っているヨシミの言葉が分からなくて、どうにか聞き取れた病院の名をタクシーの運転手に告げた。

集中治療室に入ったときには、すでに幼い体は冷たくなっていた。保育園から帰ってきて、ヨシミが夕食の準備をしている間一人で庭で遊んでいた。何かの拍子で門から出たときに、無免許で乗り回していた高校生のバイクにはねられた。目立った外傷もなく、病院に運ばれるまでは話もできたというのに、容態が急変した。そういう説明を医者やヨシミから聞いても、納得できはしなかった。

その日以来、友利もヨシミも元の生活には戻れなかった。イズミが死んで一年が経ったとき、友利の母が、早く次の子を作れ、次は男の子を生め、ということを口にした。それがヨシミの心の根を折った。怒りを見せることもなく、心底から疲れきった表情でヨシミはうなだれ、友利ともいっさい口を利かなくなった。そして、このままだと自分もあなたも駄目になるから、という置き手紙を残して家を出ていった。

浴室から出ると、髪をドライヤーで乾かし、セーターの上からジャンパーを着て、友利は封筒を手に取った。今日こそは投函しなければと思い、封筒をジャンパーのポケットに入れて玄関を出た。

別居してから二年近く、ヨシミの心の傷が癒えたら、友利は再び一緒に暮らすつもりだった。ヨシミも当初は同じ気持ちだったと思う。しかし、友利は事態を改善する努力を行わなかった。いや、行い得なかった。母の顔を見ると怒りが噴き出し、妹夫婦に同居を頼んで実家を出、アパートで独り暮らしを始めた。日増しに酒量が増え、まともな食事をとらなくなり、自分が駄目になっていくのが分かった。だが、生活を立て直す気力がわいてこなかった。

ヨシミとも、母や妹達とも連絡を取ることが日を追って少なくなり、この半年はヨシミに電話をかけることもなくなっていた。店はどうにか開けていたが、かつての自分なら唾棄するような状態だった。四時過ぎにアパートに帰ってくるとビールや泡盛を飲み、酔いつぶれて午後の四時や五時まで眠り続ける。食事は日に一度か二度、外食やコンビニの弁当ですませ、体から酒気が抜けることがなかった。

アパートの近くのコンビニに入り、糊を探していた友利は、文房具の棚の端にインスタントカメラが並んでいるのを目にした。少し考えてから、友利はカメラを一つ取って籠に入れ、ビールやウィスキーを足してレジで支払いをした。

　店を出ると駐車場の隅で、糊のキャップを取って封筒を閉じた。アパートを出てから歩いている間、絶対にためらってはいけない、と自分に言い聞かせ続けていた。友利は入口の横にある郵便ポストに封筒を投函すると、一度使っただけの糊をゴミ箱に捨てた。腕時計を見ると五時半を回っている。缶ビールを開けて飲みながら、友利はアパートとは逆の方向に歩き出した。

　パークアベニューまで来ると、友利は左右を見渡した。通りに人の姿はなく、二十メートルほど離れたベンチに黒猫が座り友利を見ている。無人の通りを見ていると、急に寒さが体に染み込んだ。この通りをヨシミとイズミの三人で数え切れないくらい歩いたのだと思い、いたたまれなくなって急いで通りを渡った。

　北側の住宅街を足早に進むと、金城の言った場所はすぐに見つかった。雑貨店のシャッターはかなり錆びていて、鉄パイプで作った庇《ひさし》も日除けのビニールが破れている。店の前には段ボールが乱雑に積んであり、コンビニの明るさや清潔さに比べて、寂《さび》れていく店の様子が友利には痛ましかった。街灯の少ない暗い道に自動販売機が光を放っている。その前に立つと、友利はビールを飲み干して缶を屑籠に放った。コンビニのビニール袋からインスタントカメラを取り出し包装を破る。右手にカメラを持って、友利は販売機の奥の隅に向けてシャッターを切った。フラッシュが三度、四度と光を広げる。カメラを下ろすと残光が目に残り、隅の暗がりに緑の輪が浮かんだ。

何かが写るとは思わなかった。モーターの音が響く自動販売機の側面と錆だらけのシャッター、店先のコンクリートの床、隅にあるのはそれだけだった。自分がやっていることのバカバカしさを自覚しながら、そうせずにはいられなかった。友利は右手で持ったカメラを目の前に上げ、あと二回シャッターを切った。

カメラをコンビニの袋に入れ、アパートに戻ろうとパークアベニューの方を向いたとき、小さな人影が体のすぐ横を走りすぎた。幼い女の子の後ろ姿が、自動販売機の光を受けて暗い道に浮かび上がる。黄色いスカートの下で小さな足が跳ね、赤いゴム草履の裏が二度、三度と見える。白い上着の背中の上には黒い髪が揺れている。

イズミ。

友利は叫ぶと、後を追って走り出した。次の瞬間、女の子の姿は消えた。立ち止まった友利はまわりを見回し、足音が聞こえないか耳を澄ました。冷気は音を伝えるのをやめてしまったように静止している。今にも叫び出しそうになるのを抑え、友利は乱れた呼吸を整えた。それからゆっくりと歩いてあたりに小さな人の影を探し、それが見えないのを確認すると、コンビニの袋からインスタントカメラを取り出した。まわりの道や家並みに向かって繰り返しシャッターを切っている間、手の震えが止まらなかった。写真を撮りながら、首のない伝令兵の写真を目にしてから、父がカメラを手に夜ごと街に出ていったことが、やっと理解できたような気がした。

もうすべて遅いのだ。

そうつぶやくと友利は、カメラをジャンパーのポケットに入れ、中央公園に向かって歩いた。公園は高台にあった。中に入ると木々の間を抜け、南側の丘にある展望台の階段を上った。展望台からは市街地が一望でき、実家の屋根も見える。事故の前日、仕込みを終えて開店するまでの短い合間に、友利は家に戻るとイズミを連れてこの展望台に上った。手すりにもたれてイズミを抱き上げ、実家の屋根を指さすと、笑いながら真似をする。その笑顔が目に浮かび、柔らかく温かな体の感触が掌によみがえる。

街の明かりは少なく、その上の空も星の光はわずかだった。友利は缶ビールを開けて一気に半分まで飲んだ。コンビニの袋に残ったウィスキーの小瓶を取り出し、蓋を取って缶ビールに注ぎ込む。時間をかけて飲み干すと、袋に缶と瓶を戻して足元に置いた。ジャンパーからインスタントカメラを出し、実家の方に向けてシャッターを切る。フィルムは二枚残っていた。二度目のフラッシュの光が消えると、友利は市街地を眺め、カメラをコンクリートの床に置いた。

酔いが回り、立っているのもやっとだった。ジーンズからベルトを抜き取り、手すりに掛けて輪を作る。手すりに背中をつけてもたれると、ベルトの輪に首を通した。はずれないように顎に食い込ませ、ゆっくり腰を落としてベルトが切れないのを確かめてから、体重をあずけた。体から力が抜け、重く沈んでいく。もう手を上げることもできないと思うと、薄笑いが浮かんだ。いや、笑ったのは心の中だけで、内圧で膨れ上がった顔の皮膚はちりちりと弾けるような痛みがあり、笑みを作ることはできなかった。笑いが消えた後、不安と恐れを覆い尽くして寂しさが広がっていく。それもやがて消えていった。最後に、とーたん、と呼ぶイズミの声が聞こえたような気がした。

突然、体が浮いたかと思うと、喉に食い込んでいたベルトがはずれた。背中を二度、三度と強く叩かれ、気道を広げて流れ込んだ冷気が、肺を押し広げていく。四つん這いになって友利は激しく咳込み、嘔吐した。酒精と酸の臭いが鼻をつく。胃が波打ち、喉が鳴り、口から垂れた液と涙が吐瀉物に落ちる。冷たい掌が友利の背中をさすり続ける。友利は手で目を拭うと、傍らにしゃがんだ人の足を見た。布製の靴の破れた爪先から親指がのぞいている。泥にまみれた靴の上は、ズボンの裾を布で巻いてあって、ゲートル、という言葉が脳裏に浮かんだ。

掌が背中から離れ、折り曲げられていた脚が伸びる。友利は顔を上げた。勢いよく踵が合わされ、気をつけの姿勢を取った体は、まだ少年のものだった。肘を上げて敬礼した少年兵の指の先に、白み始めた夜空が見える。靴底が湿った音を立てた。きびすを返した少年兵は、両腕を脇腹に引きつけ、リズムよく足を運んで展望台を下りていく。

友利は四つん這いのまま這っていき、展望台の階段と公園の様子を見た。芝生の敷きつめられた広場、雑草の茂る花壇、葉の落ちたクワディーサーの木が並ぶ遊歩道。首のない少年兵の姿はすでになかった。

友利は立ち上がると、よろめきながら手すりの方に戻った。インスタントカメラを拾い上げ、手すりに体をもたせかけて市街地を眺めた。東の空に黄金色の光が広がり始めている。紫がかった弱い光が街を包み、実家の屋根を見分けることができる。友利はカメラを見つめ、指先でなでた。それから、ゆっくりと腕を上げると、カメラを手すりに叩きつけた。一度では壊れず、三回叩きつけてプラスチックのケースを割ると、フィルムを引き出し、展望台の下に投げ捨てた。膝が崩れ、コンクリートの床に座り込んだ友利は、声を噛み殺して泣いた。

虹

吉村 昭

吉村昭（よしむら・あきら）

一九二七～二〇〇六年、東京都生まれ。学習院高等科在学中に喀血し、肺疾患のため療養生活を送る。その後、学習院大学文政学部国文科に進み、のち中退。繊維業界団体事務局に勤務しながら、丹羽文雄主宰の「文学者」に参加する。「鉄橋」「貝殻」などで四回、芥川賞の候補となり、「星への旅」で太宰治賞を受賞。記録文学に新境地を拓いた『戦艦武蔵』『関東大震災』などで菊池寛賞を受賞。

その日、町には天気雨が降っていた。

白雲の浮ぶ空は青く澄んでいるのに、明るい雨が落ちている。天気雨という言葉など忘れかけていたが、自然に頭にうかんだのは、生れ育った町に足をふみ入れたからにちがいなかった。

少年時代、町には天気雨がしばしば降り、虹もかかった。夜空には星が満ち、冴えた月も昇った。冬になると寒気が厳しく、溝や濡れた路面は凍りつき、降雪の日も多かった。が、そうした現象も、終戦の年の春、夜間空襲で町が一部を残して焼き払われてからみられなくなった。

町は変貌し、広い道路が交叉して走り、鉄筋コンクリートのビルも所々に建っている。住民もほとんど見知らぬ人ばかりで、町も二分され、町名に東、西の文字が冠されている。

それでも、路地に入ると少年時代に往き来したままの狭い路がつづいていたり、商店の奥に坐る老人にその頃眼にした人の面影を見たりする。町にはわずかながらも戦前の匂いが残っていて、数年前からそれにふれるのを楽しみに、気まぐれに町の駅に降り、あてもなく歩きまわって時を過すようになっている。

その日は、町を訪れる目的があった。小学校時代の木原という友人から手紙が来て、役所を退職し喫茶店をはじめることになったが、開店披露をするので来て欲しいと書かれていた。木原の家は質商で、家業をつぐことを嫌ったかれは、私立大学を卒業後建設省に勤めた。定年にはまだ間があるはずなのに、勤めをやめて喫茶店をはじめる真意が推しはかりかねた。それほど親しくもない間柄なので理由を作って断わりの手紙を出すことは容易だったが、半年近く町へ足を向けていない私は、その誘いに応じて町を訪れる気持になったのだ。

駅の改札口を出ると、長い坂を下って町に入った。バスの発着所のある広場を横切り、広い道路の歩道を歩いていった。雨はぱらつく程度であったが、急に雨脚の密度が増し、交叉点の角にある茶舗の軒下に身を入れた。相変らず明るい雨で、傘もささずゆっくりと歩いている人もいる。

眼の前に、生家の敷地があった。夜間空襲で家が焼かれた後、二年ほどして敷地に十八坪の家を建てた。両親が死亡していたので、私と弟が住み、肺結核におかされた私はその家で二年余を過した。

やがて、亡父の遺産を相続した兄が家と土地を売り払い、いつの間にかその個所は新たに作られた広い道路に吸収された。生家の敷地は、車の往き交う舗装路になっている。

車道は雨に濡れているが、路面が熱しているらしく、かすかに水蒸気が湧いている。石油運搬のトラックが走り過ぎ、白っぽいタイヤの跡が残された。それを眼にしているうちに、三十年近く前、そのあたりで坐っていた自分の姿が思い起された。

終戦後三年目の一月上旬、私は喀血し、病臥する身になった。二十歳という若さのためか病状の進行は速く、消化器も結核菌におかされて機能を失い、嚥下した食物はほとんど原形のまま排泄されるまでになった。私は、療養雑誌で新たに開発された手術が二、三の国立病院ではじめられていることを知り、それを受けたいと思った。一日置きに往診にきていた町医は手術の話をすると、そのようなことは耳にしたこともないと言って不快な顔をし、手術をしている国立病院に私の依頼で足を向けた兄は、手術が危険を伴うものであるのを知って強く反対した。が、私の意志はかたく、やむなく兄は国立病院に入院手続きをとってくれた。

私は入院の日を待ったが、手術希望の重症患者の申込みが殺到しているらしく、入院許可の通知はこなかった。

苛立った私は、或る日、枕もとにある吸呑み、体温計、一輪差しなどを手あたり次第に壁や襖《ふすま》に投げた。弟は驚き、近くに住む兄の家に出て行った。通いで家事をしていた若い女は、おびえたように台所に入りこんで物音も立てなかった。

私は感情を抑えることができず、半身を起すとふとんから這い出た。絶対安静をつづけてふとんをはなれたことはなかったが、敷居から土間におり、庭に這い出た。雨が降っていた。庭の雑木の緑が鮮やかだったから、六月頃であったろうか。水溜りの所々に出来ている庭の中程まで這っていった私は、両膝をかかえるようにして坐りこんだ。その日の雨も明るく、私はしばらくの間庭土を見つめながら雨に打たれていた。

やがて、竹垣ぞいの道を兄、嫂《あによめ》、弟が歩いてくるのがみえ、杭だけの立つ門から庭に入ってきた。兄は、常とは異なった優しい口調で家へ入ろうと言った。私は兄の手を払ったが、兄と弟に抗しきれず体を抱き上げられると家の中に運びこまれた。

いやな思い出だ、私は路面から視線をそらせた。町には郷愁を感じているが、いまわしい記憶も多い。祖母、姉、兄、母が、この町でつづいて死んだ。

雨脚が細く、まばらになった。風が少し出てきて、路面の水蒸気がゆらいだ。

車が停止線でとまり、横断歩道の標識が緑になった。私は、茶舗の軒下から出ると足早に道を渡った。入院したのは庭に這い出てから二ヵ月ほどたった頃で、手術を受け、三ヵ月近く在院した後、家にもどった。

私は、木原から送られてきた略図を手に歩道を進んだ。二つ目の道角にネクタイ卸商の看板をかかげたモルタル造りの建物があり、曲ると、略図どおり左側に造花の立てかけられた新装の喫茶店があった。その道は戦後歩いたことがないが、花屋、鮨屋《すしや》、酒屋などの並ぶ小ぢんまりした商店街といった趣きがあった。

　ドアを押すと、冷房のきいた狭い店の中には洋花が飾られ、十名近い男や女がテーブルやカウンターの前に坐っていた。小学校時代の二人の同級生が窓ぎわの席に坐っていて、私に声をかけてきた。一人は薬局の店主で、他は税理士であった。

　木原が近づいてきて、他人行儀の言葉で礼を言い、私の差出した祝儀袋を恐縮したように受け取った。五年前にクラス会で会った時より白髪がふえていた。

　定年前に退職した理由をたずねることはためらわれたが、木原は開店の挨拶代りに同じ言葉を繰返しているらしく、

「自分より若い人がつぎつぎに上役になって、その人たちに使われるのも辛くなってね。好きなコーヒーをいれてお客さんに楽しんでもらいながら余生を送る方がいいと思って……」

　と、淀みない口調で言った。

　まだ五十歳を越したばかりの木原の口から余生という言葉がもれたことに、私は途惑いに近いものを感じた。が、木原は戦後も町に住みつづけ、おそらく町の祭礼その他の行事で世話役などを引受けているうちにいつの間にか年輩者の扱いをうけ、自然にそのような言葉を口にするようになっているのだろう、と思った。

木原は、背の高い二十一、二歳の娘を長女、小太りの女を妻だと紹介し、彼女たちに店を手伝ってもらうことになっていると言った。趣味をそのまま生活の糧にしようとしている木原に心もとなさを感じたが、蝶ネクタイをつけ明るい表情をしている木原を見ると、役所勤めよりも喫茶店を営む方が本質的に向いているのかも知れぬ、と思い直した。それに、町には知己も多く、客の絶える気遣いはないのだろう、とも思った。

私は、木原のかたわらをはなれると同級生二人の坐るテーブルの前に腰をおろした。二人は、オードブルを肴《さかな》にビールを飲み、私のコップにもビールを注いでくれた。

私は、窓ガラス越しに外を見た。ネクタイ卸商の家の角を曲った時から、その狭い路に町のたたずまいの名残りがあるように感じていた。むろん、その附近一帯は戦災で焼かれているが、路筋はそのままの形で残されているように思えた。

路をへだてて二間間口の酒屋がある。軒にかかげられた看板に記されている升屋という屋号を眼にした私は、自分の記憶がまちがいではなかったことを知ると同時に、戦前のその路の情景がにわかによみがえってくるのを感じた。私の生家の前を左方向に歩き、二つ目の角を曲って三十メートルほど行くと右手に升屋酒店があった。広い舗装路で分断されているのですぐには気づかなかったが、あきらかにその路であった。

升屋の店主の妻は私の母と親しく、母が死んだ折も枕もとで長い間泣いていた。終戦後、私が病臥している時、どこで手に入れたのか真鯉を新聞紙に包んで持ってきて、頭を切るとしたたる生血を丼鉢にみたして飲ませてくれたりした。

「終戦前、ここに升屋という酒屋があったけど、その当時の酒屋だね」

私は、同級生にたずねた。

「そうだよ。同じ場所だ。親爺さんは死んで息子の代になっている」

薬局店主の同級生が、答えた。

その言葉にうなずきながら窓の外に眼を向けていた私は、ふと或ることを思い起し、喫茶店の内部を見廻した。間口がせまく奥行きの長い店と古びた家の姿が重なり合った。

「もしかすると、この店は白系ロシヤ人の住んでいた家のあったところじゃないかな」

私は、言った。

「ロシヤ人？　そう言えば、いたな。おれが商業学校に通っている頃、外国人の娘を駅でよく見たよ」

「いた、いた。どこかの女学校に行っていた」

二人の同級生は、言った。が、かれらはその家の所在は知らず、私の説明にうなずいているだけであった。

私は、あらためて窓の外に眼を向けた。当時、升屋は手広く商売をしていて店の周辺に多くの家作を持っていた。白系ロシヤ人の一家は升屋の前の家を借りていて、升屋の位置が当時のままだとすれば、木原の開いた喫茶店は白系ロシヤ人の住んでいた場所になる。

同級生の眼にした女学生はニーナという名だが、私には金色の髪をしたニーナの弟の印象の方が強く残されている。それは、戦争中の町の生活と密接にむすびついたものであった。

少年は、アレクサンドル・ロドロフと言った。近隣では、かれの家族をロドルフさん、中にはドドルフさんと呼ぶ者もいた。

ロドロフ一家が町に移住してきたのは、太平洋戦争のはじまる前年であった。外国人など珍しい土地柄であったので、ロドロフ一家のことは人々の話題になった。かれらが町に住みつくようになったのは、駅の近くの骨董《こっとう》商の斡旋《あっせん》によるものであった。骨董商がどのような事情でアレクサンドルの父と親しくなったのか知らなかったが、升屋に空家を貸してやってほしいと頼み、升屋では気心の知れぬロシヤ人に貸すことを渋ったが、骨董商は自ら保証人になり、ロドロフ一家を住みつかせた。升屋がためらったのは、アレクサンドルの父が洋服仕立てを業とし、繊維品も欠乏しはじめていた頃なので注文客はなく、借家料がとどこおることを恐れたからであった。

それまで、町には時折り羅紗《らしゃ》売りの白系ロシヤ人の男が姿を見せた。かれらは例外なく大きな体をしていて、巻いた羅紗布を肩にかけて構えの大きい家の戸口に立ち、おぼつかない日本語で買ってほしい、と言う。かれらの顔は表情に乏しく動きも鈍重で、女や子供たちは大柄なかれらを恐れていたが、性格が温順であることは知っていた。

升屋では、ロドロフ一家もそうした行商の白系ロシヤ人に似たものと想像し、借家料の心配もしたにちがいなかった。が、事実は異なっていて、一般に白系ロシヤ人が貴族や高級官吏などの出身だと言われている説を裏づけるように、ロドロフ一家には、決して豊かではないが貧しいとは思えぬ悠揚とした気品に似たものが感じられた。

初めの頃、近所の者たちはロドロフ一家の住む家を物珍しげにのぞきこんだり、私も中学校からの帰途廻り道をしてその家の前を通り過ぎたりした。空家になる以前は染物、呉服を商う店で、ガラス戸越しに内部がうかがえたが、板敷きの部屋で椅子に腰をおろし布地を扱う大きな体をした男の姿が見えた。

ロドロフ家の家族の姿を路上で見かけることも多くなった。最初に眼にしたのは、長女のニーナであった。髪がプラチナブロンドで、色が白く頰がほのかに赤みをおび、上質の桃の果実を連想させた。柔和な顔立ちをし、鼻の先端が上向き、瞳が青かった。ニーナは、四谷の外国系といわれる女学校に通っていた。

戸主のロドロフは、容姿が堂々としていた。時折り駅との間に通じる道を歩いているかれとすれちがったが、いつもひさしの広い黒いソフトをかぶり、口もとをゆるめ親しげな眼を通行人に向ける。顔には、羅紗売りのロシヤ人とは異なった明るい表情の動きがあった。

かれの妻は肩幅が広く胸部も厚かったが、足は細かった。外国語の教師をしていて、時折り定まった時刻に駅の方へ足を早めて歩いてゆくのを見た。

長男のアレクサンドルは、一度も眼にする機会がなかった。アレクサンドルは町の小学校に転校し、私の弟のクラスに属していた。

アレクサンドルが転校してきた日、帰宅した弟は上気した顔でアレクサンドルのことを話しつづけた。弟は、妙な抑揚はあるが外国人であるアレクサンドルが日本語を話し、読み書きもできることが不思議でならないようだった。アレクサンドルは、転校の挨拶で、興亜奉公日にこの学校に来たことを嬉しく思いますと述べ、奉公日には日の丸弁当と定められていることも知っていて、弁当箱には米飯の中央に梅干が一個だけ入っていたという。

弟は、家が近いこともあって、その日からアレクサンドルと親しく言葉を交すようになったらしいが、それは多分に異国人に対する好奇心によるものでもあるようだった。弟の口から洩れるアレクサンドルの話は、私にも興味深く感じられた。

「髪は金髪なんだ。腕に生えている産毛のような毛も金色で、光線の具合で光ってみえるんだ」

弟は、自分の腕を撫でながら言った。

私は、アレクサンドルがクラスの者たちにどのような扱いを受けているかを問うた。

「みんな親切だよ、アレキ、アレキと呼んでね。角力《すもう》もしたけどなかなか強いし、陽気な奴だからみんなに好かれているよ」

弟は、好意にみちた口調で言った。

アレクサンドルにはカーチャという妹がいて一年生のクラスに入っていたが、クラスの女児たちともうちとけ合っているらしい、という。

ロドロフ一家の評判は、好ましいものだった。初め生計が立つか否か危ぶまれたが、それは杞憂であった。町には洋服仕立て業の家が多かったが、職人が出征して店を閉じた家もあって、ロドロフが仕事をはじめる余地はあった。人々の間では外国人が仕立てる洋服は本場仕込みだという声もあって、早速注文に訪れる者もいた。その予想はあたっていて、ロドロフは布地の裁断も仕立ても入念で、客の評判はよかった。店の軒下には、プリマ洋服店という横書きの文字の下にアントン・ロドロフと片仮名文字の書かれた白いペンキ塗りの板がさげられていた。

升屋の主婦は、生花の免状も持っていて私の母のもとに花を活けにしばしばやってきていた。彼女は、家主としてロドロフ一家と親しく、訪れてくると必ず家族のことを話題にし、母も興味深そうにきいていた。

彼女は、ロドロフが几帳面な性格で定められた日の前日に家賃を自分で届けにくると言い、日本語は余り巧みではないが、冗談をよく口にするとも言った。妻のナターシャも如才ない人柄で、不足しはじめている木綿糸を無料でゆずってくれたりし、申し分のない店《たな》子《こ》だ、と評していた。

或る日、やってきた彼女は可笑《おか》しそうに豆ごはんの話をした。升屋では、長男の嫁が初めての子を出産したので、ようやく入手した糯米《もちごめ》で赤飯を炊き、十五軒の貸家に配った。その夜、ナターシャが夫と子供たちを連れて店に入ってくると、豆ごはん、おいしい、豆ごはんみな大好きですと大きな身ぶりで言い、新生児用だと言って銀製の小さなスプーンを差し出した、という。

ロドロフの家族たちは日本の食物になじみ、納豆、漬物まで食べる。それでも故国の食物が恋しいらしく、パンを焼き、果実でジャムを作る。

「時々持ってきてくれるんですけど、パンは温かいし、ジャミがうまいんですよ」

彼女は、眼を輝かせた。食物の工夫もしていて、フライパンでいためた白滝をはさんだサンドイッチを作ったりもするという。

パンのことは弟からもきいていた。それは長い棒状のものであったり、鏡餅のような形をしたものであったりするが、弟はアレクサンドルの家に招かれる度に食べさせてもらっているようだった。弟は二階にも案内されたが、奥の間に髭を貯え多くの勲章を胸につけた男の写真が飾られ、壁にキリスト像が掛けられていた。アレクサンドルの話によると、写真の人物はコサック騎兵の指揮者だった祖父だという。

その折、アレクサンドルが自分たちはボウメイシャだと言ったが、どのような意味か、と弟はたずねた。

私は乏しい知識しかもたなかったが、革命の起ったロシヤで身の危険を感じ、祖国をのがれ出た人たちだ、と答えた。弟は、暗い眼をしてうなずいていた。

年が、明けた。前々年の九月にドイツ軍のポーランド進攻に端を発した欧州動乱は、イギリス、フランスのドイツに対する宣戦布告で第二次世界大戦に発展し、イタリアの参戦によってさらに戦火は拡大していた。ドイツ、イタリアと軍事同盟を締結した日本に対するアメリカの経済圧迫は急激に強化され、国際情勢は険悪の度を加えていた。大人たちの中にはジリ貧による日本の衰亡はあきらかで、それよりも思いきって対米英戦に踏切るべきだと主張する者もいて、町にはあわただしい空気が漂い、人々の表情は暗くなっていた。

そうした中で、私の家には好ましくない出来事がつづいた。三月末、父の経営する綿糸紡績工場から出火、全焼した。さらに一ヵ月後、体の変調を訴えていた母が子宮癌と診断され、大塚の癌研究所附属病院に入院し、ラジウム照射療法を受ける身になった。母は四ヵ月間在院していたが、退院も間近になった頃、中国大陸に出征していた四兄の戦死公報が家に舞いこんだ。軽機関銃手であった兄は、敵前渡河後河岸で掃射中、左胸部に銃弾を受けて即死したのである。

兄の戦死の報が母の病状を悪化させることを恐れた父は、母が少しでも健康を取りもどすまでそのことを伝えるべきではないと考え、家族にもその旨を告げた。そうした配慮に気づかなかった母は、退院後、週に一回慰問袋を作り、弟にも兄宛の手紙を書かせたりしていた。それらは郵便局に持って行くように装い、社員の家にはこばれ押入れに積み上げられた。また家に送られてくる郵便物も父や長兄がすべて開封し、兄の死にふれたものは取り除き、焼却した。

しかし、そのような努力もむなしく、秋も深まった頃、戦友からの悔み状が母の手に直接渡り、開封された。その夜、隣家に泣声がもれぬよう雨戸をかたく閉ざした家の中で、家族は泣いた。母は、一尺横にいれば弾丸にあたらずにすんだのに……と、泣き叫びつづけていた。

兄の遺骨が帰還したのは、開戦の日の翌々日だった。真珠湾攻撃によってアメリカの主力艦隊が大打撃をこうむり、マレー半島への上陸成功も報じられて、町は沸き立っていた。家々には国旗がひるがえり、高台にある氏神の神社には戦争の勝利を祈願する者たちがつづいていた。

そうした中での帰還だけに、多くの人々が遺骨を迎えてくれた。駅前には、在郷軍人会、婦人会、町会関係者、青年団等をはじめ一般の人々も集り、少年団の楽隊を先頭に列が組まれた。父は白布につつまれた遺骨を、長兄は遺影をそれぞれ胸にかかえ、その後から私は母や弟とともに歩いていった。

長い列が家並の間を縫って進み、先端が家の前に到着した。遺骨と遺影が玄関に設けられた祭壇に置かれ、私は父母や長兄たちとそのかたわらに立った。各種の団体が祭壇の前に整列し、弔辞が読まれ、敬礼が繰返された。町の人々の焼香がつづき、私は父母たちと頭をさげていた。

新たな一団が、祭壇の前にやってきた。弟と同じ小学校四年生のクラスの者たちで、担任教師の声で二列横隊に並んだ。一人の小学生が進み出て、弔辞を読みはじめた。

私は列の中に金髪の少年がまじっているのに気づいた。アレクサンドルだ、と思った。アレクサンドルは二度家に来たことがあるというが、私が中学校から帰宅する前で、路上で出会ったこともない。

私は、アレクサンドルに視線を据えた。面長で目鼻立ちが整い、父アントンに似ていた。弟の言葉どおり輝くような金髪で、坊主刈りにした頭の並ぶ中で、その髪が華やかな人工物のように感じられた。アレクサンドルは背が高く、神妙な顔を祭壇に向けていた。

私の胸に、思いがけぬ感情が湧いた。アレクサンドルの存在が、一言にして言えば場違いな、違和したものに感じられた。それは決して不快、というのではなく、兄の死に少しも係わり合いのない人間がひとりまぎれこんでいるような途惑いに似たものであった。もしも兄の死が単なる死であったなら、そのような感情は起らなかったろうが、戦死であることにこだわりを感じたのだ。戦争は日本人がおこなっているものであり、兄の死を悼むのは日本人のみであるはずなのに、その葬儀に異国の少年が参列していることが不自然に思えた。

参会者にも同じような感情をいだいている者が多いらしく、かたい表情をして視線をアレクサンドルに向けていた。中には、あきらかに詰《なじ》るような眼をしている男もいた。

小学生の弔辞が終り、教師の声で一様に頭をさげると、二列縦隊になって人々の間にかくれていった。

兄の葬儀には不釣合いな少年だとは思ったが、初めて眼にしたアレクサンドルの印象は好ましいものだった。ロドロフ夫婦が近隣の者たちにとけこもうと努めているように、アレクサンドルにも同級生や町の者たちになじもうとしている健気《けなげ》な気配が感じられた。それは、かれら家族に共通した亡命者としての保身の姿勢にちがいなかった。

アレクサンドルとの親しみが増すにつれて、弟のかれについての話は賛美に近いものになっていた。アレクサンドルは常に微笑を絶やさず、しばしば冗談を口にする。学業成績も中程度で、殊に運動神経が発達し、跳躍力、走力にすぐれ、正科に取り入れられている剣道もうまい。その年の明治節に催された運動会ではクラス対抗のリレーのアンカーに選ばれ、ゴール寸前で他のクラスの走者を抜き一位になったという。

「鉢巻をした金髪がなびいて、きれいだった」

弟は、そんなことを言ったりした。

年も暮れ、昭和十七年を迎えた。

マニラ、シンガポール占領、ジャワ上陸などの勝報がつづいて人々の表情は明るく、四月中旬の米軍機の初空襲も戦争の将来に不安をあたえるものではなかった。その日は土曜日で、学校から帰宅した私は、たまたま物干場の上で町の上空を飛ぶ米軍機を見た。緑色系の迷彩をほどこした双発機は、超低空で少し身をかしげて墓地のひろがる谷中台地の方向に去っていった。その折、隣接した町の一郭に爆弾が投下され、十数名が死傷したという話がつたわった。町の人々は、軍の不甲斐なさを非難していたが、依然として戦争は海をへだてた遠隔の地でおこなわれているという意識が強かった。

しかし、その頃から日常生活は次第に窮迫し、町の者たちの顔にも苛立ちの表情が浮ぶようになった。必需品はすべて配給制になり、町から商品は消えた。女はモンペ姿になり、男はゲートルを巻く者が多くなった。

私の父は紡績業への未練を捨て、父の指示によって長兄が江戸川河口に木造船工場を設け、二百トン前後の運搬船を建造する仕事をはじめていた。大工場はすべて軍需工場になり、店を閉じた町の商店主や息子たちが弁当箱をかかえて工場通いをしていた。

秋の気配がきざし、その頃から戦況は思わしくなく、新聞に敵の反攻という活字がしばしばみられるようになった。海戦が連続的に起っていることが報じられ、ヨーロッパでは、ドイツ軍とソ連軍がスターリングラードをめぐって激しい攻防戦を繰返していることも伝えられた。

学校での授業にも変化が起り、軍事教練が強化され食糧増産を目的とした農作業に出掛けることも多くなった。町には灯火管制が実施され、日没後、路上に洩れる灯は絶えた。日曜日にはしばしば町内で防空訓練がもよおされた。父や長兄は木造船工場にほとんど泊りがけで行っていて代りに私が出ることが多かったが、その折に訓練に参加しているロドロフを眼にした。

ロドロフは、自分で仕立てたらしい国民服にゲートルを巻き、防空頭巾と鉄兜《てつかぶと》をかぶっていた。モンペ姿の女や老人にまじって火はたき棒を手に整列しているロドロフはひときわ背が高く、肩幅も広い。他の隣組の者たちは、その姿が滑稽に思えるらしく、可笑しそうな眼を向けていた。

ロドロフは、真剣な表情をして指揮者の指示どおり走り、列を組み、梯子《はしご》を屋根にかける。リレーされるバケツがロドロフの手に渡されるとその時だけひどく小さく見え、仮想発火場所に注がれる水は遠くまで飛んだ。

訓練が終ると、初めてロドロフの顔ににこやかな表情がうかび、鉄兜と防空頭巾をぬぐと他の者に丁寧に頭をさげながら家の方にもどっていった。

年が明けると、戦況の悪化が一層重苦しく感じられるようになった。ガダルカナル島の撤退につづいて連合艦隊司令長官山本五十六大将が戦死し、アッツ島玉砕も報じられた。入営、出征による工員不足で中学校にも勤労動員令が下され、私は、クラスの者たちと軍需工場に行って作業をする日が多くなった。

町の行事はすでに廃され、町は寝泊りするだけの場所になっていた。配給所には長い列が出来、その中にロドロフの妻ナターシャや娘のニーナの姿もまじっていた。

開戦後、外国人を眼にすることは皆無で、同盟国人であるドイツ人、イタリア人は自由に歩きまわっているはずだったが、かれらを見ることもない。私にとって外国人はロドロフの家族にかぎられ、それは他の人々にも共通しているらしく、配給所の前に並ぶロドロフの妻や娘を通行人は足をとめていぶかしそうに見つめていた。

ほとんど病臥するようになっていた母のもとに、夜、升屋の主婦がしばしば見舞いにやってきた。花も町から消え、花を活けることもしなかったが、他愛ない世間話をして帰ってゆく。その度にロドロフ一家の消息がつたえられたが、衣料品の購入が切符制度になってから洋服仕立ての注文も絶え、古い背広の布地を裏返して再仕立てする仕事などしかない。それでも、ロドロフは家賃を一日前に届けることをつづけ、家族の表情も明るい、と言った。

それを裏づけるように、防空訓練に必ず姿をみせるロドロフは、休息時などにおぼつかない言葉で軽口を口にしたりする。そのにこやかな表情に生活の苦渋は少しもうかがえなかった。

近隣の者たちは、概してロドロフ一家に好意的な眼を向けていたが、私は、国民学校に通うアレクサンドルのみは例外であるのを知った。

二学期がはじまってしばらくした頃、勤労動員先の工場から帰った私は、弟の顔が青黒く腫《は》れているのに気づいた。理由をたずねると、

「アレキと一緒にやられたんだ」

と、顔をゆがめて言った。

その日、帰校途中のアレクサンドルに他のクラスの者数人が路上をふさぎ、生意気な露助、と言って殴りかかった。それをとめに入った弟もスパイの仲間かと怒声を浴びせかけられて殴られ、口の中を切られた。アレクサンドルも鼻血を流したが、二人は終始無抵抗だったという。

「アレキはどうした」

私は、たずねた。

弟は顔をあげると、

「あ奴は、ぼくにごめん、ごめんと言うだけで、少しも殴った奴らを恨む様子がなく、悲しそうな顔もしない。帰る時には笑っていた」

と、言った。その眼にはアレクサンドルに対する畏敬に似た色が浮び出ていた。

私は、数ヵ月前から弟がアレクサンドルについてほとんど話さなくなっていることにあらためて気づき、学校でのアレクサンドルの立場がどのようなものになっているのかを問うた。

弟は、物悲しげな表情をしてためらいがちに口を開いた。

私は、弟の口からもれる言葉に学校でのアレクサンドルに対する扱いがかなり変ってきているのに気づき、それも生徒よりむしろ教師の方に著しいことを知った。それは、毎月八日の大詔奉戴日に全校生徒でおこなわれる町の神社参拝にアレクサンドルと妹のカーチャが除外されたことにはじまった。理由は、二人が日本人ではなくキリスト教の信者で、必勝祈願の神社参拝には不適であるということにあった。

その後、教師のアレクサンドルに対する態度はきびしさを増し、授業中に突然アレクサンドルの名を呼んで起立させると、

「お前は、なに人だ」

と、強い語調で問う。

「日本人です」

アレクサンドルは、大きな声で答える。

「そうじゃあるまい。ロシヤ人だろう」

「いえ、日本人です」

アレクサンドルは、答える。

教師は苛立った表情でアレクサンドルを見つめ、坐れとも言わず授業をつづける。次の授業時間に坐っているアレクサンドルに近づくと、

「起立を命じていたのに、なぜ坐った」

と、言って平手で頰をたたいたこともあるという。

また、ドイツの敗色が濃くなっていた独ソ戦に関連して、

「お前はロシヤ人だからソ連が勝った方がいいと思っているのだろう」

と問い、

「ドイツが勝った方が嬉しいです」

というアレクサンドルの答えに、

「嘘をつけ」

と、教師が腹立たしげに言ったこともあるという。

「それでもアレキは、明るさを失わない。泣きごとも言ったことがない。音楽の先生だけがアレキに親切で、アレキは音楽の時間を楽しみにしている」

弟は、言った。

私は、弟のクラスの担任教師の顔を思い浮べた。体格が貧弱で、その上、強度の近視であるため兵役をまぬがれていると言われている教師は、劣等意識から準敵国であるソ連を

祖国にもつアレクサンドルに敵意に近いものを感じているのかも知れない。そうした教師の態度が、一部の生徒に感染して、アレクサンドルを殴りつける行為に結びついたのだろう。アレクサンドルの妹のクラス担任は女教師で、カーチャにこれと言った特別な扱いはしていないという。

弟はアレクサンドルの家にしばしば行っていたが、アレクサンドルは私の家にやってくることはなくなった。ロドロフの妻は教師をやめたらしく路上で眼にすることは絶え、アレクサンドルの姉ニーナがズボンをはいて通学するのを時折り駅で見かけるだけになった。

十一月に入った頃から、ロドロフは防空訓練に姿を見せなくなった。それはロドロフの意志からではなく外国人関係の取締機関からの指示によるもので、外来語使用禁止、外国人の旅行制限等の措置に関連したものらしかった。

弟の学校で恒例の学芸会が開かれ、母の指示で出掛けた私は、久しぶりにアレクサンドルを見た。

学芸会のプログラムは、戦意昂揚を目的としたものに占められ、書道の巧みな生徒が仮舞台の上で書く文字は一億一心、旭日昇天といった類いのもので、朗読される作文も勝利への決意を述べる内容であった。生徒の演ずる劇は戦場場面が多く、敵兵の役を振りあてられた生徒は不服そうな表情をうかべ、父兄の笑いを誘っていた。

プログラムが進んで、弟のクラスの者が出演する順番になったが、それには題がつけられていなかった。

幕が引かれた時、私は舞台に一列横隊に並んだ生徒の中にアレクサンドルが加わっているのに気づいた。アレクサンドルは、戦死した兄の葬儀で眼にした時よりも、さらに背が伸び、列の中で首以上が突き出ている。かれだけが髪を伸ばし、他の者よりも年長にみえた。

私は、落着かない気分になった。当然、舞台で繰りひろげられる内容は担任教師の指導によるもので、アレクサンドルを不必要に辱しめるものではないか、と思った。無題であることが、一層不安な気持にさせた。

礼が終ると、アレクサンドルが少し高い台に立ち、他の生徒が向い合って坐った。生徒の一人が立って客席に顔を向けると、アレクサンドル・ロドロフはロシヤ人を両親に持っているので、ロシヤ語をたずねてみましょう、と抑揚の乏しい口調で言い、再び坐った。生徒たちが、思いつくままに舟、茶碗などと日本語を口にし、アレクサンドルがそれにロシヤ語で答える。質問が次第に難しくなり、生徒たちは異国にはみられぬ日本の国だけにあるものを口にする。箸《はし》、腹巻き、風鈴《ふうりん》、餅、褌《ふんどし》、稲荷神社などと甲高い声で問う。

奇抜な単語が生徒の口からもれると、観客たちは笑い、アレクサンドルが答えに窮すると、さらに笑い声がたかまる。アレクサンドルは、眼を大きく開いたり、困惑したように頭をふり腕を組む。その仕種に、場内は笑い声につつまれた。

私も誘われるように頬をゆるめていたが、アレクサンドルをながめているうちに白々しい気持になっていた。あきらかにアレクサンドルは、演技をしていた。外国人らしい大きな素振りで、頭をかかえたり、驚いたように奇声を発したりする。途方に暮れたことを表現するために、両手を伸ばし天井を見上げて嘆息することもする。その仕種にはアレクサンドルが日本人にとけこもうと努めていることがうかがえ、哀れな感じもしたが、同時に父兄たちに迎合しようとしている意識が露骨すぎるようにも思え、不快であった。

最後に、一人の生徒が立ち上ると、

「君は、ロシヤ人か」

と、指でさしながら詰問口調で言った。

アレクサンドルは急に姿勢を正すと、

「両親はロシヤで生れた白系露人ですが、ぼくは満州生れの日本人です」

と、答えた。

生徒たちは立ち上り、アレクサンドルも加わって整列し、頭をさげた。拍手の中で、幕が引かれた。

父兄の顔には、笑いの表情が残っていた。観方によっては、それはアレクサンドルを辱しめるものではなく、日本人と白系ロシヤ人の交流を表現する内容として解されたのかも知れなかった。が、私はその背後に担任教師の眼を感じ、気分が重かった。アレクサンドルは、終始陽気に振舞い、道化ることによって身を守ろうとしている。アレクサンドルの学校での日常は演技で、それを見抜いた教師が舞台の上でそれを笑いの材料にしたように思えた。

私は、弟の出演するハーモニカ合奏をきくと、匆々に会場を去った。

アントン・ロドロフが諜報機関員らしいという噂がひそかに流れはじめたのは、その年の暮であった。升屋の主婦は、店に刑事がやってきてロドロフ一家の日常生活を詳細に聴取してゆき、店を閉じているそば屋の二階から刑事がロドロフの家を監視していることもつたえた。さらに、外出する妻のナターシャが刑事に尾行され、また、動員先の軍需工場に通っていた娘のニーナが第三国人であるという理由で出勤を禁じられ、家に閉じこもっているとも言った。

「ロドロフさんは三人の子供もいるし、スパイなんかしないだろうと言っているんですけどね」

彼女は、同情するような表情で母に言ったりしていた。

翌年三月、弟の学校で卒業式がおこなわれた。その日、帰宅した弟は、「仰げば尊し」を合唱している途中、アレクサンドルが激しい泣き方をしたことを告げた。

「その姿をみて、やはりアレキは日本人になりきっていると思った。先生にきびしく扱われていたので、まさか泣くことはないと思っていたのに……」

弟の顔には、複雑な表情がうかんでいた。

私は、弟の言葉をそのまま受け入れることはできなかった。アレクサンドルが涙を流したのは、教師への思慕でもなく学校への愛惜でもない。保身のための演技をつづけてきた学校生活の悲しみが胸に迫り、それが激しい泣き方になったにちがいない。むろん、日本人になりきっている意識などはなく、むしろ反撥を感じているはずであった。

翌日、弟はアレクサンドルの家に招かれた。ロドロフ夫婦は温かく弟を迎え入れ、息子と親しくしてくれた礼を述べ、焼き立てのパンを食べさせてくれたという。

弟は、私の通う町の高台にある私立中学校に入学し、アレクサンドルは外国人の創設したと言われる中学校に電車通学するようになった。弟はアレクサンドルの家に足を向けることはなくなったが、登校や下校の路上でアレクサンドルと出会うらしく、今日、アレキに会ったと嬉しそうに言ったりしていた。

戦局はさらに重大化してタラワ島守備隊が玉砕し、サイパン島への米軍上陸が報じられた。同盟国イタリアはすでに無条件降伏していて、ドイツ軍も連合国軍の反攻をうけて各戦線で後退をつづけていた。

その頃、ロドロフ一家の姿が町から消えた。

升屋の主婦の話によると、ロドロフの家と棟つづきに隣接した家の者は、水を使いながら歌を口ずさむナターシャの声をしばしば壁越しにきいていたが、それが不意に絶えた。家の戸が閉められたままなので、升屋の主人がいぶかしんで家に入ってみると、畳の上に家賃を入れた封筒が置かれているだけで、家財も消えていたという。

「夜の間にひそかに出て行ったんですね。礼儀正しい人たちだったから挨拶もなしに出て行くはずもないし、警察の人にどこかへ連れて行かれたんでしょう」

母の枕もとで、升屋の主婦は低い声で言った。

二ヵ月後、母は苦しむこともなく昏睡状態で死亡した。ささやかな葬儀が営まれ、遺骨は、戦死した兄の墓のある静岡県の菩提寺に埋葬された。旅行制限で列車の乗車券の入手は困難だったが、升屋の主婦は菩提寺までついてきてくれた。

空襲が激化し、それにおびえた人々はロドロフ一家のことを口にすることもなかった。ロドロフの家族が住んでいた家は、町が焼き払われるまで空家であった。

木原が、新たに栓をぬいたビール瓶を手に近づいてきてテーブルに置くと、私のそばの椅子に腰を浅くかけた。その仕種には、客に対する喫茶店主らしいつつましさが感じられた。

ビールを注ぐ木原に、薬局を経営する同級生が店内を一瞥《いちべつ》しながら、店が白系ロシヤ人の住んでいた借家の場所だ、と言った。

木原は、少し考えるような眼をしたが、

「白系露人か。たしかにいたことはおぼえているが、ここに住んでいたのかね」

と、あらためて店内を見廻すように視線を走らせた。

私は、簡単にロドロフ一家のことを話した。

「升屋の小母《おば》さんはどうしている」

私は、たずねた。

「お婆ちゃんね。一昨年の秋に死んだよ、老衰で……」

木原が、すぐに答えた。

「そうか。母をよく見舞ってくれたし、戦後おれが肺をやられて寝ている時、鯉を持ってきて生血を飲ませてくれた。元気だったらお礼を言いたいと思ったんだが……」

私は、オードブルにフォークを伸ばしながら言った。

「威勢のいいお婆ちゃんでね、町会の寄り合いにもよく顔を出していたけど、五、六年前から急にぼけちゃって。元気のある人は、ぼけるのも早いね」

木原は、窓越しに升屋の方へ眼を向けた。

ドアが開いて、着流しの老人が入ってきた。木原は立つと、老人に頭をさげてカウンターにちかい席に案内した。

同級生は、友人の消息を話しはじめた。

私は立つと、手洗いのドアを押した。小窓の外に、アパートらしい二階建てのモルタル造りの建物が迫っている。灰色の壁に、明るい陽光があたっている。ロドロフ一家の住んでいた頃、裏手はどうなっていたか思い返してみたが、記憶はなかった。

手洗いから出ると、私は、カウンターの隅に置かれた桃色の電話機に硬貨を入れた。呼出し音がすると、すぐに交換手の声がし、やがて弟の事務的な声に代った。

「アレキの住んでいた家の所に来ているんだ」

私は、言った。

「アレキ？　小学校の時のアレクサンドルかい」

弟は、驚いたような声をあげた。

私は、木原が店を開き、その披露に来ていることを告げた。

「長い間、町には行っていないが、すっかり変ったらしいね。家のあった所は道路になっているんだろう?」

弟は、張りのある声で言った。

私は、学芸会の舞台でおどけたようにロシヤ語を口にしていたアレクサンドルのことを思い起していた。卒業式でアレクサンドルが泣いたことを、四十代も半ばになった弟がどのように解釈しているのかきいてみたい気がしたが、長話になるのが煩わしかった。

「突然、あの家族は消えたろう。どこへ行ったのかな」

私は、つぶやくように言った。

「軽井沢だと思うよ。取引先の会社のドイツ人で、戦時中、まだ少年だった男がいてね、ドイツが降伏後、軽井沢に連れてゆかれたそうだ。軟禁でね、労働をさせられたと言っていた。白系露人も来ていたというので、ロドロフ一家のこともきいてみたが、人数が多かったから知らない、と言っていた」

弟は、答えた。

もしも弟の言葉どおり地方に連れてゆかれたのならば、むしろロドロフ一家にとって幸いだったにちがいない、と思った。町には空襲で焼死人も多く出たし、たとえ死をまぬがれることができたとしても、住む場所を失ったロドロフの家族は路頭に迷う身になっていたにちがいない。

「今、どうしているだろうね」

「そうね、どこに行っているかね」

弟の興味もないような声が、流れてきた。

受話器からは、会社のあわただしい物音がつたわってくる。私は、執務中の弟に悠長な電話をしていることに気づいた。

「この頃会わないが、たまには遊びにこいよ」

と言うと、弟は、

「ああ」

と、答えた。

私は、受話器を置くと席にもどった。夫婦らしい中年の男女が、ドアを押して入ってきた。木原が笑いながら近づいてゆく。

私は、窓の外に眼を向けた。酒店の前で、三十年輩の小太りの男が、自転車の荷台にのせた箱に醤油やビールの瓶を入れている。年齢から考えて、升屋の主婦が赤飯を炊いて祝った時に出産した孫にちがいなかった。男は、店に入り、野球帽のような帽子をかぶって出てくると、自転車に乗って左方に消えた。

私は、二人の同級生に挨拶して腰をあげた。少し町の中を歩き、谷中の墓地をぬけて上野にでも出てみようと思った。

私は、木原に挨拶するため、かれが中年の男女との談笑が終るのを待ちながら立っていた。

（連作『炎のなかの休暇』より）

華麗な夕暮

吉行淳之介

吉行淳之介（よしゆき・じゅんのすけ）

一九二四～一九九四年、岡山市生まれ。新興芸術派の作家、吉行エイスケの長男。一九四五年、東京帝国大学文学部英文科に入学、雑誌社で編集記者として働くうちに大学を中退、創作活動を始める。一九五四年「驟雨」で芥川賞を受賞。遠藤周作、安岡章太郎、庄野潤三らとともに〝第三の新人〟と呼ばれる。主な著書に『寝台の舟』『砂の上の植物群』『暗室』『鞄の中身』『夕暮まで』などがある。

昭和二十年八月十一日、土曜日の出来事から、物語をはじめることにしよう。

八月になってからずっと、僕はめずらしく休まずに本郷の大学に通っていた。夏期休暇は廃止されていた。正確にいえば、僕が勤労動員されている大学図書館へ通っていた。大学で顔を合わせる友人のうちにいわゆる消息通が一人いて、その男が、このところ種々重大な情報を齎したから、休むわけにはいかぬのだ。

その男から情報を聞くと、残りの時間は薄暗い館内でカードの整理をしたり書庫の掃除をしたりするのである。昼休みには、弁当箱の中の大豆の水煮を食べて、前庭にある水の出ない噴水の傍の芝生に寝そべる。

盛夏の光の降りそそぐ中で、仰向けに寝ころんで空を眺める。空は底が抜けたような青さで、あるときは、その空の奥の方から白い小さな紙片が一斉に舞い下りてきた。アメリカの飛行機が撒いた降伏勧告のビラである。またあるときは、その空の一部分がキラキラ光る金属片でびっしり覆われてしまった。アメリカの爆撃機の大編隊なのだ。寝そべった形を変えようとせずに、いつも僕は広い空の一角で繰り拡げられている光景を眺めていた。

消息通の情報は、このところ多彩であった。戦争が終るかもしれぬ、というのだ。ポツダム宣言を受け容れるかどうかについての宮中の御前会議のとき、誰と誰とが賛成し誰と誰とが反対して、賛否相半ばしている、などというのである。そして、八月十一日には、彼はこう囁いた。

「俺は、今夜から汽車に乗って東京を離れるよ。無理して切符を手に入れたんだ。君もいのちが惜しいなら、そうした方がいいぜ。明日一日だけ逃げていればいいんだ」

「一体どういうわけなんだ。いずれにせよ、今から切符を手に入れることは出来ない相談だがね」

「アメリカが十二日に東京に原子爆弾を落す、といっているそうだ。そういう予告があったのだそうだ。ポツダム宣言への回答が遅れているので、はっきり決心させるためにもう一度原子爆弾を使うのだそうだよ」

「しかし、東京へ落したら、回答する役目の人間が死んじまって、どうにもならないじゃないか」

「そんな心配は無用だよ。エライ奴らはみんな素敵な防空壕を持っているさ。地下何階エレベーター付なんてやつをね。心配する必要のあるのは、俺たちなんだ」

その情報は、僕を甚だしく悩ませた。これまでも、アメリカの予告どおりに、大小の都市が次々と廃墟になってきていることを僕は知っていた。だから、明十二日にも予告どおりのことが起る可能性は十分にあるのだ。戦争が終る気配が濃くなってきているときに、死んでしまうのはいかにもモッタイ無いではないか。そして、死から免れるためには、東京から離れさえすればよいのである。なるほど、汽車の切符を手に入れるには、駅の窓口で一昼夜待たなくてはならぬから、今からでは間に合わぬが、他に方法がないわけではない。

例えば、発売に制限のない省線電車の切符を買って、精一杯西へ、つまり浅川駅まで行く。そこから西へ西へと歩きつづけるという方法。あるいは、こういう方法もある。新宿駅では、汽車と電車のプラットホームが並んでいる。電車の切符で駅の構内へ入り、長野方面行の汽車へ潜りこむ。検札の車掌に発見される頃には、すでに汽車は安全圏を走っていることになる。

しかし、その方法を実行するために障害となる事柄がある。僕一人だけ東京を離れた場合、気がかりになる人間がいるのだ。家族ではない。二十年の晩春、空襲のために家屋が焼失して以来、家族はK市の奥の田舎に疎開している。それは、一人の若い女なのだ。その女を、僕は愛しているとは思っていない。煩わしいとさえ考えている。それなのに、僕たちは殆ど毎日のように会っていた。会えば必ず、無理矢理にでも軀を求めてしまう。僕にとって初めての女体が、未知の翳をとどめぬようになることに、僕は心せいていた。明日という時間の中で、自分が生きて動いているということを、僕は全く信用しない毎日を繰返していたので、女体にたいする僕の態度は貪欲であった。従って、女と僕の関係は、僕の考えていた愛とは程遠いものだ。それなのに、この際、僕は女を東京に置き去りにして自分一人だけ逃げ出してしまう気持になれない。普段、空想の中では、こういう場合には、僕は眉一つ動かさずに、自分の定めたとおりに行動できる筈だったが。僕を躊躇させているのは、後ろめたい気分だ、と僕は思った。気の弱さだとおもった。愛してもいない女のために、みすみす生き延びる機会を失うのか、と僕は悔んだ。

それならば、その女を連れて東京を離れればよいわけだ。ところが、僕はその父親や家族から不愉快な仕打ちを受けているので、二度と女の家を訪れることは自尊心が許さない。電話はないし、書信では間に合わない。一方、不愉快とか自尊心とかに捉われている場合じゃないんだぞ、と囁く声も聞えてくる。

いろいろに思い悩みながらも、僕の軀は次々と何回も電車を乗換えて、郊外にある下宿の部屋へ向っていた。

郊外の駅で電車を降りて、下宿へ通じるドブ川沿いの細い道を歩きながら、僕はまだ迷っていた。今からでも引返して、東京を離れる方法の一つを強行したらどうか。女を置き去りにして、自分だけでも逃げ出せばいいじゃないか。いや、それこそ、しなくてはならぬことだ。その後で原子爆弾が投下されれば、厄介なことはすべて片付くじゃないか。

夕焼の時刻で、視界いっぱいの空では、幾つものさまざまな形の雲がそれぞれ異なった色調に染まっていた。真赤な色で地平のところに蟠《わだかま》っている雲、鱗形に重なり合いながら拡がっている橙色の雲、紫がかった赤でたなびいている雲、白い色を残している雲、そして、ところどころに小さく空の青さが覗いている。その一つ一つの色調が、一つ一つ違った音階の音を響かせていて、無数の音が微妙に混り合い巨大な響きとなって空から僕の上に被さってくる。

焔を発している空の前に、僕は幾度も歩みを止めた。踵を返そうかどうか、思案した。しかし、立止る度毎に、重い疲労を全身に感じはじめた。大きなエネルギーを必要とする行動を選ぶことを億劫におもう気持が忍び込んでくる。立止り立止り、僕は下宿へ近づいてゆく。

路が大きく曲ると、左側の斜面に大きな一本松が聳えているのが眼に入った。すると、もういけない。先刻から薄々感じていた便意が、烈しい勢いで僕を襲ってきた。家を焼かれて以来、僕は大豆やアカザという雑草を摘んだものばかり食べているので、栄養失調による慢性下痢に取りつかれてしまっていた。大学からかなりの時間電車に揺られた後では、下宿までの路の途中で辛抱が切れかかってくる。一本松のあるところは空地になっていて、壊れた塀がめぐらしてある。雑草が丈高く茂って、無恰好な石が積み上げてあったりする。

辛抱しきれなくなった僕が、一度、塀の壊れた隙間からその空地に潜り込み一本松の根元で用便を済ませて以来、その一本松が眼に映ると、さほどでもなかった場合にも便意を烈しく覚えるようになってしまった。条件反射の一例である。

その日も、僕は頬の筋肉を緊張させながらその空地へ潜りこみ、一本松の根元にうずくまった。壊れた塀で、人目からは遮断されているのだが、自分自身の不恰好な姿勢が僕の網膜に浮び上って屈辱感に耐えがたくなってくるのだ。

その松の幹には、鋸の痕がかなり深く喰い込んで付いている。それは、僕が付けた痕だ。過日、下宿の部屋で水で薄めたアルコールを沢山呑み、酔っぱらった僕は、部屋の窓から望見される松が眼ざわりで仕方がなくなってしまった。その松が僕の不恰好な姿勢を思い出させ、自尊心を甚だしく傷つけるのである。僕は鋸を片手に、下宿を飛び出した。あの一本松を切り倒してやろう、と考えたのだ。しかし、鋸は小さく、松の幹は太い。それでも執拗に僕は作業をつづけたが、不意に一瞬の間にその熱意が消え、虚脱した気持だけが残ってしまった。

八月十一日の夕焼空の下で松の根元にうずくまった僕の眼に、幹の傷痕が映ると、莫大な量の労力を払って東京を離れようという気持はすっかり拭い去られてしまった。どうなったっていいや、という気分になった。それに、防空壕に入っていれば、助からないとも限らないではないか。一層、疲労感が僕をつつみこんだ。はやく下宿の部屋へ戻り着いて、畳の上に寝そべりたい。そんな気持だけが、僕の中に残っていた。

寝そべったまま、本を読んだり仮睡したりしているうちに、午後八時ごろ警戒警報のサイレンが鳴り、間もなく解除になった。

十時ごろ再び警戒警報が鳴り、今度は直ぐに空襲警報になった。ラジオを点けて情報を聞いてみると、一機ずつの幾つかの目標が近づいてきているという。しかし、東京の上空に入ってくる飛行機はない模様だ。身支度を整えることもしないで、僕は寝そべっていた。このごろでは、切羽詰った情況にならないうちは、防空壕に入らないのだ。空襲という刺戟に馴れてしまって、頭の上に爆弾が落ちかかってきて、はじめて狼狽するのである。

かなりの時間が経ったようにおもえた。敵機は東京の周辺をあちこち飛びまわって、やがて南の方へ姿を消した。空襲警報が解除になった。つづいて警戒警報も解除になることだろう、と僕はラジオを消して眠りに入る心構えになった。その瞬間に、空襲警報のサイレンが再び断続して響き渡ったのだ。

暗い中を手探りしてもう一度ラジオのスイッチを捻った。爆撃機が一機、海の方から近づいてくる、という。僕はいぶかしい気分になった。このごろでは、一機の敵機のために空襲警報が鳴らされることはなくなっていたからだ。僕の疑問に覆いかぶさってくるように、つづいてアナウンサーの声が繰返して告げた。

「コノ一機ニハ特ニ厳重ナ注意ヲ要ス」

その声は、昂奮を押し殺し兼ねて、上ずっているように聞えた。僕の心の底で、ふっと頭をもたげかかったものがあった。ラジオの微かな明りに、腕時計を透かして時刻を読もうとした。

時計は、零時十五分を指していた。

愕然として、僕は跳ね起きた。いまは、すでに八月十二日になっているではないか。原子爆弾が落されるかもしれぬ日になっているではないか。消息通の話を、僕は完全には信じていなかった。しかし、この警報の発令の仕方も、アナウンサーの警告も、近づいてくる一機の爆撃機が原子爆弾を積んでいるという考えの上に立ってのものであることは確かとおもえるのだ。

死ぬことに関しては、僕は諦めているつもりだった。諦めぬわけにはいかぬ情勢だった。しかし、生から死への境目を越える瞬間のことを考えると、僕は奇妙な怯えを感じるのだ。

音を精一杯大きくしたラジオを縁側へ持ち出して、僕は庭に作られてある防空壕へ潜りこんだ。原子爆弾に持ちこたえることができるとは到底考えられぬ、粗末な壕である。それなのに、壕の中で自分が生き残ることも予想した。そして、壕に入っていない、下宿の女主人とその息子の小学生が死んでしまうことを予想した。

　未亡人である女主人とは、僕は仲が悪かった。小学生は、母親に味方していた。しかし、ひょっとして生き残った僕が、二つの死体の後始末をしなくてはならぬことを考えると、いかにも億劫な気分だった。僕は大きな声で、家の中へ呼びかけた。

「はやく、壕へお入りなさい」

　暗い家の中から、甲高い声が返ってきた。

「たった一機じゃないのよ」

「ともかく、はやく入りなさい」

「弱虫なんだなあ」

　と小学生が母親に媚びている調子で叫んだ。

「原子爆弾が落ちてくるんだぞ。死んじまうぞ」

　と、僕は声を励まして叫んだ。

「なんだか変ねえ、いったい、どうしたと言うのよ」

　未亡人は、子供の手を引いて壕へ入ってきた。僕は早口に事情を話した。恐怖がしだいに未亡人たちの中に、実感として這入りこんでゆく様子だった。

　あの女は、いまごろ壕の中に入っているだろうか、と僕はチラと考えた。しかし、それ以上、その女のことに関して気持を向ける余裕はできない。

壕の入口からときどき頭だけ突き出して、僕は縁側のラジオの情報を聞き取ろうとした。ラジオの声は、その一機だけの飛行機が遂にこの都会の上空に達したことを告げた。そして、この一機には特別に注意せよ、ということを繰返し叫ぶのだ。

真暗な壕の中にうずくまって、僕は全身の神経を緊張させていた。湿った土の匂いが一瞬なまなましく鼻腔を掠め、消えた。僕の神経は、外と内と両側に向けてその触手を開いていた。上空で原子爆弾が炸裂したならば、次の瞬間、僕は生と死との境目を跨ぐことになるかもしれない。その未知の境目を、僕は暗黒の中で見詰めていた。

その境目は白茶けた色合いで、曖昧な形に拡がっていた。外側からの異変を僕が感じ取るか取らぬうちに、放り出された僕の軀はその境目の上を越えてしまう筈だ。その極く僅かの時間を見逃すまいとして、僕は凝視していた。内も外も、あらゆる方角を。

壕の入口を閉ざしたので、ラジオの声は届いてこない。暗黒の中で、長い時間がのろのろと過ぎて行った。

空襲警報解除のサイレンが響きわたったとき、僕はちょっと戸惑った。のろのろと流れた時間が行き着くところが此処であることを、僕は予想していたろうか。僕が待っていたのは、このサイレンだったのだろうか。

しかし、すぐに安堵の気持がみるみる拡がって行った。未亡人のいつになく柔らかい声が、僕の耳に届いた。

「あたし、見直したわ。あたしのこと、あんなに心配してくれるなんて、思っていなかったわ。あんなに一生懸命な声を出すなんて」

僕はくすぐったい気持だった。あなたたち二人の死体の後始末をするのが厭だったからなんだ、という替りに、僕は返事した。

「十二日は、いま始まったばかりだからなあ、あとの二十何時間が気懸りなわけだ」

未亡人が柔らかい声を出し、僕が後ろめたい気分になったのは、このときだけであった。壕から出て、腕時計を調べると、零時四十五分だった。味方の飛行機が飛び交う音が、いつになくいつまでも聞えつづけたが、十二日として残された二十三時間は、一度も警報のサイレンが鳴らずに過ぎて行ってしまった。

そして、十二日が無事に終った翌朝、未亡人は棘《とげ》を隠した口調で、僕に向ってこう言ったのである。

「あんたのおかげで、余計な恐いおもいをしてしまったわ。どこで聞いてきたのか知らないけど、何にもありはしなかったじゃないの。あんな話、聞かせてもらわなかったら、どうということはなかったのに」

もっとも、未亡人が意地悪な顔を見せるのには理由があった。十二日の午前にあの女が僕の部屋へ来て、僕たちは夜まで軀を寄せ合って過した。暑い夏なのに、障子を閉め切った時間もあった。明るい陽を受けている障子の白さを、未亡人は睨みつけたこともあったのだろう。夜遅く女が帰って行くと、未亡人は僕に声をかけた。

「あんたたち、よく倦きないで部屋に閉じ籠っているわねえ。いったい、何をしているの」

　僕は心の中で呟いた。倦きるどころではない。倦きていないのが、悲しいくらいだ。倦きていれば、もっと気楽なのだ。生命が強い輝きを放って燃えている二十歳という年齢が、今日で終りになった場合、古典を読み残したことを僕は悔いはしないが、女体を読み残したことについては烈しく後悔するに違いない。だから、僕に必要だったのは、女の心ではなく女体だった。そして、その女の紡錘形の軀は、申し分のない白さと弾力と曲線を持っていた。

　明るい光の溢れている中で、女を抱くことを僕は好んだ。二十歳という年齢にふさわしい昂奮に巻き込まれながらも、僕はその渦の真中で確かめようとするように見落すまいとするように眼を大きく見開いて、女をそして自分を見詰めていた。

　その僕の眼に映ってくるさまざまの形がある。それは、覗き込んだ深い青い水の底で絶え間なく扇のように動いている魚の鰭《ひれ》のようだったり、水面に近づいて燦めく魚鱗のようだったり、その形は多種多様なのだが、揺れ動いている形象の奥の底の方に、いつも小さな白い掌に似た形が貼りついているのが見えるのだ。それが何か、僕には分らない。ただ、深い谷底に佇んで天を見上げたとき数千丈の断崖に劃られて見えている小さな空のように、しばしば思えてくるのだ。その白い色の、何と冴えぬことか。

十四日の夜、翌日の正午に重大発表がある、というニュースがあった。その発表を学生は講堂に集合して聞くように、という通告が大学当局から出された。おそらく、ポツダム宣言を受け容れるという発表であろう、と僕は想像した。しかし、軍部が本土決戦一億玉砕というスローガンの方向へ押し切ってしまったかもしれぬ、と一抹の不安が残った。

その不安を煽り立てるように、十四日の夜から敵機の来襲が頻りに繰返された。十一時頃、警戒警報が出て、零時半に空襲警報が鳴った。その警報が解除になったのが午前三時だった。それから直ぐ眠りに入った僕は、ものの爆ぜる音で眠りから引戻された。眼を開くと、硝子窓に真赤な火の色が映っている。その音は、十分に聞き覚えのある音だ。家屋の燃えている音である。硝子窓を開くと、道路を挟んで向う側の西洋館から焰が噴き出ているのだ。焰で電線が焼き切れて停電になる場合に備えて、僕はローソクとマッチを机の上に置き、身のまわりのものをまとめた。そして、また荷物を提げてうろうろしなくてはならぬのか、と重い気分になった。

しかし、何故その西洋館が燃えているのか、僕には一向に納得できぬ気分だった。いまは警報は解除になっている筈ではないか。大きな声で、未亡人に聞いてみた。

「焼夷弾ですか。いまは、空襲警報は出ていないんでしょう」

未亡人のヒステリックな声が、弾ね返ってきた。

「なにを呆んやりしたことを言っているのよ。火事なのよ。こんなときに火事を出すなんて、まったく迷惑だわ。だいたいあの家の女は、だらしないんだから。燃え移ってきたら、あたし、どうしよう」

僕は戸外へ出て、家屋の側面や屋根をバケツの水で濡らした。飛んでくる火の粉が燃えつくのを、防ぐためである。しかし、さいわい風の向きは逆方向で、火の粉が赤と黒の粗い織物地のようにはためきながら流れてゆく側には、かなり広い空地があった。僕は空のバケツを提げたまま道路にたたずんで、その光景を眺めていた。

やがて、棟木《むなき》が重い音をたてて崩れ落ち、白い輝きを放った火の粉が舞い上ったが、それを境にして火の勢いはしだいに衰えはじめた。

その頃になって、ようやく消防自動車が一台到着した。町内のポンプ式手押車が、コンクリート道に轍《わだち》の音を高くひびかせて、駆けつけた。

類焼のおそれが無くなったので、僕は部屋へ戻って横になった。戸外の騒音はなかなか鎮まらぬ気配だったが、しだいに眠りに陥ち込んで行った。

眼を開くと、朝だった。洗面をしていると、未亡人が声をかけた。

「ずいぶん、よく眠ってたのねえ。あれから、一度空襲のサイレンが鳴ったのよ。それよりもね、火事で焼けた隣の家でね、あのだらしない女が焼け死んじまったのよ。ほかの家族はみんなかすり傷もしなかったのにねえ」

「どうしてかねえ、そんなことになったのかな」

「どうしてかねえ、とにかく、焼跡から黒焦げの死体が一つ出てきて、それがあの女だったというわけなのよ。いつも派手な恰好をして歩きまわっていてね、とても逃げ遅れそうな女じゃなかったけどね」

未亡人の口調からは、悪意が感じられた。未亡人の言葉によれば、その女はだらしない女ということだが、それはどういう意味か僕には知る方法がない。未亡人とは、僕は世間話などしたことはなかったし、近所づきあいも全くなかったので、噂が耳に入ってくる経路がなかったのだ。

焼死した女は、二十七、八歳にみえる年齢で華やかな顔立ちの女であったが、未亡人の言葉のように歩きまわっているという印象とは反対のものが、僕の脳裏に残っている……。

そのときは、僕は部屋に来た女を駅まで送って行こうとしていた。隣家の道路に面した部屋の窓が開いていて、室内が眼に映った。

装飾のない室内に、女が一人、椅子に腰掛けている。大きく脚を組んで、横顔を見せている。軀のどの部分も、少しも動かない。駅で女と別れて、書店をのぞいたりしながらゆっくり歩いて戻ると、かなりの時間が経っていた。一時間近く経っていたことだろう。何気なく、もう一度隣家の窓を見ると、先刻と寸分違わぬ脚を組んだ姿勢で、女は横顔を見せて椅子に腰掛けていた。そのとき、はっきりした理由は分らず僕はヒヤリとしたものを感じたのを覚えている。

その日以後、女と軀を寄せ合って長い時間部屋の中に閉じ籠っているとき、僕はふと隣家の女のことを思い出した。脚を大きく組んだ姿勢を崩さずに、長い時間椅子に腰掛けている女のことを。

隣家の火事の原因は、結局分らぬままになってしまうだろう。一度の空襲で何千万の家屋が焼失してゆくときに、たった一軒の家の火事の原因など、警察では深く調べようとはすまい。

正午までに大学の講堂へ着くように、僕は部屋を出た。その朝のニュースは、正午の重大発表が直接天皇によって行われることを、告げた。

正門をくぐると、銀杏《いちょう》並木の突き当りの講堂へ、黒い服の学生たちがつぎつぎに吸い込まれて行くのが見えた。講堂へ入るのは、僕はこの日が初めてである。入学式が此処で行われたときにも、僕は行かなかった。おそらく長々と続くであろう紋切型の訓辞のことを考えると、煩わしい気分になってしまったからだ。

広い内部は、一階二階とも学生たちで一ぱいになっていた。間もなく正十二時になると、拡声器から天皇の声が聞えてくるわけなのだ。ここにいる学生たちは、すべて生れて初めてその声を聞くわけなのだ。天皇の風貌は写真によってばかりでなく、車中の姿を遠望する機会を与えられることがあった。しかし、その声は空白のままである。それは、僕の脳裏では天皇の声の空白を、一つの音が埋めるのだ。その音は、中高校生生活を通じて、訓話などの折、必ず聞えてくるものである。訓話の中に「天皇陛下」という言葉が現われると、間髪を容れず講堂の中はザーッという嗄れた音で一杯になる。それは、その言葉に恐懼した表現として全員が姿勢を正さなくてはならぬときに、靴底が床に擦れる音なのだ。その音は、僕の耳に無気味な腹立たしい理不尽な音として届くのだ。

正午になって、拡声器から流れ出してきた初めて聞く天皇の声、聞き取りにくいくぐもったその声は、戦争が終ったことを告げていた。溢れるほどの嬉しさが、僕を捉えた。最初に考えたことは、これからは、翌日も自分は生きているという予想のもとに行動することができる、ということだった。

そのとき、異様な物音が講堂のあちこちから響いてきた。一瞬、それが何の音か僕は戸惑った。しかし、それは直ぐに分った。新しい時代が始まった気持に捉えられていたので、僕は度忘れしていたのだ。それは、啜り泣きの声なのだ。天皇の声は、戦争に敗けたということをも告げていたのである。

敵という観念は、僕には甚だ稀薄だった。銀座の鋪装路に米英両国の国旗のかたちをペンキで大きく描いて、その上を踏みつけて通ることによって、憎しみと闘争心を掻き立てているという事柄を聞いたり、埠頭で労役に使われているアメリカの捕虜を眺めた女性が、おもわず「可哀そうに」と呟いたため、憲兵隊に連行されたという新聞記事を読んだり、その他それに類する殆ど数え切れぬほど多くの事柄を見聞するたびに、僕はますますツムジ曲りの気持になった。その度ごとに、一層敵という観念は稀薄になって行き、むしろ敵は軍人や軍国主義者のやり方に思えていた。従って、戦争が終ったということは、僕が抜き難い反感を持っていた相手の敗北という気持になっていたのである。

僕の直ぐ傍でも、啜り泣きの音が聞えていた。首をまわして眺めると、肩幅の広い顎骨の張った学生が、泣いているのだ。その学生の表情から鬱陶しい気分になった。何故なら、この表情がそのまま裏返しになれば、そこには居丈高な態度で空疎な言葉を声高に喋っている表情が現われてきたに違いないのだから。そして、その種の学生によって、どれほど僕は暗い不愉快な苛立たしい気分に突き落されたことか。

その種の学生を、滑稽な愚劣な奴だと僕は考えていた。気の毒な奴だ、という考え方をする余裕は、その学生たちからむしろ肉体的と言ってよい被害を受けている僕にはなかった。それに、気の毒な点は、お互いに同様なのである。

講堂のあちこちから聞えてくる啜り泣きの音は、その種の学生の所在を示している。しかし、今となってはそれらの男を、いい気味だとおもう気持も起ってこない。それよりも、昨日まで居丈高になってわめいていた男たちが、今たちまち肩を落して泣いている姿を見ると、僕は鬱陶しい気分になってしまうのだ。

講堂を出て、僕は大学図書館の前の芝生に仰向けに寝そべった。一時間ほど、僕はこれから来るかもしれぬ新しい混乱について考えていた。停戦を肯んじない一部軍人の暴挙について。占領軍が上陸してくることに伴う混乱について。しかし、そういう暗い考えにも関わらず、大きな解放感が僕の心を弾ませているのだった。その解放感のうちで、最も大きなものは、やはり死から解放された気持だった。死ぬことについて諦めと覚悟はついているつもりだったが、二十歳の肉体の中では十分には死を飼い馴らすことが出来ていなかったことを、僕はそのとき知った。

僕は寝そべりつづけた。そのうち、慢性の下痢は、またも徴候をあらわしはじめた。文学部のアーケイドの横の便所へ入るや、はやくも、その壁に落首が一つ書き付けてあった。

藁屋根にあんれまあれま火が付きて火事だ火事だと騒ぎけるかも。

その夜、僕の部屋を訪れた女は、急ぎ足で歩いてきたとみえて、息を切らしていた。部屋へ入ると、立ったまま早口で言った。

「アメリカ軍がやってくると、何をするか分らないのだって。だからね、K市の奥の田舎

（そこへは僕の家族が疎開していた）へ連れて行って貰えって、お父さんが言うのよ」

「俺に連れて行って貰えって、君のおやじが言ったのか」

「そうなの、お父さんは、あなたなら信用できるのですって」

僕は腹立たしい気持になった。女の家では、娘と僕との交際を認めていなかった。僕としては、それはどうでもよいことで、むしろ女の家族の顔など知らない方が好都合だった。しかし、女の方では僕を家族に会わせたがって、ある夜、無理矢理僕を女の家へ連れて行った。

僕との交際を認めないということは、僕が結婚の相手として不適格という意味なのだ。大学へ入ったばかりの、財産のない青年が不適格なのは、その女の家の気風としては当然とおもえた。それに、僕は結婚する気持を毛頭持っていないつもりなのだから、これ以上不適格なことはないわけだ。もっとも、娘の家では、その点には思い及ばない。娘と交際しているからには当然結婚したがっているにちがいない、と思い定めている。

そういう不適格な男が娘と交際していて、もしも大切な商品に傷でも付いたら困る、と考えている。娘と僕との間で、すでに肉体関係ができているということは考えようとしないし、まして僕より前に娘が妻子のある男と恋愛に陥っていたということには、思いも及ばぬのである。

……女の家へ行った夜、そういうことを僕はあらためて確認した。

従って、僕と女の一家の意見は忽ち喰い違いはじめ、お互いに腹を立てはじめた。しかし、それぞれ別の平面に立ってものを言っているので、議論の歯車は一向に喰い合おうとはしない。

「そんなことを言ったって、あなたの娘さんは、とっくの昔にキズ物になってるんですよ」という風の言葉を僕が口から出せば、その歯車は直ぐに嚙み合いはじめることは分っている。しかし、僕はそういう平面にまで降りて行った場所で考えを組立てようとは思わない。

結局、僕は追い立てられるように女の家を出た。玄関の灯はすぐ消されてしまい、真暗な門の前の泥濘に、僕の脚は深く落ちこんだ。夜は更けて、終電車はすでに出てしまっていた。

靴底の破れから泥水が這入りこんで、歩く度に湿った音を立てた。靴下はびしょびしょに濡れてきた。重くなった靴を引きずりながら、僕は考えていた。

何のために、わざわざ女の家へ行ったのだろう。いくら女が望んだにせよ、心を定めて拒絶していれば、こういうことにはならなかったわけだ。

女と最初に会ったときの情景が、僕の脳裏で甦った。

……その夜、空襲で僕の家が焼失する以前のことであるが、僕は近所の女友達の部屋にいた。その女友達はなかなかの美人といわれていたし、その部屋で二人きりになる機会もしばしばあったが、友人以外の気持には少しも襲われないのだ。そこへ、偶然、女が訪れてきた。その部屋で、初対面の僕にたいする遠慮もみせずに、女は自分の恋愛についての相談を友人にはじめた。その女は妻子のある男との恋愛で、いろいろ複雑な状況にまきこまれている様子だった。

僕の脳裏に甦った女の像は、蓮葉な表情で笑っていた。

そのときの、女の恋の相手はどこへ行ってしまったのだろう。女の心の中のどこへ紛れ込んでしまったのだろう。会う度毎に、女の蓮葉な様子は薄れてゆき、次第に普通の女になって行くのだ。

女はその恋愛に疲れていたのだろうか。今度は、僕を結婚という地点にまで引きずり込んで、平常な妻の位置に身を置くことを望んでいるのだろうか。

そこに、僕は女の計算を読み取って反撥しながらも、次第に引きずられて行っているのだろうか。僕の必要なのは女の軀だけだ、と考えながらも、次第に引きずられて行っているのだろうか。この夜女の家を訪問したことは、それを裏書きすることになるのだろうか……。

八月十五日の夜も、気がついたときには、僕は次第に女に引きずられはじめていた。

「俺なら信用できるとは、どういう意味かな。天地無用、無疵で安全な場所へ商品を移動させようなんて、まだ呑気なことを考えているのなら、はやく俺とのことをはっきり知らせておけ、と言ったじゃないか」

「だって」

女の穏健さが、僕には苛立たしかった。僕は悪意をこめて言ってみた。

「それとも、アメリカ兵にヤラレるよりは、日本人にやられた方がまだましだというわけか」

女は沈黙したままだ。ところが、その言葉は自分自身に弾ね返ってきてしまった。僕は、落着かぬ気分になった。マニラや南京占領のときの残虐な話が、さまざまな形をとって僕の網膜に映し出された。その形の上に、傍にいる女のしなやかな紡錘形の軀が重なりはじめた。

その瞬間、僕は女を連れて、K市の奥まで旅行する決心を定めたのである。

十六日の午前、女は僕を迎えにきた。

女の家へ向う電車の中で、

「一つだけ、荷物を持って頂戴ね」

と、遠慮がちな声で女は言った。荷物を持つのが嫌いな僕に、気兼ねしているのである。

しかし、女の家の陽の当っている縁側に、その荷物は小型のドラム罐ほどもある大きさと形で、直立していた。リュックサックに詰めこめるだけ中身を詰めたものなので、円筒形になったのであろう。それにしても、リュックサック本来の形に比べると随分背が高く、それに物入れや金具などの付いていない手製のものなので、つるりとした感じだった。

背負わなくてはならぬ荷物があまりに巨大なので、赫っと怒りがこみ上げてきた。つづいて、僕は白けた気持になった。

女は、普通の形のリュックサックを背負って庭に立っていたが、その袋はペシャンコで亀甲形にその背にくっついていた。

僕は取るべき態度について、一斉に浮び上った幾つかのものの選択に一瞬戸惑っていると、女の父親の声が聞えた。

「それでは、この子をよろしく頼みますぞ。さあ、背負ってください」

父親はそう言うと、縁側から膨大な荷物を持ち上げ、女の母親も横から手を添えて、僕の背中に押しつけようとした。

身を捩って僕はその荷物を避け、元の場所へ置いてくれ、と頼んだ。僕は孤りで荷物に背を向け、中腰になって背負おうとした。円筒形になっているリュックサックは背中に密着せず、重心がうしろに懸って、僕はすこしよろめいた。円筒形の上辺は、学生帽を冠った僕の頭より高く突き出していた。背負い紐が肩に強く喰い込んで、背中全体に重たくかぶさってくる力があった。

リュックサックの中身は、女の父親が力まかせに圧し込んだに違いない。甘い父親である彼は、娘が僕に奪われようとしている気持でいるに違いない。彼の手によって狭窄衣を着せられたような重たさを全身に感じながら、僕は軽いリュックサックを背負った女と一緒に駅の方角へ歩きはじめた。

流石に、八月十六日には旅行者は寡なかった。僕たちは、難なく車内に空席を見付けることができた。交通地獄の名にふさわしい混雑は、八月十五日につづく僅かの日数の間だけ拭い消されていたのだ。映写機のフィルムの回転が一瞬間停止したように、敗戦を知らされた瞬間に多くの人々の動作はそのまま停止して、再び動きはじめるまで少々の時間を必要としたらしかった。

座席が見付かったので、僕は吻《ほ》っとして背中の荷物を下ろした。そして、そのリュックサックの大きさに、あらためてうんざりした。

「何故、こんなことになってしまったのだろう」

と、僕はそんな言葉を心に浮べていると、耳のそばで女の声が聞えた。

「一緒に旅行するの、はじめてね。こんな日に新婚旅行をしているの、わたしたちくらいのものじゃないかしら」

「冗談言っちゃいけないぜ。結婚なんかするものか」

嚙んで吐き捨てる口調で、僕は言った。しかし、「何故、自分のものでもない大きな荷物を苦しみながら運んでいるのか」という言葉が、たちまち心に浮んでくるのだ。

いったい、何故、僕はこの女と汽車の中にすわっているのだろう。僕は、確かめる眼で、あらためて自分たちの姿や周囲を眺めまわすのだ。

僕の眼の前には、地味な色合いのモンペを着た女がいる。しかし、その不恰好な衣裳から溢れ出ている成熟した女の気配がある。その気配が僕には疎ましい。その気配を、他人の目から隠して置きたい。というのは、学生服の下の僕の骨格が、どことなく未成熟の点を残していることを知っているからだ。

女に対して僕が高圧的な態度を取るのは、一つにはそのヒケ目を埋めようと無意識のうちに考えているのかもしれない。そのことがふっと意識に上ってくると、僕は一層うっとうしい気持になってしまう。

汽車がK市に着いたときには、あたりは暗くなっていた。目的の場所の方角へ行くバスは、まだ夜になったばかりという時刻なのに既に終車が出てしまっていた。

目的地までは、四里ばかりの道程である。膨大な荷物を背負って、道を訊ね訊ね歩いて行く気力はない。駅の近所に宿を探そうと思っても、戦災を受けたK市は、あたり一面瓦礫の街である。

「仕方がない、駅の待合室で朝まで待つことにするか」

駅の構内も、焼夷弾を浴びた痕が歴然としていた。待合室の木の椅子は焼失し、コンクリートの地面は焼け爛れてデコボコしており、上を見れば屋根は鉄の骨組だけを残してその間から夜空が覗いていた。

女は心細そうに、あたりを見廻していたが、やがて遠慮がちに言った。

「U村に、お友達の家があると言ってたでしょう。そこまで行って、泊めてもらえないかしら」

一里ほど北に、戦災を受けていない温泉地帯のU村がある。そこの大きな温泉宿が、僕の友人の家なのだ。友人は出征しているが、その姉とは顔見知りである。しかし、その家へは僕は行きたくない気分だった。友人の留守中に、学生服の僕が女を連れて泊めてもらいに行くほど、心安い間柄ではなかった。

僕は躊躇した。このまま、焼け崩れたコンクリート地面に腰を下ろして夜を明かす方が、はるかに気楽だと思った。しかし、女は泣き声を出して訴えるのである。

「軀が痛いの。今度だけでもう我儘は言わないから、今夜はそこへ連れて行って」

結局、僕は温泉地帯へ向って、歩き出してしまう。僕が女を連れて行く恰好にはなっているけれど、引きずられて行くのは僕というわけなのだ。

一里の夜道は限りなく遠く、僕は幾度も路上にリュックサックを下ろして呼吸を整えた。路面に置かれた荷物は、まったくドラム罐の形をして、僕を嘲笑しているように見えてしまう。

戦争が終った筈のこの日の午前中に、警戒警報のサイレンが鳴ったりしたが、人々は電燈から黒い覆いを取った模様である。遥か向うの夜景を、黄色い光が密集して彩っている。そこが温泉宿の場所である。その光がようやく近づいてきた。

目的の宿の門のところへ、僕は女と荷物を置いて、玄関へ近寄って行った。玄関の横から庭の方へ池が拡がっていて、池の傍の座敷に、さまざまの年齢の男が沢山集まって円座をなしていた。それは、密議を凝らしている姿に、僕の眼に映った。陸軍の一部や軍国主義の人々が、降伏を肯んじないで行動を起すという噂が流れていたのである。

そのまま踵を返して、今来た道を引返したい気持だった。しかし、女と荷物が重たく僕の肩に落ちかかってきて、僕を立止らせた。玄関へ入って、僕は友人の姉を呼んでもらった。彼女の審しげな顔はすぐに崩れて、明るい声が聞えた。

「あら、めずらしい」

それと対蹠的な僕の声が、唇から出て行った。

「どうかしたのですか」

「どうかしたって?」

「そこの座敷で、何か相談をしている人たちがいるでしょう」

「ええ、戦争も終ったんで、村の連中がお酒でも呑もうといって集まっているのよ。それが、どうかしたの」

「いやいや、べつに、どうもしないんだけど」

彼女は、僕の方を不審そうに見ている。その表情を見て、僕の張り詰めていた気持は一挙に崩れて、気抜けした気分になった。空襲を受ける心配の殆どなかったこの村の人々と、僕たちとの間では、戦争から受けた緊迫感の相違が甚だしかったことを、今更のように知ったからである。

招じ入れられた奥まった部屋に寛ぎ、温泉で塵埃を洗い落すと、さっぱりした気分になった。鯉の弾ねる水音が、時折夜気の中で響いた。女が、不意に言った。

「だって、やっぱり新婚旅行みたいじゃないの」

僕は曖昧にうなずきながら、八月十六日の女との旅行を新婚旅行と考えることによって、長かった戦争に仕返しをしているような皮肉な喜びを覚えた。

しかし、一夜明けると再び僕は重い荷物を背負って歩き出さなくてはならなかった。午後遅くまで僕は宿でぐずぐずしていて、やっと腰を上げた。

仲々やってこないバスを待って一旦駅まで戻り、そこで別のバスに乗り換えるのだが、そのバスもうんざりする程長い時間待たなければ発車しなかった。

バスを降りてから、僕の母が部屋を借りている農家まで、さらに半里ほど歩かなくてはならぬ。

大きな川に架っている木の橋を渡り、段畠が続いている斜面の路を登るころには、夕暮の時刻になった。晴天だった八月十七日の日暮の空は、鮮やかな夕焼だった。斜面の稜線の向うに大きく拡がっている真赤な空へ向って、僕は歩いて行った。立止り立止り、覚束ない足取りで歩いて行った。荷物は重く、黒い土の路はデコボコと歩き難かった。上り坂は、どこまでも果てしなく続くようにおもわれた。時折、今まで歩いてきた路を振向いてみると、そこには二つの淡い影が、長々と並んでいるのだ。

何処から出て来たのか、村の子供たちが四人、何時の間にか僕たちの後になり先になりつき纏いはじめた。僕は汚れた学生服に破れた兵隊靴という服装だったし、女は地味なモンペ姿なのだが、田舎の人間は都会の人間に極めて敏感なのだ。

「東京から来たんかい」

「大学生なんだろ」

子供たちは、口々に問うてくる。僕が生返事をしていると、やがて一人の子供が囃し立てる口調で叫び出した。

「大学大学と入ってみたが、今じゃ大学、ビール瓶のカケラ」

一人の子供が繰返し叫んでいるうち、子供たちはその言葉を合唱しはじめた。そして、ぞろぞろと僕たち二人の前や横やうしろにつき纏うのだ。一人の子供は、ビール瓶のカケラという言葉を、カッケラと奇妙なアクセントで絶叫すると、その瞬間に地面から跳ね上って大きく手を振ったり足を蹴り上げたりするのだ。

その姿は、強い夕陽の逆光を浴びて、まっ黒なけもののように跳ね廻っているのである。

僕はといえば、その子供たちを煩わしく不快におもうのだが、子供たちの叫んでいる言葉については、

「まったく、そのとおりだ。うまいことを言うものだ」

と、心の中で合点してしまう。そして軀から力が抜けて行くような疲労感が、次第に烈しくなっては僕はまた斜面に立止ってしまった。

夕日は、焔を吹いて燃えている大きな円盤になって、稜線の彼方に落ちようとしている。すべての雲は一様に真紅の色に染められていたが、それぞれ微妙な色調の差を示して、それぞれの歌を唱っていた。それらの歌は交錯したり共鳴音を発したりして反響し合ったりして、僕の軀を包んでいる大気のすべてに低く鈍くそのくせ巨大な音響が満ち満ちているのを、僕の全身は感じ取っていた。

その響きの中に、鋭く甲高く切り込んでくる子供の声。それは、

「ビール瓶のカケラ」

と繰返しているのだ。

僕は耳を澄ませて、佇んでいた。リュックサックの背負い紐がじりじり肩の肉に喰い込んでいるのを、こと新しく感じはじめる。

「はやく、行きましょうよ。こんなところで立っているなんて」

傍から、女の声が催促する。

肩に落ちかかってくる重圧のために、僕の内部はしだいに変形されてゆく気持に捉えられはじめてしまう。明らかに、まず僕の自尊心は変形をはじめていた。元の位置から移動しはじめていた。純粋さなどというものも、普通の在り場所を探ってみても、到底見付け出すことはできないだろう。

相変らず、僕は歩き出そうとはせず、さりとて荷物を地面へ下ろすこともせずに佇んでいた。

この女と僕との関係は、いったいこれから先どういうことになるのだろうか、と僕は考える。僕は心細い眼で、あたりを見廻す。

いったい、どうやって何の手掛りもない世の中から、生きてゆくための糧を奪い取ればよいのだろう。家財が一物も余さず焼失するまで疎開しなかった僕には、ゆっくり勉強する余裕は残されていない。それこそ、大学なぞはビール瓶のカケラに過ぎないのだ。戦争の間は、死ぬことについてばかり考えさせられてきた僕は、今度は生きることを考えなくてはならぬ時間の中に投げ出されてしまったのだ。

僕の内部は次第に変形してゆく。しかし、僕はむしろそれを望んでいる。素朴な形の自尊心なぞ抱いていては、到底これからの時間の中で生き延びて行くことは不可能のようにおもえる。僕は歪んでゆく内部に頼らなくてはならぬのだ。

「ねえ、はやく歩きましょうよ」

と、再び女の声が催促する。

立止ったまま動こうとしない僕にシビレを切らした子供たちは、

「今じゃ大学、ビール瓶のカッケラ」

と叫びながら、今では四人とも手を振り足を蹴り上げて、真赤な夕焼の中の黒い影絵となり、僕のまわりをピョンピョン跳ねまわっているのだ。


（連作『焔の中』より）

言葉を奪われた証言者たち

解説

若松英輔

誰も死から逃れることはできない。しかし、その一方で、生きている者は誰も死を知らない。死はどこまでも厳粛なる謎であり続ける。

謎と対峙することはときに、大きな試練となる。それは容易に言葉にならない悲痛と悲嘆と向き合うことになるからだ。

だが、いつからか現代は、死を隠蔽するかのように生を謳歌しようとしている。こうした死を忘却した日常を遠藤周作は「残酷な事実」と書く。死が残酷なのではない。残された人間によって受け止められない死があることが残酷だというのである。

「戦後」とは、戦争が終結した地点を基点にした時間の流れを意味するはずが、いつからか、戦争を語ることを止め、また戦争を想い出すことを止める風潮になった、と「あまりに碧い空」の主人公である杉は考えている。あるとき杉は妻に言う、「おい、俺は戦後は嫌いだよ」。そして、「これは碧空のようだ」と述べる。さらに男はこう続けた。この小説は次の一節で終わる。

「みんなが死んだにかかわらず自分だけが晴れあがった碧空のようだ」。

死を記憶するだけでなく、死が不可避であることをいつも想起し、また、死者の存在を感じ続けることは、生者に課せられた義務だというのである。

小松左京の「召集令状」が書かれたのは一九六四年、戦争の終結から二十年が経とうとしているときだった。作中の舞台もおよそ同時期で、「戦後」という言葉がいたるところで使われ始めた頃である。

ある日、大学を出たばかりの会社員のもとに「召集令状」が届く。受け取った者は、令状に指定された時間に忽然と姿を消す。誰もこれを食い止めることはできない。最初は若い人のところにだけ届いていたが、次第に年齢層も上がって来る。ついに百万人を超える人々が消え、世を揺るがす出来事になって行く。余りに不可解な現実に遭遇した者たちはあるとき、こう叫んだ。

「きさまたち……何百万人の同胞を殺した戦争を、のどもとすぎれば熱さを忘れるからといって、下劣な食い物にしてきたきさまたちが、またおそろしいものをよびおこしちまったんだ！」。

作者は、五十年後の読者がこの言葉を戦慄をもって読むことを想像していただろうか。

今、私たちがこの作品を前にして心底震えることができなければ「おそろしいもの」は以前よりもいっそうおぞましい姿をして現れるのではないだろうか。

通常、作家とは、書き続けることで名実ともに作家になっていくのだろうが、佐藤泰志は例外の一人かもしれない。「青春の記憶」を書いたとき、佐藤は十七歳だった。この作品は、彼の作品中でも独自の位置を占めているだけでなく、現代日本文学に出現した戦争文学のなかでも屈指の作品だといってよい。

主人公である二十二歳の若者は、戦地で活字に飢えている。新聞の切れ端でもよいから読みたいと思う。もし、生きて帰ることができたら、まず、本を読もうと心に決めている。

一見すると何気ない表現だが、この作家にとって言葉が、文字通りの意味で魂の糧だったことを物語っている。食物が身体の糧であるように、魂は、言葉を「食べる」ことで生きているというのだろう。だが、ここでの言葉は、単に記号としての文字や言語表現に限定されない。それは魂から発せられた何ものかである。

男は、上官から罪なき中国人の少年を殺すように命じられる。抵抗を感じながらも彼は捕虜となったこの男を殺す。「私はこの時、性急な振動とともに、私のうちにあったすべてのものが、ガラガラと崩壊するのを感じた。私は単なる一塊の土器と化した」と小説には書かれている。戦争は言葉を奪い、人間の魂を飢えさせ、「土器」に変えるというのである。土の器と化した主人公が自分を銃で撃ち砕くところで小説は終わる。

二年ほど前に広島市立中央図書館に行った。二階のあるところに広島出身の作家たちの写真が名前と共に飾られていた。原民喜や桂芳久のような原爆をめぐる作品を書いた人々のなかに竹西寛子の写真を見つけた。一瞬、意外な感じがしたが、すぐに被爆という出来事は彼女が作家となる根源的な経験であることを、いまさらのように想い出した。むしろ、原爆の経験がこの書き手を歴史と深くつなぎ止めていることの意味を思い直した。「儀式」を読んでも舞台がどこなのかは分からない。むしろ、場所をあえて特定するまいという、見えない、しかし、確かな意志を感じる。だが、今日この作品を読む私たちは、作者がいかに多くを語らなかったかを認識しながら読んでよい。主人公の名前は阿紀という。


阿紀は、和枝の屍体も見ていない。

恵美子の屍体も。

郁子の屍体も。

潤子の、喜代子の、和枝の、弥生の、それぞれの臨終を見届けたという誰にも、まだ行き会っていない。

原爆とは目撃者を殲滅する出来事だったことが、熾烈な叫びのなかで語られるのである。そして生者は、今日も人ごみのなかに出会えないと知りつつ、死者となった者の姿を探すのである。

「戦争が長くなって、キャラメルなどもなくなったというより、キャラメルなんかが食べられないことが、戦争だという感じだった」と田中小実昌の「北川はぼくに」の主人公は言う。

ここまでなら戦争を知らない者でも書くことはできる。しかし、ここに続いた一節は違う。「軍袴のお尻のところが、そのキャラメルがくっついたみたいになっていたりする。／これは粘液便のせいだ」。第二次世界大戦で亡くなった日本人兵士の多くは、銃弾に撃たれて死んだのではなく、病死や餓死だったことをこの一節は伝えている。

ある夜、中国の戦地でのことだった。主人公と同じ隊にいる北川は、近づいてくる獣とも何とも分らないものに向けて銃を撃つ。倒れたのは味方の若い日本兵だった。何度も止まれ、と北川は声を上げたが撃たれた男が歩くのを止めなかった。すでに声を発することもできなかったのである。

この出来事を北川は主人公に伝える。二人は格別仲が良かったわけではない。だが、北川は語らずにはいられない。

戦後になって、主人公は人にこの話を北川の名前を挙げずに、戦争というものの不条理を述べるときに幾度か語った。戦争が終わってしばらくして二人は偶然出会う。わずかな会話があったのち主人公は、あの出来事を北川が自分に語った真意を感じる。一つのいのちを奪った悲劇を前に課せられていたのは、まず、語ることではなく、深い沈黙だったことに気が付くのである。

同質の問いは今も生きている。戦争をめぐって真に何かを語ろうとする者は、それにふさわしい沈思を経なくてはならない。それは、現代も変わらない。

「八月の風船」は『戦争童話集』と題する作品の一篇として一九七五年に刊行された。ここでいう「童話」とは比喩でもなければ皮肉の表現でもない。それは第二次世界大戦中に起った現実の出来事を、誰にもわかる言葉で語ってみたいという作家野坂昭如の挑みの表れであるように感じられる。また、真実はいつも平易な言葉で語られたとき、いっそう強くその力を行使するという作者の経験に基づく試みでもあるのだろう。

物語は「ふ号兵器」という日本軍の「秘密兵器」をめぐって展開する。それは、直径十メートルの「黒ずんだ灰色」をした「紙を張り合わせた」、爆弾を備えた風船だった。これをジェット気流に乗せて、二昼夜かけてアメリカ本土にまで飛ばし、敵地を攻撃しようというのである。二千個余りの風船が空に放たれ、そのうち一割がアメリカに到着し、山火事を起こした。兵器としてはほとんど役に立たなかったが、「太平洋戦争中、日本軍が開発した新兵器の中では、ずい分原始的にみえるけれど、もっとも科学的で、また効果のあるものでした」と記されている。

愚かだったと苦笑し、終りにしてはならない。「ふ号兵器」は実在した。そればかりか製造された数は、先に作者が書いていたよりも、遥かに多かったのである。

一九四五年八月九日、林京子は長崎市の兵器工場で働いているときに原子爆弾に被爆したが、「奇跡的に無傷だった」。しかし、「原爆に関する限りあまり外傷の有無は、問題にならない」。

林京子を原爆作家と呼ぶような、一元的な、また粗雑な向き合い方を私たちはもう止めなくてはならない。「曇り日の行進」で林が描き出すのは、終わることのない原爆症の実情と共に、日常と私たちが呼び過ごしている出来事に秘められた尽きることのない、深甚な意味である。しかし同時に私たちは、原爆投下という出来事は今日も、彼女のような優れた作家が生涯を賭してなお、終わることのない問題を抱えていることも記憶しておいてよい。

主人公の友人汀子も被爆している。彼女の兄もそうだった。兄の様子を彼女はこう語った。

知っとるやろ？　うちの兄が医大で被爆したとは。兄は、帰ってきて一週間目に、血を吐いて、鼻血を流して死になったっさ。目の、なみだ穴から血がにじむとを、見たことある？

　これを原爆症の症状の一例としてだけ読むようなことがあってはならない。汀子の兄の涙の奥に尽きることのない情愛と憤怒があったことをどうして疑うことができるだろう。「血涙」とは、身を打ち砕くような悲嘆や怒りを意味する表現だが、すでに古今和歌集にも見つけることができる。優れた作家は、同時代人が思うよりずっと深く歴史に根差して言葉を紡いでいる。林の作品を読みながら私たちは、この一語が古い、しかし消えることのない言葉でもあることを想い出してよいのだろう。

「伝令兵」を書いた目取真俊は、一九六〇年に沖縄に生まれ、沖縄に育ち、沖縄を舞台にした作品を書いている。沖縄が、彼に言葉を託していると言った方が精確なのかもしれない。戦争の記憶は、人間の精神だけでなく場所にも宿る。その記憶は生者を威嚇するのではなくむしろ、非戦の願いを想起させる。無数の悲しみと共に無尽の祈願が生きている。沖縄はそうした場所だ。目取真は沖縄の土地と時と人の記憶を、存在の深みを眺めながら描き続けている。

　戦争中、「日本軍の陣地から陣地に、命令を伝えるために戦場を走り回った」伝令兵と呼ばれる者たちがいた。多くは師範学校や中学校の生徒たちだった。彼らは武器を持たないまま、戦地に投げ出され、戦いのなかに飲み込まれて行った。作中、首を失ったまま幽霊になった一人の伝令兵が登場する。彼は戦争が終わったことも、自分が死んだことも分からない。幽霊の見た目はおぞましく、生者を震え上がらせる。しかし、この若き「兵士」は、生者が危機にあるとき、静かに寄り添い、手を差し延べる者でもある。死者は、生者の眼には見えない何かを感じることができる。生者を守護することは死者となった者の、ほとんど本能といってよい、というのだろう。

戦争とは、国と国の争いのように語られるが、それは表層をなぞった粗雑な言説に過ぎない。吉村昭の「虹」を読むとそう思わされる。

太平洋戦争が始まる前年、主人公が暮らしている町にロシア人一家が住みつく。彼らはロシア革命で情勢が一変し、故国に暮らすことができなくなった敬虔なロシア正教徒たちであることが、家に飾ってあるキリスト像といった表現のなかに描かれている。彼らは必死で日本に溶け込もうとする。ロシア人でありながら、戦争に突入していく日本の一員であろうとして銃後の訓練にも参加する。しかしあるとき、一家は忽然と消えてしまう。いつ、どこに行ったのか、誰も分らない。主人公は戦争が終わってから、捕らえられ、軽井沢で強制労働をさせられたのではないか、との話を耳にする。

隣人を愛せとイエスは言った、と福音書は伝える。隣人とは、単に自分が大切に思った人ではない。哲学者のキルケゴールは、隣人とは誰かと聞かれ、あなたがこの部屋を出ようとして扉を開け、最初に出会った人だと語ったというが、このロシア人一家は、遠くから来た隣人だった。隣人を思うことに目に見える見返りはない。しかし、隣人との邂逅は人の心にいつも情愛の萌芽を残してゆく。

冒頭でふれた作品で遠藤は、からだを、身体でも躰でもなく、「軀」と書く友人の「吉川」という名前の作家がいると書いているが、それが吉行淳之介だ。遠藤は、吉行を「軀」の作家だというのだろう。素朴な指摘だが、核心を突いている。「華麗な夕暮」で吉行はこう書いている。

夕日は、焰を吹いて燃えている大きな円盤になって、稜線の彼方に落ちようとしている。すべての雲は一様に真紅の色に染められていたが、それぞれ微妙な色調の差を示して、それぞれの歌を唱っていた。それらの歌は交錯したり共鳴音を発したりして反響し合ったりして、僕の軀を包んでいる大気のすべてに低く鈍くそのくせ巨大な音響が満ち満ちているのを、僕の全身は感じ取っていた。

「軀」の文字は「死の黒い口がそこに三つ、洞穴のようにぽっかりと開いているような気がしてくる」と遠藤は作中の人物に語らせているが、吉行にとっての「軀」はもっとも高次な意味における本能の場にほかならない。それは身体や精神とはまったく異なる在り方で世界を感じている。吉行は戦争とは何であったのかを解釈する前に、「軀」で感じたことをできるかぎり忠実に表現しようとしている。

ここに集められた十篇は、戦争を描き出しているという点のほか共通するところはない。掲載の順も著者名の五十音に従って並べられていて、意図はない。だが、一読すれば分るようにこの作品群は、個々に何かを響かせると共に、文集としても、ある音を生みだしている。聞こえてくる音は読者によって異なるだろうが、その音律が、時代の経過に従って消えるようなものではないことは、どの読者も容易に感じることができるだろう。

文学において作品はいつも、読まれることによって新生する。さらにいえば、作品はいつも読まれることによってのみ、完成に近づくのである。

本書の底本は左記のとおりです。
「あまりに碧い空」遠藤周作／講談社文芸文庫『遠藤周作短篇名作選』二〇一二年
「召集令状」小松左京／城西国際大学出版会『小松左京全集完全版12』二〇〇七年
「青春の記憶」佐藤泰志／河出書房新社『佐藤泰志　生の輝きを求め続けた作家』二〇一四年
「儀式」竹西寛子／中公文庫『儀式』一九八二年
「北川はぼくに」田中小実昌／河出文庫『ポロポロ』二〇〇四年
「八月の風船」野坂昭如／中央公論社『戦争童話集』一九七五年
「曇り日の行進」林京子／講談社文芸文庫『祭りの場／ギヤマン ビードロ』一九八八年
「伝令兵」目取真俊／影書房『面影と連れて　目取真俊短篇小説選集3』二〇一三年
「虹」吉村昭／新潮社『吉村昭自選作品集14』一九九一年
「華麗な夕暮」吉行淳之介／中公文庫『焔の中』一九七四年

本文中で明らかに誤植と思われる箇所は正しましたが、原則として底本に従い、適宜ふりがなと表記を調整しました。また、作中の表現で、今日から見れば不適切と思われるものがありますが、作品が書かれた時代背景および作品価値を考え、著者が差別助長の意図で使用していないことなどから、そのままとしました。よろしくご理解のほどお願いいたします。

戦争小説短篇名作選《せんそうしょうせつたんぺんめいさくせん》

講談社文芸文庫《こうだんしゃぶんげいぶんこ》 編

二〇一五年七月一〇日第一刷発行
二〇二四年五月一〇日第五刷発行

発行者――森田浩章
発行所――株式会社　講談社
東京都文京区音羽2・12・21　〒112-8001
電話　編集（03）5395・3513
販売（03）5395・5817
業務（03）5395・3615

デザイン――菊地信義
印刷――株式会社KPSプロダクツ
製本――株式会社国宝社
本文データ制作――講談社デジタル製作

©Kodansha bungeibunko 2015, Printed in Japan

定価はカバーに表示してあります。

落丁本・乱丁本は購入書店名を明記のうえ、小社業務宛にお送りください。送料は小社負担にてお取替えいたします。なお、この本の内容についてのお問い合せは文芸文庫（編集）宛にお願いいたします。

本書のコピー、スキャン、デジタル化等の無断複製は著作権法上での例外を除き禁じられています。本書を代行業者等の第三者に依頼してスキャンやデジタル化することはたとえ個人や家庭内の利用でも著作権法違反です。

講談社
文芸文庫

ISBN978-4-06-290277-9

大江健三郎-懐かしい年への手紙	小森陽一――解／黒古一夫――案
大江健三郎-静かな生活	伊丹十三――解／栗坪良樹――案
大江健三郎-僕が本当に若かった頃	井口時男――解／中島国彦――案
大江健三郎-新しい人よ眼ざめよ	リービ英雄-解／編集部――年
大岡昇平――中原中也	粟津則雄――解／佐々木幹郎-案
大岡昇平――花影	小谷野 敦――解／吉田凞生――年
大岡 信――私の万葉集一	東 直子――解
大岡 信――私の万葉集二	丸谷才一――解
大岡 信――私の万葉集三	嵐山光三郎-解
大岡 信――私の万葉集四	正岡子規――附
大岡 信――私の万葉集五	高橋順子――解
大岡 信――現代詩試論｜詩人の設計図	三浦雅士――解
大澤真幸――〈自由〉の条件	
大澤真幸――〈世界史〉の哲学 1　古代篇	山本貴光――解
大澤真幸――〈世界史〉の哲学 2　中世篇	熊野純彦――解
大澤真幸――〈世界史〉の哲学 3　東洋篇	橋爪大三郎-解
大澤真幸――〈世界史〉の哲学 4　イスラーム篇	吉川浩満――解
大西巨人――春秋の花	城戸朱理――解／齋藤秀昭――年
大原富枝――婉という女｜正妻	高橋英夫――解／福江泰太――年
岡田 睦――明日なき身	富岡幸一郎-解／編集部――年
岡本かの子-食魔 岡本かの子食文学傑作選 大久保喬樹編	大久保喬樹-解／小松邦宏――年
岡本太郎――原色の呪文 現代の芸術精神	安藤礼二――解／岡本太郎記念館-年
小川国夫――アポロンの島	森川達也――解／山本恵一郎-年
小川国夫――試みの岸	長谷川郁夫-解／山本恵一郎-年
奥泉 光――石の来歴｜浪漫的な行軍の記録	前田 塁――解／著者――年
奥泉 光 群像編集部 編-戦後文学を読む	
大佛次郎――旅の誘い 大佛次郎随筆集	福島行一――解／福島行一――年
織田作之助-夫婦善哉	種村季弘――解／矢島道弘――年
織田作之助-世相｜競馬	稲垣眞美――解／矢島道弘――年
小田 実――オモニ太平記	金 石 範――解／編集部――年
小沼 丹――懐中時計	秋山 駿――解／中村 明――案
小沼 丹――小さな手袋	中村 明――人／中村 明――年
小沼 丹――村のエトランジェ	長谷川郁夫-解／中村 明――年

▶解=解説 案=作家案内 人=人と作品 年=年譜を示す。 2024年5月現在

小沼丹 ——珈琲挽き 清水良典——解／中村 明——年
小沼丹 ——木菟燈籠 堀江敏幸——解／中村 明——年
小沼丹 ——藁屋根 佐々木 敦—解／中村 明——年
折口信夫—折口信夫文芸論集 安藤礼二編 安藤礼二——解／著者———年
折口信夫—折口信夫天皇論集 安藤礼二編 安藤礼二——解
折口信夫—折口信夫芸能論集 安藤礼二編 安藤礼二——解
折口信夫—折口信夫対話集 安藤礼二編 安藤礼二——解／著者———年
加賀乙彦—帰らざる夏 リービ英雄-解／金子昌夫——案
葛西善蔵—哀しき父|椎の若葉 水上 勉——解／鎌田 慧——案
葛西善蔵—贋物|父の葬式 鎌田 慧——解
加藤典洋—アメリカの影 田中和生——解／著者———年
加藤典洋—戦後的思考 東 浩紀——解／著者———年
加藤典洋—完本 太宰と井伏 ふたつの戦後 與那覇 潤—解／著者———年
加藤典洋—テクストから遠く離れて 高橋源一郎-解／著者・編集部-年
加藤典洋—村上春樹の世界 マイケル・エメリック-解
加藤典洋—小説の未来 竹田青嗣——解／著者・編集部-年
加藤典洋—人類が永遠に続くのではないとしたら 吉川浩満——解／著者・編集部-年
金井美恵子-愛の生活|森のメリュジーヌ 芳川泰久——解／武藤康史——年
金井美恵子-ピクニック、その他の短篇 堀江敏幸——解／武藤康史——年
金井美恵子-砂の粒|孤独な場所で 金井美恵子自選短篇集 磯﨑憲一郎-解／前田晃——年
金井美恵子-恋人たち|降誕祭の夜 金井美恵子自選短篇集 中原昌也——解／前田晃——年
金井美恵子-エオンタ|自然の子供 金井美恵子自選短篇集 野田康文——解／前田晃——年
金子光晴—絶望の精神史 伊藤信吉——人／中島可一郎-年
金子光晴—詩集「三人」 原 満三寿—解／編集部——年
鏑木清方—紫陽花舎随筆 山田肇選 鏑木清方記念美術館-年
嘉村礒多—業苦|崖の下 秋山 駿——解／太田静一——年
柄谷行人—意味という病 絓 秀実——解／曾根博義——案
柄谷行人—畏怖する人間 井口時男——解／三浦雅士——案
柄谷行人編-近代日本の批評 Ⅰ 昭和篇上
柄谷行人編-近代日本の批評 Ⅱ 昭和篇下
柄谷行人編-近代日本の批評 Ⅲ 明治・大正篇
柄谷行人—坂口安吾と中上健次 井口時男——解／関井光男——年
柄谷行人—日本近代文学の起源 原本 関井光男——年

柄谷行人 中上健次 ―柄谷行人中上健次全対話　高澤秀次―解
柄谷行人―反文学論　池田雄一―解／関井光男―年
柄谷行人 蓮實重彦 ―柄谷行人蓮實重彥全対話
柄谷行人―柄谷行人インタヴューズ1977-2001
柄谷行人―柄谷行人インタヴューズ2002-2013　丸川哲史―解／関井光男―年
柄谷行人―[ワイド版]意味という病　絓 秀実―解／曾根博義―案
柄谷行人―内省と遡行
柄谷行人 浅田彰 ―柄谷行人浅田彰全対話
柄谷行人―柄谷行人対話篇Ⅰ 1970-83
柄谷行人―柄谷行人対話篇Ⅱ 1984-88
柄谷行人―柄谷行人対話篇Ⅲ 1989-2008
柄谷行人―柄谷行人の初期思想　國分功一郎―解／関井光男・編集部―年
河井寛次郎-火の誓い　河井須也子―人／鷺 珠江―年
河井寛次郎-蝶が飛ぶ 葉っぱが飛ぶ　河井須也子―解／鷺 珠江―年
川喜田半泥子-随筆 泥仏堂日録　森 孝―解／森 孝―年
川崎長太郎-抹香町|路傍　秋山 駿―解／保昌正夫―年
川崎長太郎-鳳仙花　川村二郎―解／保昌正夫―年
川崎長太郎-老残|死に近く 川崎長太郎老境小説集　いしいしんじ-解／齋藤秀昭―年
川崎長太郎-泡|裸木 川崎長太郎花街小説集　齋藤秀昭―解／齋藤秀昭―年
川崎長太郎-ひかげの宿|山桜 川崎長太郎「抹香町」小説集　齋藤秀昭―解／齋藤秀昭―年
川端康成―一草一花　勝又 浩―人／川端香男里-年
川端康成―水晶幻想|禽獣　高橋英夫―解／羽鳥徹哉―案
川端康成―反橋|しぐれ|たまゆら　竹西寛子―解／原 善―案
川端康成―たんぽぽ　秋山 駿―解／近藤裕子―案
川端康成―浅草紅団|浅草祭　増田みず子―解／栗坪良樹―案
川端康成―文芸時評　羽鳥徹哉―解／川端香男里-年
川端康成―非常|寒風|雪国抄 川端康成傑作短篇再発見　富岡幸一郎-解／川端香男里-年
上林暁―聖ヨハネ病院にて|大懺悔　富岡幸一郎-解／津久井 隆―年
菊地信義―装幀百花 菊地信義のデザイン 水戸部功編　水戸部 功―解／水戸部 功―年
木下杢太郎-木下杢太郎随筆集　岩阪恵子―解／柿谷浩一―年
木山捷平―氏神さま|春雨|耳学問　岩阪恵子―解／保昌正夫―案

木山捷平	鳴るは風鈴 木山捷平ユーモア小説選	坪内祐三――解／編集部――年
木山捷平	落葉|回転窓 木山捷平純情小説選	岩阪恵子――解／編集部――年
木山捷平	新編 日本の旅あちこち	岡崎武志――解
木山捷平	酔いざめ日記	
木山捷平	[ワイド版]長春五馬路	蜂飼 耳――解／編集部――年
京須偕充	圓生の録音室	赤川次郎・柳家喬太郎――解
清岡卓行	アカシヤの大連	宇佐美 斉――解／馬渡憲三郎――案
久坂葉子	幾度目かの最期 久坂葉子作品集	久坂部 羊――解／久米 勲――年
窪川鶴次郎	東京の散歩道	勝又 浩――解
倉橋由美子	蛇|愛の陰画	小池真理子――解／古屋美登里――年
黒井千次	たまらん坂 武蔵野短篇集	辻井 喬――解／篠崎美生子――年
黒井千次選	「内向の世代」初期作品アンソロジー	
黒島伝治	橇|豚群	勝又 浩――人／戎居士郎――年
群像編集部編	群像短篇名作選 1946～1969	
群像編集部編	群像短篇名作選 1970～1999	
群像編集部編	群像短篇名作選 2000～2014	
幸田 文	ちぎれ雲	中沢けい――人／藤本寿彦――年
幸田 文	番茶菓子	勝又 浩――人／藤本寿彦――年
幸田 文	包む	荒川洋治――人／藤本寿彦――年
幸田 文	草の花	池内 紀――人／藤本寿彦――年
幸田 文	猿のこしかけ	小林裕子――解／藤本寿彦――年
幸田 文	回転どあ|東京と大阪と	藤本寿彦――解／藤本寿彦――年
幸田 文	さざなみの日記	村松友視――解／藤本寿彦――年
幸田 文	黒い裾	出久根達郎――解／藤本寿彦――年
幸田 文	北愁	群 ようこ――解／藤本寿彦――年
幸田 文	男	山本ふみこ――解／藤本寿彦――年
幸田露伴	運命|幽情記	川村二郎――解／登尾 豊――案
幸田露伴	芭蕉入門	小澤 實――解
幸田露伴	蒲生氏郷|武田信玄|今川義元	西川貴子――解／藤本寿彦――年
幸田露伴	珍饌会 露伴の食	南條竹則――解／藤本寿彦――年
講談社編	東京オリンピック 文学者の見た世紀の祭典	高橋源一郎――解
講談社文芸文庫編	第三の新人名作選	富岡幸一郎――解
講談社文芸文庫編	大東京繁昌記 下町篇	川本三郎――解
講談社文芸文庫編	大東京繁昌記 山手篇	森 まゆみ――解

講談社文芸文庫